D. C. MALLOY
STRONG ENOUGH – FLAMMEN IN INDIGO

ÜBER DAS BUCH

Schon als er zum ersten Mal in Officer Frank Davis' indigoblaue Augen blickt, weiß Don, dass er den schüchternen Bullen haben muss. Dass dieser gerade in der Klemme steckt und ausgerechnet seine Hilfe braucht, kommt ihm gerade recht. Je mehr Zeit sie miteinander verbringen, desto höher lodern die Flammen ihrer gegenseitigen Anziehung. Aber ist das zarte Band zwischen ihnen stark genug, um der unbezähmbaren Bestie standzuhalten, die tief in Don lauert?

D. C. MALLOY

STRONG ENOUGH

FLAMMEN IN INDIGO

GAY ROMANCE

Copyright © 2018 by D. C. Malloy

Alle Rechte vorbehalten.

ISBN: 9781729070420

Kontakt: dakota.c.malloy@gmail.com

Covergestaltung: D. C. Malloy
Model: Max Beauchamp

DANKSAGUNG

Auch dieses Buch ist für meine Männer, weil ich sie immer noch über alles liebe und das auch auf ewig so bleiben wird!

Ein herzliches Dankeschön an meine vorablesenden Törtchen Saskia de West, Ramona Schönbild, Urs Weber und Anke Lorscheider für den Input und die Fehlersuche! Die hat sehr geholfen und es war wieder höchst amüsant mit euch.

Auch die Leserunde war ein wahres Vergnügen und ich danke allen, die dabei waren und zahlreich kommentiert haben!

Huge thanks to Max Beauchamp for his allowance to use this perfect picture! Visit him on Facebook at Max Beauchamp or follow him on Instagram @tmaxbeauchamp to show your love!

PERSONEN

IM WEILER
Archie, das Oberhaupt
Kellan, sein Lebensgefährte
Kitty, Archies Tochter
Santiago, Kittys Freund
James Pollock, Polizist
Lorraine Pollock, Ärztin & James' Ehefrau
Missy, deren Katze
Foreman, die gute Seele des Weilers
Brennan Huntington-Timofeyev, Inhaber von »Huntington's Garage«
Nikolaj Timofeyev, Mitinhaber von »Huntington's Garage« & Brennans Ehemann
Donovan Leary, ein Gast

AUF DEM REVIER
Frank Davis, Officer
Hayden Everard, Officer & Franks Partner
Harris, der Chief

SONSTIGE
Aspen, der Nachbarskater
Reggie, eine alte Dame

PROLOG

Dachte der Kerl eigentlich irgendwann mal an was anderes als ans Essen? Der Mann war unmöglich und Hayden ging es gewaltig auf den Sack, dass Frank der Donutschachtel auf seinem Schoß mehr Beachtung schenkte als ihm. Wenn er Erfolg haben wollte, musste er rangehen. Die Zeit lief ihm davon. Und was konnte schon passieren? Er hatte Franks verstohlene Blicke bemerkt, die er ihm zuwarf, wenn Hayden auf dem Revier aus der Dusche kam – mit nichts als einem Handtuch um die Hüften. Ihm war auch aufgefallen, wie Frank auf Körperkontakt zwischen ihnen reagierte. Vielleicht bemerkte er es selbst gar nicht, aber das flüchtige Lecken seiner Lippen und die schnellere Atmung waren eindeutige Zeichen, dass Frank vielleicht doch lieber auf den Arsch eines Kerls spritzte als auf den einer Frau.

Hayden hatte ihn mal gespielt beiläufig am Oberschenkel gestreift. Dank der kurzärmeligen Uniform war ihm nicht entgangen, wie sich die Härchen an Franks Unterarmen aufgestellt hatten. Natürlich waren *Erregt-Sein* und *Aufs-Ganze-Gehen* zwei grundverschiedene Dinge, aber er konnte keinen weiteren Tag verlieren, sondern musste einen Vorstoß wagen.

Frank würde schon mitziehen, wenn er es geschickt genug anstellte.

»Halbe Stunde noch, dann sind wir frei«, sagte Hayden in gleichmütigem Tonfall. »Endlich raus aus dem beschissenen Streifenwagen.«

»Mhm«, murmelte Frank mit vollem Mund.

Hayden schaute aus dem Fenster und verdrehte die Augen. Manchmal würde er dem Arschloch echt gerne die Fresse polieren. Er setzte wieder seine hübsche Grimasse auf und wandte sich Frank zu. »Hast du heute Abend schon was vor?«

Endlich hatte er Frank *Fucking* Davis' Aufmerksamkeit. Der übergewichtige Idiot musterte ihn misstrauisch vom Fahrersitz aus. »Nein.«

Mit einem verschlagenen Lächeln, das die meisten Leute an ihm ziemlich heiß fanden, streckte er die Hand nach Franks Oberschenkel aus und strich darüber. »Hast du Lust, mit nach oben zu kommen, wenn du mich vor meiner Bude rauslässt?«

Frank schluckte runter, was er im Mund hatte, und starrte ihn an. »Everard, was soll der Scheiß?« Wie bezeichnend, dass er sich Haydens Berührung nicht entzog.

»Was für'n Scheiß?«

»Die Anmache. Was bezweckst du damit? Wenn du was von mir willst, spuck's aus, dann sehen wir, ob ich dir helfen kann.«

»Ja, ich will was von dir.«

»Hast du dich wieder mit Harris angelegt?«

»Was ich von dir will, hat nichts mit der Arbeit zu tun«, erwiderte Hayden, ließ seine Finger höher wandern und griff nach der Beule in Franks Hose. »Ich will deinen Schwanz in den Mund nehmen und dran lutschen, bis du deine Ladung direkt in meine Kehle schießt.« Seine Hand wurde nicht weggeschoben und er massierte Frank mit ein wenig Druck, bis er richtig hart wurde. Gar nicht so klein, wie er erwartet hatte. »Du kannst mir auch ins Gesicht spritzen, wenn dich das mehr anmacht«, fuhr er fort, um die Falle zuschnappen zu lassen. »Alles, was du willst, wenn du mit mir nach oben kommst.«

»Ich glaube nicht, dass das eine gute Idee ist«, murmelte Frank und blickte sich nervös um, als fürchtete er, man könnte sie erwischen.

»Warum nicht? Offenbar musst du Druck ablassen. Ich wüsste nicht, warum ich dir nicht dabei helfen sollte. Immerhin sind wir Partner.« Jetzt wurde er selber geil. Na toll. So hatte er sich das nicht vorgestellt.

Frank hob die Hüften kaum merklich an, um seine eisenharte Latte an Haydens Hand zu drängen. Er tat es scheinbar unbewusst. Ebenso wie das Flüstern seines Namens.

»Ich bin hier. Und ich kann in fünfundzwanzig Minuten vor dir knien und dir einen blasen, wenn du das willst. Ich bin übrigens gut darin.«

»Kann ich mir vorstellen. Warum dann nicht mit einem dieser heißen Typen, mit denen du's sonst treibst? Dir mangelt es nicht an Alternativen.«

Gut, dass ihm wenigstens bewusst war, dass er ein fetter Loser war und nichts Anziehendes an sich hatte. »Sei doch dankbar.«

»Du bist ein verfluchtes Arschloch«, murmelte Frank nachsichtig.

»Mag sein, aber ich hab auch Qualitäten. Überleg's dir.« Er zog sich zurück, um das Feuer zu schüren, das er entzündet hatte. Um eine Flamme ordentlich zum Brennen zu bringen, brauchte sie Luft zum Atmen. Um einen *Mann* zum Brennen zu bringen, brauchte es knisternde Distanz und ein Versprechen. »Du würdest es nicht bereuen. Denk drüber nach.«

Als Frank den Wagen etwas später vor dem schäbigen Wohnblock zum Stehen brachte, sagte Hayden: »Mein Angebot gilt noch, falls du dich das fragst.«

Frank wischte sich übers Gesicht. »Ich weiß nicht.«

»Stell den Motor ab und komm mit nach oben.«

Eine halbe Minute verstrich wie in Zeitlupe. Und in dem Moment, in dem sich der Schlüssel in der Zündung bewegte, wusste Hayden, dass er gewonnen hatte.

»Baseball ist wie Autofahren,
es zählt das, was man sicher nach Hause bringt.«

– Tommy Lasorda

1

Schwer atmend stand Frank unter der Dusche und ließ sich das viel zu heiße Wasser in den Nacken prasseln. Mit Hayden nach oben zu gehen, war der größte Fehler seines Lebens gewesen. Was hatte er sich dabei gedacht?

Er hatte eben gar nicht nachgedacht, das war ja das Problem. Stattdessen hatte er sich von seiner Sehnsucht leiten lassen. Nicht einer Sehnsucht nach Hayden, sondern nach körperlicher Nähe zu einem anderen. Seit Coopers Geburtstagsfeier machte Hayden sich an ihn ran und heute Abend hatte er nicht mehr standhalten können. Seine letzte sexuelle Begegnung lag Jahre zurück und er war auch nur ein Mann mit Bedürfnissen. Nein, er war eher ein dummer Idiot, der sich von seinem Schwanz hatte steuern lassen und jetzt mit den Konsequenzen leben musste.

Kaum war er nach der Katastrophe, die sich in Haydens Wohnung abgespielt hatte, in den Wagen gestiegen, war eine E-Mail auf sein Handy gekommen. Kein Betreff und kein Text. Nur ein Video im Anhang. Von ihm und Hayden.

Er hatte sich die vollen zwanzig Minuten angesehen und alle paar Atemzüge Magensäure hinuntergewürgt. Nachdem er im Video aus der Tür verschwunden war, setzte Hayden sich vor die Kamera und grinste. Er sagte ein paar hässliche Dinge und beendete seinen Monolog mit einer subtilen, doch klar verständlichen Drohung. »Und wenn ich dich in Zukunft um was bitte, wirst du mit mir am selben Strang ziehen. Ich hoffe, wir verstehen uns.«

Frank hatte verstanden und zugleich vergessen, wie man Luft holte. Seine Lungen waren verkrampft, sein Magen brannte und seine Hände am Lenkrad zitterten die ganze Heimfahrt über.

Zuhause angekommen hatte er sich zwei Mal übergeben und sich dann unter die Dusche gestellt, um den Geruch von Schweiß, schlechtem Sex und Erbrochenem loszuwerden. Jetzt lehnte er mit der Stirn gegen die grauen Fliesen und hatte keine Ahnung, wie viel Zeit vergangen war. In seinem Schädel hämmerte etwas auf ihn ein, was ihm die Schläfen pulsieren ließ.

Benommen stieg er aus der Duschwanne. Der dünne Vorleger fühlte sich rau unter seinen Fußsohlen an. Grob frottierte er sich das Haar und trocknete sich ab.

Er vermied den Blick in den Spiegel, weil er nicht mochte, was er darin sah.

Eilig schlüpfte er in saubere Klamotten und ging zu seinem Wagen zurück. Er setzte sich in den wuchtigen SUV, in dessen Innerem es nach Fast Food und Duftbäumchen roch, und griff nach seinem Handy. Nach einem Zögern wählte er James' Nummer. Der hatte seinen freien Tag und seine Frau Lorraine würde ihm den Kopf vom Rumpf reißen, wenn er den Anruf entgegennahm, aber James war nun mal seine einzige Hoffnung.

Das Freizeichen piepste eine Ewigkeit vor sich hin und ließ ihn mit jedem Ton im Fahrersitz zusammenschrumpfen.

»Frank?«, erlöste ihn schließlich eine rauchige Stimme.

»James«, gab er nach einem Schlucken zurück.

»Was gibt's denn, Mann?« Er klang verwirrt, aber nicht unfreundlich.

»Sorry, wenn ich störe.«

»Du störst nicht«, versicherte James, doch im Hintergrund hörte man Lorraine genervt aufseufzen. Vermutlich verdrehte sie die Augen.

»Lorraine sieht das anders.«

»Mach dir keinen Kopf«, erwiderte James mit einem hörbaren Grinsen. »Sie ist nur sauer, weil ich uns gerade einen Mitternachtssnack koche und sie jetzt auf den Inhalt der Töpfe aufpassen muss. Aber das bekommt sie hin.« Er lachte und Lorraine murmelte ein paar Worte, bevor sie ebenfalls kicherte. Ein Deckel klapperte.

»Ich hab ein Problem«, würgte Frank hervor und wischte an dem silbernen L des Lenkrads herum.

»Warte, ich geh kurz in den Flur«, meinte James, als er den Ernst der Lage begriff. »Okay, schieß los.«

»Hayden hat ein Video gemacht.«

»Ein Video? Von was?«

»Von ihm und mir.«

»Und was gibt es da zu sehen?«

»Eindeutige Sachen.«

Stille. Bloß das Atmen seines Gesprächspartners verriet, dass die Verbindung nicht unterbrochen worden war.

»Frank, willst du andeuten, dass du Sex mit Everard hattest? Mit diesem widerlichen Arschloch?«

Mit Müh und Not brachte Frank ein Geräusch aus seiner Kehle, das man als Zustimmung auffassen konnte.

»Ich bin ... Ich weiß nicht, was ich dazu sagen soll«, murmelte James. »Du hast außerdem nie ein Wort darüber verloren, dass du schwul bist.«

»Ist ja nicht von Bedeutung, oder?«

»Natürlich ist es nicht von Bedeutung, mit wem du ins Bett gehst, aber wir sind Freunde. Ich dachte, unter Freunden erzählt man sich sowas.«

Darauf wusste nun wiederum Frank nichts zu sagen.

»Okay, und wie lange geht das schon zwischen Everard und dir?«

»Da ist nichts, James. Es war ein dummer Ausrutscher. Er hat mich angebaggert und ich bin zu ihm mit hoch. Danach hat er mir das Video geschickt.«

»Was für ein Schwein«, knurrte James und erinnerte an einen hungrigen Wolf, der Blut gewittert hatte. »Was will er dafür, dass es geheim bleibt?«

»Noch nichts. Er benutzt es als Druckmittel. Um sich meine Kooperation zu sichern, bei was auch immer er sie zu brauchen glaubt.«

»Aber wie? Ich meine, Harris ist das Private egal, solange wir im Dienst funktionieren. Vielleicht verwarnt er euch, aber er wird euch ganz sicher nicht die Uniformen abgeben lassen. Und was hätte Everard davon? Lass es darauf ankommen.«

»Nein!«, stieß Frank hervor – lauter als beabsichtigt. Sein Herzschlag beschleunigte sich und dröhnte in seinen Ohren. »Niemand darf dieses Video sehen! Ich müsste mich aufknüpfen, sollte das je an die Öffentlichkeit kommen!«

»Das will ich überhört haben.« James' liebste Redewendung, welche Frank jetzt die Augen verdrehen ließ.

»James, bitte hilf mir.«

»Wobei? Was hast du vor?«

»Ich will bei ihm einbrechen und das Scheißvideo von seinem Laptop löschen.«

James ließ ein Stöhnen hören und griff sich vermutlich an die Stirn. Ein überkorrekter Bulle hörte es nicht gern, wenn einer seiner Kumpels eine Straftat plante.

»So einfach ist das nicht. Wahrscheinlich hat er es schon irgendwo hochgeladen oder was weiß ich. Er hat es dir per Mail geschickt, Frank. Das Tape wird längst irgendwo auf einem Server sein. Denkst du nicht, dass er Kopien davon anfertigen würde, um kein Risiko einzugehen? Everard ist nicht dumm.«

Frank schnappte nach Luft und drückte sich die Faust gegen den Mund, um nicht vor Verzweiflung zu schreien. Am liebsten würde er seine beschissene Karre gegen den nächsten Baum lenken und allem ein Ende machen.

James gab einen sonderbaren Laut von sich und meinte dann: »Weißt du was, komm erst mal her. Ich hab eine Idee. Ein wenig gewagt, aber durchaus machbar.«

»Danke.« Er drückte auf den roten Hörer und startete den Motor.

Nach zehn Minuten ließ er die letzten Häuser der Stadt hinter sich und fuhr zwischen Wiesen und Feldern hindurch. Die langen Halme bewegten sich im Wind und schimmerten im Mondlicht. Vereinzelte Bäume zogen an ihm vorüber, bis sie sich verdichteten und der Wald ihn schließlich verschluckte.

✶

Als er den Weiler erreichte, drosselte er die Geschwindigkeit und parkte den Lexus neben Nikolajs schwarzem Benz. Ihm war schon wieder so übel, dass er kotzen könnte, aber er musste sich jetzt im Griff haben und sich James' Idee anhören.

Er ging an Kittys rotem Camry vorbei und warf Kellans Ford Ranger einen flüchtigen Blick zu. Der arme Wagen war verdreckt bis unters Dach. Alle Autos standen versammelt auf dem behelfsmäßigen Parkplatz, was bedeutete, dass alle Bewohner des Dorfes zuhause waren und auf ihn aufmerksam werden könnten.

Für gewöhnlich trafen James und er sich irgendwo in der Stadt auf einen Kaffee oder ein Bier – je nachdem, was der Tag erforderte. Frank kam nicht gerne hier hoch. Archie, das Oberhaupt des Weilers, war ihm gegenüber so misstrauisch, dass er ständig ein lächerliches Schauspiel abzog, sobald er beruflich mit ihm zu tun hatte. Und mit Kellan, Archies Lebensgefährten, hatte er vor einer halben Ewigkeit eine Auseinandersetzung gehabt, weil er angenommen hatte, Kellan würde wildern. Es hatte sich als Irrtum herausgestellt, doch nachdem bis zur Aufklärung des Missverständnisses bereits Dinge wie »hinter Gitter bringen« und »Schwanzlutscher in Uniform« gefallen waren, kam es nur zu einer höchst halbherzigen Aussöhnung, seit der sie sich aus dem Weg gingen.

Die Abendluft war warm und duftete nach Blättern und Sommergräsern. Zögernd näherte er sich den Häusern und hoffte, James würde draußen auf ihn warten. Tatsächlich erblickte er ein paar Schritte später dessen markantes Gesicht, von blondem Haar umrahmt.

Zwei blaue Augen blitzten trotz der Dunkelheit im Mondlicht auf, als James aus dem Schatten eines Baumes trat und auf ihn zukam. »Du warst ziemlich schnell. Ich hoffe, du hast dich an das Tempolimit gehalten.«

Frank hatte nicht die Kraft, um auf den Scherz einzugehen. »Sorry, dass ich Lorraine und dir die Zeit stehle. Ich weiß bloß nicht, wen ich sonst um Hilfe bitten könnte.«

»Mach dir keinen Kopf. Freunde dürfen mir immer ein wenig Zeit stehlen.«

Nun bemühte Frank sich zumindest um ein kleines Lächeln. Es gelang ihm jedoch nur, den rechten Mundwinkel zu heben. Als er bemerkte, dass James nicht alleine auf ihn gewartet hatte, schluckte er trocken.

Brennan Huntington-Timofeyev, Besitzer von »Huntington's Garage« und Nikolaj Timofeyevs Ehemann, war bei ihm und hob zum Gruß die Hand.

Frank blickte vom einen zum anderen und verstand die Welt nicht mehr.

James strich sich über die Augenbraue. »Um bei Everard einzubrechen, brauchst du Hilfe. Wenn du das allein durchzuziehen versuchst, dann garantiere ich dir, dass sie dich festnehmen. Und ich kann das Risiko nicht eingehen, dir dabei zu helfen. Ich will meinen Job nicht verlieren«, fügte er unangenehm berührt hinzu.

»Du musst dich nicht rechtfertigen. Ich versteh das schon.«

»Also dachte ich mir, wer könnte dir besser bei einem Einbruch helfen, als Brennan?«

»Eigentlich mach ich sowas nicht mehr«, warf Brennan ein und wirkte ernsthaft besorgt. »Und Nick wird mich fressen, wenn er davon erfährt. Aber wenn es wirklich so wichtig ist, wie James behauptet, dann bleibt mir ja keine andere Wahl.«

»Du hast es ihm erzählt?«, zischte Frank mit einer berechtigten Fassungslosigkeit, die ihn befiel.

James packte ihn am Oberarm und nahm ihn beiseite. »Ich hab nur gesagt, dass es da eine Aufnahme von dir gibt, die dir zum Verhängnis werden könnte. Mehr nicht«, erklärte er im Flüsterton.

»Er wird sich denken können, was auf dem Video ist, meinst du nicht?«

»Muss nicht sein. Er kann auch glauben, dass du korrupt bist und dich bei was hast erwischen lassen. Brauchst du jetzt Hilfe, oder nicht?«

Zusammen mit einem Stöhnen wischte Frank sich übers Gesicht und fuhr sich durch den dichten Bart. »Ja«, erwiderte er kleinlaut. »Am Telefon hast du aber behauptet, ein Einbruch würde mich nicht weiterbringen.«

»Deswegen werdet Brennan und du nicht allein gehen.«

Wie aufs Stichwort ertönte das raue, raspelnde Geräusch eines Feuerzeuges und eine Flamme tanzte vor dem Gesicht eines jungen Mannes, der auf Foremans

Veranda stand und sich lässig mit den Unterarmen ans Geländer lehnte, um sie zu beobachten. Frank blieb für einen irritierenden Moment die Luft weg. Im fahlen Mondlicht erkannte er dunkelbraunes, fast schwarzes, wild gescheiteltes Haar, auf einer Seite länger als auf der anderen ... Eine altmodische, golden eingefasste Brille saß in einem schmalen Gesicht samt hübscher Nase, vollen Lippen und rundem Kinn. Franks Herz klopfte beharrlich gegen seine Bauchdecke.

»Unser Neuzugang. Der Bursche kennt sich mit Computern aus«, sagte James.

Brennan schnaubte belustigt. »Sag es, wie es ist. Er ist ein Hacker.«

»Nenn es, wie du willst«, winkte James ab. »Wenn einer dieses Tape vernichten kann, dann Don Leary.«

Besagter Hacker zog an seiner Zigarette und schüttelte sich ein paar Strähnen aus der Stirn, ehe ihre Blicke sich durch Qualm und Dunkelheit trafen.

Frank war für ein paar Sekunden wie gelähmt. Dann riss er sich los und schüttelte den Kopf. »Nein.« Trotz aller Überzeugung zitterte seine Stimme. Er machte auf dem Absatz kehrt und ging auf seinen Wagen zu.

»Frank!« James lief ihm nach und hielt mit ihm Schritt, nachdem er ihn eingeholt hatte.

»Ich habe Nein gesagt.«

»Warum? Was passt dir an dem Burschen nicht?«

»Es ist nicht richtig, euch da mitreinzuziehen. Ich hab Mist gebaut und muss jetzt damit leben. Ich hab kein

Recht dazu, andere Leute in Gefahr zu bringen. Was, wenn Hayden uns erwischt?«

»Das musst du schon den anderen überlassen. Ich habe mit ihnen gesprochen und beide haben aus freien Stücken zugestimmt, bei der Aktion mitzumachen. Sie kennen die Konsequenzen, sollte was schief gehen.«

»Dieser Junge dort drüben hat doch keine Ahnung, worauf er sich einlässt«, konterte Frank bissig und musterte Don Leary mit den modisch zerrissenen Jeans und den Kettchen ums Handgelenk.

»Dieser *Junge*«, wiederholte James spöttisch, »ist 23 Jahre alt und hat mehr Ahnung, als du denkst.«

»Ich will nicht, dass er ... dass er das Video sieht.« Er blieb neben seinem Lexus stehen und hielt die Schlüssel so fest umklammert, dass sich ihm die spitzen Kanten des Metalls in die Handflächen bohrten.

»Warum sollte er es sich ansehen? Er sucht nach dem Datum und löscht es. Punkt. Aus«, fuhr James ihn verständnislos an. »Hör zu, ich kenne ihn noch nicht lange. Er ist erst seit zwei Wochen bei uns, aber ich denke, man kann ihm trauen.«

»Und warum glaubst du das?«

»Er hat ziemlich viel Scheiße durchgemacht und ist einfach froh, mal irgendwo untergekommen zu sein. Das wird er sich nicht versauen.«

»Ist er auch ...?« Frank ließ den Rest der Frage in der Dunkelheit verhallen.

»Ja. Mit einigen ungewöhnlichen Schwierigkeiten.«

»Bleibt er bei euch?«

»Vorerst«, gab James ausweichend zurück. »Und jetzt spring bitte über deinen Schatten und lass uns die Angelegenheit aus der Welt schaffen. Brennan weiß, was er tut, und Don hat es faustdick hinter den Ohren.«

»Sagtest du nicht vorhin, du würdest es einfach darauf ankommen lassen?«

»Ich hab's mir anders überlegt. Jetzt will ich, dass wir Everard auf die Fresse fliegen lassen. Es gefällt mir nicht, dass er was gegen dich in der Hand hat.«

»Mir auch nicht«, gab Frank zurück und bemerkte, dass er den Kampf gegen sein Gewissen, seine Scham und James verloren hatte.

»Na, dann komm.«

*

Don war inzwischen von der Veranda getreten und hatte sich zu Brennan gestellt. James kam mit dem hübschen Bullen in Freizeitkleidung zurück. Würde Don nicht riechen, dass er etwas sehr Angenehmes in dem Kerl namens Frank Davis auslöste, müsste er glauben, er sei dem Mann unsympathisch. So roch er jedoch dessen Aufregung und begriff, dass er ihm gefiel. Nicht schlecht, denn Frank Davis gefiel wiederum ihm. Der Polizist außer Dienst hatte haselnussbraunes Haar und einen etwas dunkleren Vollbart, ordentlich Fleisch auf den Rippen und zwar an genau den richtigen Stellen. Der Typ war einfach sexy.

»Frank Davis«, stellte er sich mit kratziger Stimme vor und ließ ihn in seine dunkelblauen Augen sehen. Darin lag ein Feuer. Flammen in Indigo. Intensiv und edel.

»Donovan Leary.« Don ergriff die Hand, die ihm angeboten wurde. Ihre Finger berührten sich und ihn durchlief ein wohliger Schauer. Und ein zweiter, als sein feinster Sinn Franks temperamentvollen Herzschlag wahrnahm. Er ließ sich Zeit damit, die große Hand wieder freizugeben. Auch Frank schien es nicht eilig zu haben, sich ihm zu entziehen. Seine Haut war weich und warm, was schön war. Besonders, wenn einem – wie Don – immer kalt war. Er hätte absolut nichts dagegen, wenn diese Hände sich in seinem Haar verlieren und ihm den Rücken entlangstreichen würden. Absolut nichts.

»Gut, dann werden wir es also wirklich durchziehen«, lachte Brennan schwach und griff sich in den Nacken. »Nick bringt mich um, wenn er davon erfährt.«

»Das glaub ich nicht«, merkte Don neckisch an. »Dann hätte er ja keinen mehr, der ihn morgens auf der Veranda abknutscht und ihm den Kaffee nachträgt.«

Brennan wurde rot, was bei seiner muskulösen Statur amüsant wirkte. »Ha ha. Da würde sich schnell ein anderer finden, vermute ich mal.«

»Wir haben jetzt andere Sorgen als Brennans Nachfolger«, warf James ein.

Don lachte leise und schob seine Brille zurecht, indem er mit den Fingerspitzen unten gegen das Gestell tippte. Er bemerkte, dass Frank ihn dabei beobachtete und jetzt vorzutäuschen versuchte, er hätte es nicht getan.

»Wann soll der Coup stattfinden?«, fragte Don in Franks Richtung.

»Ich ... weiß es nicht.«

»Ist das Arschloch dein Partner im Dienst?«

»Ja«, kam zurück und die demütige Art, wie Franks Blick dabei zu Boden schweifte, gefiel Don ganz und gar nicht.

Mühsam bezähmte er den Wolf in sich, welchen er hasste und fürchtete. Nun wollte das Mistvieh sich hier einmischen und einen Mann beschützen, den sie seit fünf Minuten kannten. »Dann wäre es gut, wenn wir zuschlagen, während ihr auf Streife seid«, schlug er vor, als sich sein Blut abgekühlt hatte.

»Das denke ich auch«, sagte James, während Brennan zustimmend nickte.

Frank schluckte sichtbar. »Sollte ich denn nicht dabei sein?«

»Auf keinen Fall«, wehrte Don mit einem Kopfschütteln ab. »Wenn *wir* erwischt werden, wird die Sache nicht mit dir in Verbindung gebracht. Wenn du mitten im Zimmer stehst, wäre es schon ein wenig komplizierter, dich zu decken.«

Frank trat nervös von einem Bein aufs andere.

»Was ist?«, fragte James. »Wenn dir der Plan nicht gefällt, musst du es sagen, solange er noch zu ändern ist.«

»Es ist nichts.«

Don roch Franks Nervosität und Unbehagen und fühlte sich zu einem Angebot gedrängt: »Wenn du willst, dass es noch heute Nacht durchgezogen wird, müssen wir ihn nur aus seiner Bude locken. Ich würd's machen.«

»Das ist Wahnsinn«, fuhr Brennan ihn an. »Ohne Vorbereitung steige ich aus.«

»Vorbereitung? Willst du dir von Nick die Finger warmhauchen lassen?«

»Nein, aber ich will ausgeruht sein und mir in Ruhe erklärt haben lassen, wie Everard wohnt. Außerdem will ich die Sicherheit, dass der Typ nicht plötzlich nach Hause kommt, während du an seinem Computer zu Gange bist.«

»Ich denke auch, dass es keine Nacht- und Nebelaktion sein muss«, murmelte James und warf Frank einen fragenden Blick zu. »Oder?«

»Nein, muss es nicht«, kam heiser zurück. »Morgen Nachmittag reicht.«

»Hat Everard ein Apartment oder ein Haus?«, wollte Brennan wissen.

»Apartment. Dritter Stock.«

»Wer wohnt noch auf diesem Stockwerk?«

Don hörte Schritte hinter sich und bemerkte, dass James ebenfalls hellhörig wurde, jedoch statt einer Warnung nur leise seufzte.

»Ich weiß es nicht«, antwortete Frank. »Aber seine Tür ist um die Ecke und nicht besonders gut einzusehen.«

»Es sollte also genug Zeit und Ruhe sein, um das Schloss zu knacken«, ergänzte James mit einem Nicken. »Mein Gott, was tun wir hier eigentlich?«

»Ja«, ließ eine kühle Stimme hinter ihnen verlauten. »Das frage ich mich auch.«

»Scheiße«, zischte Brennan in einem Flüstern und wandte sich zu seinem Ehemann um. Nikolaj Timofeyev. Sein pechschwarzes Haar war zerzaust und die Narben an seiner Wange stachen durch seine grimmige Miene hervor.

»Was ist hier los?«, fragte Nick und bedachte jeden von ihnen mit einem bösen Blick.

»Geht dich nichts an«, gab Don rotzig zurück.

»Treib es nicht zu weit, Don Leary.«

»Ich sag nur, wie's ist.«

Nick zeigte ihm die Zähne und drängte sich zwischen Brennan und ihn. Als ob Don Interesse an dem hätte!

»Frank Davis?« Nicks Verwirrung schien sich noch zu steigern. »Was geht hier eigentlich vor sich? Macht dann bitte mal jemand den Mund auf!«

»Wir planen einen Einbruch bei Everard«, erklärte James. »Er hat ein Video von Frank gemacht. Es muss gelöscht werden. Brennan und Don haben sich angeboten.«

»So, du hast dich also *angeboten*?«, fuhr Nick seinen Ehemann an.

»Na ja, James hat mich gefragt und ich hab nicht Nein gesagt.«

Nick packte Brennan am Arm und zog ihn in die Dunkelheit des Waldes. »Ist das dein Ernst? Ein Einbruch bei einem Bullen? Willst du alles aufs Spiel setzen? Für Frank Davis? Was ist los mit dir?«

Sie setzten den Streit in einer Lautstärke fort, die ein Mithören schwierig machte. Frank sah drein, als würde er sich am liebsten in Luft auflösen. Sein Gesicht war gerötet und er versteckte sich flüchtig hinter seiner Hand.

»Ich kann es auch allein durchziehen, wenn's sein muss«, sagte Don mit voller Überzeugung. »Ich hab zwar keine Ahnung, wie man eine Tür aufbricht, aber das krieg ich schon irgendwie hin.«

»Don, wir haben eine Abmachung. Du verlässt das Dorf nicht allein«, mischte James sich in einem belehrenden Tonfall ein, der ihn total auf die Palme brachte.

»Leck mich, Pollock. Du hast mich gebeten, deinem Kumpel aus der Klemme zu helfen. Dann lass es mich durchziehen.«

»Aber nicht allein. Und es wird auch nicht nötig sein, wie es aussieht«, fügte James mit einem Nicken in Richtung Nick und Brennan hinzu.

Don drehte sich um und sah, wie Brennan seinen böse dreinblickenden Mann vorne am Hemd zu sich zog und ihm etwas zuflüsterte. Nick verdrehte zwar die Augen, doch seine Miene wurde weich und er ließ sich küssen.

Wie schaffte Brennan das? Wie konnte ein Kerl eine derartige Macht über einen anderen haben? Wie konnten zwei Menschen sich so nahe sein? Und wie fühlte es sich an?

Er zog seine Zigarettenschachtel hervor, um sich noch eine anzustecken. Über der Flamme sah er zu Frank hinüber, der den Blick erwiderte.

Brennan kam zurück, während Nick sich im Hintergrund hielt. »Ich bin dabei. Morgen, während eurer Streife. Wann fahrt ihr?«

»Von 1 bis 9«, würgte Frank hervor. Der Gedanke, Zeit mit diesem Everard zu verbringen, schien ihm nicht zu gefallen. Verständlich.

Was war bloß auf dem Video? Wobei hatte Everard Frank erwischt? Was hatte er gesehen und gefilmt, was niemand sehen durfte? Frank Davis sah nicht wie jemand aus, der etwas auf dem Kerbholz hatte. Ganz im Gegenteil. Er wirkte unbeholfen und harmlos, als könnte er keiner Fliege was zu Leide tun.

»Gibst du uns deine Handynummer?«, platzte Don heraus und zückte sein Telefon. »Wir müssen dich erreichen können, falls was nicht nach Plan läuft.«

Frank nickte abgehackt und sagte ihnen heiser ein paar Ziffern an.

Don war so frech und tippte auf »Anruf«, um sicherzugehen, dass Frank ihnen die richtige Nummer angesagt hatte. Der hübsche Bulle zuckte zusammen, als es in seiner Hosentasche zu vibrieren begann, und fummelte eilig nach seinem Handy.

Grinsend legte Don auf. »Damit du anrufen kannst, falls sich bei dir was ändert.«

»Danke für die Hilfe.«

»Bedanken tut man sich für gewöhnlich erst, wenn alles glatt gelaufen ist.«

»Dann bedanke ich mich eben morgen ein zweites Mal.«

Don schmunzelte. »Geht klar.«

»Gut, dann lasst uns jetzt nach Hause gehen und uns aufs Ohr hauen«, sagte James und warf einen Blick über die Schulter, als könnte Lorraine jeden Moment auftauchen und ihm eine Kopfnuss verpassen.

Ohne einen Gruß löste sich die Gruppe auf. Nick und Brennan unterhielten sich leise, James seufzte hörbar, Türen gingen auf und fielen in die Angeln zurück.

Don nahm die Stufen hoch zur Veranda und blieb dort oben stehen, um Frank nachzusehen. Der Mann zerzauste sich gerade das Haar und strich sich über den Nacken. Er drehte sich um – vielleicht spürte er, dass man ihn beobachtete. Für einige Momente blickten sie sich in die Augen. Dann stieg Frank in den Wagen und ließ den Motor anspringen. Ein leises Schnurren in der Stille des Waldes. Die Reifen knirschten auf dem Untergrund. Das Auto zeigte ihm die rotäugigen Rücklichter und kurz darauf war es verschwunden.

Don zog ein letztes Mal an seiner Zigarette und drückte sie im Aschenbecher aus, den Foreman für ihn auf das Geländer gestellt hatte.

2

Frank lenkte den Streifenwagen gerade in die 9th Avenue, als der Funkspruch durchgegeben wurde. »Wagen 12, kommen, Wagen 12.«

Hayden griff aufstöhnend nach dem Funkgerät. »Wagen 12 meldet sich.«

Sie hatten seit Dienstantritt noch keine fünf Worte gewechselt. Für Hayden war die Sache mit seinem Monolog auf dem Video gegessen und auch Frank hatte seinem Partner nichts mehr zu sagen.

Doch stumm neben dem Mann zu sitzen, vor dem er sich dermaßen blamiert hatte und der ihn deshalb verspottete, war eine Tortur sondergleichen. Die Scham brannte ihm Übelkeit in den Bauch und dann war da noch die Wut ... Nicht zu vergessen die Schuldgefühle, weil er Don Leary und Brennan in die Sache hineingezogen hatte.

»273D in der South San Sebastian Avenue. Mehr muss ich dazu wohl nicht sagen«, kam mit einem hörbaren Grinsen aus dem Funker.

273D war der Code für häusliche Gewalt und mehr musste man zusammen mit diesem Straßennamen tatsächlich nicht mehr sagen. Sie kannten die betreffenden Leute.

»Wir übernehmen«, gab Hayden missmutig zurück. »Steig aufs Gas, Frank. Ich will das schnell hinter mich bringen. Man kann eigentlich nur hoffen, dass sie ihm irgendwann das Hirn aus dem Schädel schlägt, damit wir den Scheiß hinter uns haben.«

Frank schüttelte den Kopf über Haydens derbes und menschenunwürdiges Gerede, schaltete die Sirenen ein und beschleunigte. Der Wagen schlingerte in einer Kurve, ließ sich jedoch sofort fangen und unter Kontrolle bringen. Zwei schwarze SUVs drückten sich zur Seite, um Frank überholen zu lassen. In einem gewagten Manöver schlängelte er sich zwischen mehreren Autos an der Ampel durch, ein paar Passanten wichen eilig aus. Die Reifen quietschten.

»Wenn schon das Ficken mit dir ein echter Reinfall ist, kann man mit dir echt geil in 'nem Auto fahren«, lachte Hayden und hielt sich an dem Griff über dem Seitenfenster fest.

Frank ignorierte den Einwurf, dachte jedoch unwillkürlich an die letzten Jahre zurück. Auf Hayden war kein Verlass, das wusste er. Er wusste auch, dass er von ihm keine Rückendeckung zu erwarten hatte, sollte es hart auf hart kommen. Doch dass sein Partner ihn eines Tages auf eine derart hinterhältige Weise linken würde, hätte er niemals erwartet. Natürlich waren sie nie Freunde gewesen und dennoch schmerzten der Verrat und die Kaltschnäuzigkeit, mit der Hayden sein Ding durchzog. Andere Menschen waren ihm gleichgültig.

Frank schnitt die letzte Kurve vor dem Ziel und ließ den Ford auf den Rasen vor dem heruntergekommenen Haus schlittern. Er schaltete die Sirenen aus und stieg eine Sekunde nach Hayden aus dem Auto.

Zwei Stufen führten zur schmalen Veranda hinauf. Aus dem Haus drang wildes Stimmengewirr – das Kreischen einer Frau sowie das Wimmern und Zetern eines Mannes. Das Klirren von Glas oder Porzellan untermalte den Streit auf eine klischeehafte Weise. Ein paar Nachbarn lugten aus den Fenstern, während ein alter Mann auf der Bank vor seinem Haus hockte und sie Zigarre rauchend beobachtete.

Hayden schlug die Faust gegen die Tür. »Polizei, aufmachen!«

Der Disput verstummte für keinen Herzschlag. Es war, als hätten die Eheleute alles um sich herum ausgeblendet.

Frank drehte prüfend den Türknauf. Er bot keinen Widerstand. »Lass uns reingehen«, murmelte er und ließ seinen Worten Taten folgen. Im Flur stieg ihm der Geruch von verdorbenem Fast Food, Bier und Zigarettenrauch in die Nase.

»Du bist ein verdorbener Mistkerl, ich sollte dich aus dem Haus jagen, du widerlicher Schürzenjäger!«, brüllte Mrs Spector auf ihren Mann ein.

Frank fand sie in der Küche. Mit einer Pfanne in der Rechten und einem qualmenden Glimmstängel in der Linken stand sie über Mr Spector gebeugt, der sich hinter dem Küchentisch verschanzte. Aus einer Platzwunde über der linken Augenbraue lief Blut über sein Gesicht.

»Mrs Spector! Weg mit der Pfanne und zurücktreten«, befahl Frank.

Die Frau in ihren Fünfzigern wandte sich ihm erschrocken zu. Ihr Blick war glasig von zu viel Alkohol, ihre Haut faltig vom exzessiven Rauchen.

Flüchtig kam Frank der Gedanke, wie sexy und lässig Don Leary mit seiner Zigarette ausgesehen hatte. Ein krasser Gegensatz zu der aufgebrachten Furie, die ihm jetzt gegenüberstand.

»Endlich seid ihr da!«, schrie Mr Spector und fuchtelte mit den Armen. »Die Irre da will mich umbringen!«

»Wär kein großer Verlust für die Welt, wenn du abkratzen würdest!«, kreischte sie ihm ins Gesicht und er nahm die Hände davor.

»Ich schnapp mir die Alte«, murmelte Hayden, ging an Frank vorüber und auf Mrs Spector zu, welche inzwischen die dreckige Pfanne hatte sinken lassen.

»Mr Spector, auf ein Wort ins Wohnzimmer.« Frank winkte den Mann zu sich, der nach einem letzten misstrauischen Blick auf seine Gattin die Flucht ergriff.

»Was war hier los?«, fragte Frank, als der andere sich auf das Sofa setzte und mit einer herausstehenden Sprungfeder zu spielen begann.

»Durchgedreht ist sie wieder mal. Das war los«, spuckte Spector ihm entgegen.

Hayden zog die Schiebetür vor und schenkte Frank ein Lächeln, von dem er verwundert war. Nach allem, was das Arschloch ihm antat, besaß er nun die Dreistigkeit ihn so unbedarft anzulächeln. War der noch bei Verstand?

Frank ballte die Hände zu Fäusten und verscheuchte den Zorn, um sich auf die Arbeit konzentrieren zu können. »Warum ist sie durchgedreht? Ist was vorgefallen?«

»Ich hab mit uns'rer Nachbarin geredet! Da ist sie in die Luft gegangen, als hätte ich das Weibsbild vor ihren Augen flachgelegt!«

»Vielleicht sollte man in Erwägung ziehen, sich zu trennen, wenn es nicht mehr so gut läuft. Was es ja offensichtlich nicht tut, Mr Spector. Das ist das dritte Mal in einem halben Jahr, dass wir herkommen müssen.«

»Die Polizei ist doch mein Freund und Helfer, oder nicht? Da könnt ihr ja wohl auch kommen, wenn die mir an den Kragen geht wie 'ne Verrückte!« Spector sah ihn aus großen Augen an, die verrieten, dass auch er zu viel getrunken hatte. Er war abgemagert, die Klamotten hingen ihm am Körper hinab und seine Züge erzählten von Alkohol- und Drogenmissbrauch. Eine tickende Zeitbombe, gegen die sie so gut wie machtlos waren.

»Wir werden auch in Zukunft kommen, wenn wir gerufen werden. Allerdings halte ich es für sinnvoll, dass deine Frau und du ein wenig auf Abstand geht«, erwiderte Frank in beruhigendem Tonfall. »Nur bis die Situation sich abgekühlt hat, versteht sich.«

»Kommt nicht in Frage. Wo soll ich denn hin? Und wer macht mir mein Essen?«

»Dann vielleicht keine Trennung, aber ein klärendes Gespräch bei einem Therapeuten?«

»Davon halt ich nichts. Ist doch alles dummes Geschwätz.«

»Es gibt eine Einrichtung drüben in der Stadt. Da können sich Männer melden, die Opfer von häuslicher Gewalt geworden sind. Eventuell wäre das eine Option?«

Mit einer wegwerfenden Handbewegung wischte Spector auch diesen Vorschlag beiseite. »Da gehen nur Schwuchteln hin. Was soll ich da?«

Frank straffte die Schultern und knirschte mit den Zähnen. Die Beschimpfung traf ihn, obwohl sie nicht direkt gegen ihn gerichtet war, und minderte seinen Willen zur Hilfsbereitschaft. Er wüsste ohnehin nicht, was er noch tun könnte.

Spector nahm eines der dünnen, zerfledderten Kissen und tupfte sich damit das Blut von der Wunde, die halb so wild aussah.

Hayden kam mit der tränenüberströmten Frau aus der Küche. »Mrs Spector ist jetzt bereit, sich zu versöhnen, wenn ihr Ehemann das möchte.«

»Meinetwegen«, knurrte Spector und winkte sie zu sich.

»Oh, Marty«, schluchzte sie reuig und warf sich in seine Arme.

»Gut, dann werden wir jetzt gehen«, meinte Frank resignierend und gleichermaßen genervt von der Situation, die sich alle paar Monate wiederholte.

Man schenkte ihnen keine weitere Beachtung, sondern säuselte und schimpfte miteinander.

Draußen vor dem Wagen lachte Hayden. »Erinnerst du dich an unseren ersten Einsatz hier? Als wir die alte Schrulle festnehmen wollten, hat er die Flinte geholt.«

»Ich erinnere mich«, murmelte Frank unwillig und stieg in den Ford. Er rückte die lederne Dienstkoppel zurecht, weil ihm die Handschellen in den Schenkel drückten.

»Sowas von nervtötend, die beiden.« Hayden zog sich den Gurt vor den Körper und ließ ihn einschnappen. »Sollen wir schnell was essen gehen?«

»Meinetwegen.« Er sah auf die Uhr und fragte sich, ob Don und Brennan das verdammte Video inzwischen unschädlich gemacht hatten.

*

Brennan hielt ihm die Tür auf und Don zwängte sich mit seiner Umhängetasche aus dunkelrotem Leder ins Innere des Hauses. In stillem Einvernehmen nahmen sie die Treppe, anstatt in den Aufzug zu steigen. Während man Brennan die Nervosität ansah, war Don völlig gelassen. Seine Zuversicht gestattete ihm nur ein kleines bisschen Aufregung, aber die war ihm durchaus willkommen. Seit Saint ihn zu seinem Schutz in den Weiler gebracht hatte, war ihm langweilig. Er hatte nichts zu tun, keine Aufgabe, keinen Zweck in der Gemeinschaft, die ihn ohnehin nur vorübergehend aufgenommen hatte.

Im dritten Stockwerk bogen sie um die Ecke, die Frank beschrieben hatte, und erreichten gleich darauf Everards Wohnungstür, die sich hoffentlich bald Brennans Willen beugen und sie reinlassen würde.

»Wie lange wird es dauern?«, fragte er, während Brennan sich auf den blassblauen Teppichboden hockte und sein Zeug auspackte. »Machst du das mit einem Dietrich?«

Brennan lugte in das Schlüsselloch hinein und schüttelte schließlich den Kopf. Seine Miene wirkte verkniffen. »Ein Dietrich hilft mir hier nicht weiter. Dietriche sind für Besatzungsschlösser.«

»Was bitte ist ein Besatzungsschloss?«

»Ich will nicht zu weit ausholen, aber solche Schlösser findest du eigentlich nur innerhalb einer Wohnung. An Zimmertüren«, murmelte Brennan und kramte in der unauffälligen Tasche, die er mitgebracht hatte. »Der Schließmechanismus ist ziemlich schlicht und daher mit einem Dietrich zu knacken.«

»Und was wirst du benutzen, um die hier aufzukriegen?«

»Was anderes eben. Hör mal, Don, du knackst schon Computer. Das reicht an kriminellen Aktivitäten. Da muss ich dir nicht auch noch erklären, wie man Schlösser aufbekommt. Außerdem bedarf es dazu einiges an Übung.«

»Der Moralapostel steht dir nicht. Dafür bist du zu jung. Sorry, dass ich dich nicht ernst nehmen kann«, grinste Don und wickelte einen Streifen Kaugummi aus der Folie, um ihn sich in den Mund zu schieben.

»Mir kommt's langsam so vor, als würdest du überhaupt nichts ernst nehmen.«

»Doch, tu ich. Das hier zum Beispiel. Also mach endlich.« Er hörte ein Geräusch an der Haustür unten. »Da kommt jemand.«

Brennan sah flüchtig zu ihm hoch. »Ich hab nichts gehört.«

»Dir fehlt dazu auch was ganz Entscheidendes.«

»Danke, dass du mich daran erinnerst«, kam rau von Brennan zurück, während er ein schmales, längliches Werkzeug in das Schloss einführte.

»Macht es dir was aus? Stört es Nick?«

»Denke nicht, aber ... wäre ja nicht verkehrt, so zu sein. Oder?«

»Das seh ich anders«, konterte Don härter, als beabsichtigt, und wandte sich der Treppe zu. »Da schnauft grad 'ne alte Lady die Stufen hoch. Ich geh und lenke sie ab. Mach einfach weiter und konzentrier dich.«

Brennan zeigte ihm seine besorgte Miene, kümmerte sich dann jedoch wieder um Everards Tür.

Don eilte nach unten und erblickte die grauhaarige Dame, die sich mit ihren Einkaufstüten abmühte und noch nicht weit gekommen war. Er setzte ein unbekümmertes Lächeln auf und griff nach den vollgepackten Taschen. »Kann man behilflich sein? In welchen Stock soll es denn gehen?«

»Oh, das ist aber freundlich«, krächzte die Frau und sog lautstark Luft in ihre Lungen. Ihr Haar kräuselte sich in Locken um ihren Kopf. »In den fünften.«

»Mit dem Aufzug ginge es schneller«, meinte Don und nahm einen Schritt nach dem anderen, um sich der Lady anzupassen, die sich an den Handlauf der Treppe klammerte, als hinge ihr Leben davon ab.

»Vor dem habe ich Angst. Ich vertraue diesen neumodischen Erfindungen nicht.«

So neumodisch fand er einen Aufzug nun auch wieder nicht, aber er wollte nicht unhöflich sein und hielt die Klappe.

Im Schneckentempo ging es nach oben. Gar nicht mal so übel. Immerhin verschaffte es Brennan Zeit. Sollte er noch nicht fertig sein, wenn sie den dritten Stock erreichten, musste Don die Aufmerksamkeit eben auf sich lenken. Besonders gut schien die Dame ohnehin nicht mehr zu sehen.

»Wohnst du hier, junger Mann?«, fragte sie schnaufend.

»Nein, nein. Ich wollte nur einen Freund besuchen. Der war aber nicht da. Darum kann ich mich jetzt ganz um diese Tüten kümmern.«

»Was für ein Glück ich doch heute habe«, lachte sie erfreut. »Vorhin habe ich mir ein Los gekauft und zehn Dollar gewonnen.«

»Das freut mich, Ma'am. Scheint wirklich ein Glückstag zu sein.« Unauffällig gewann er einen geringen Vorsprung und linste um die Ecke. Er grinste zufrieden. Auch er schien heute einen Glückstag zu haben. Brennan war verschwunden. Ganz bestimmt in Everards Bude.

*

»Wo zum Teufel bist du so lange gewesen?«, fuhr Brennan ihn im Flüsterton an, als Don Everards Wohnzimmer betrat.

»Ich hab Reggie geholfen, ihre Lebensmittel in die Speisekammer zu räumen.«

»Wer zum Geier ist Reggie?«

»Regina«, konterte Don ungeduldig. »Die Lady, der ich den Einkauf nach oben getragen habe, damit sie uns nicht aufdeckt. Schon vergessen?«

Brennan wischte sich übers Gesicht und stöhnte unterdrückt. »Toll. Kannst du dann jetzt bitte nach dem Video suchen, damit wir hier abhauen können?«

»Das hatte ich vor. Du kannst froh sein, dass ich den angebotenen Kakao nicht mehr getrunken habe.«

»Oh ja, ich bin wahnsinnig glücklich.«

»Hab ich aber nicht dir zuliebe gemacht, sondern weil es zu heiß ist, um jetzt Kakao zu trinken.«

»Dann danke ich eben dem Wetter. Mach dich jetzt an die Arbeit, Don. Diese Aktion kostet uns sonst noch die Köpfe.«

»Wo ist sein Computer? Hast du die Bude durchsucht?«

»Im Schlafzimmer. Den Flur runter.«

Don setzte sich in Bewegung und Brennan folgte ihm. »Irgendwo Kameras?«

»Nur eine Webcam über dem Monitor.«

»Wo zeigt die hin?«, fragte Don misstrauisch.

»Äh ... Richtung Bett und Fenster, glaube ich.«

»Aha.« Natürlich könnte das Video von Frank genauso gut überall sonst entstanden sein, doch eine Webcam, die auf ein Bett gerichtet war, ließ eine Vermutung in ihm hochkommen.

Sextapes waren ein beliebtes Druckmittel.

»Don, warte mal.«

Er blieb stehen und drehte sich zu Brennan um, der jetzt irgendwie schüchtern wirkte, weil er die Schultern hochzog. »Was denn noch? Ich dachte, ich soll mich an die Arbeit machen?«

»Sollst du auch, aber ... Wir denken doch beide, dass auf dem Video was Unanständiges drauf ist, oder?«

»Ich weiß nicht, was du denkst, aber ich denke genau das.«

»Dann ... Also ... Nick hatte mal was mit Everard. Falls du also irgendwas findest, würdest du das dann bitte löschen?«

Don war überrascht, gab sich allerdings Mühe, sich das nicht anmerken zu lassen. »Willst du's wissen, wenn ich was finde?«

Brennans Miene wirkte, als würde er noch darüber nachdenken, aber sein Kopf wusste die Antwort bereits. »Nein. Ich will nur, dass du es verschwinden lässt.«

»Geht klar.«

Don sah sich kurz in dem Raum um, in dem es nach Männerparfum und frischer Kleidung roch, und setzte sich dann an den Schreibtisch. Er drückte das Knöpfchen am PC. Das Gerät erwachte aus dem Tiefschlaf und fuhr leise surrend hoch. Don packte seine Hardware aus, obwohl er noch nicht wusste, was davon er benötigen würde.

»Was ist das alles?«

»Ich will nicht zu weit ausholen«, zitierte er Brennan von vorhin, was ihm ein Augenrollen von diesem einbrachte, »aber das hier ist zum Beispiel ein Gerät, das mir die Arbeit abnimmt, die mir eine Brute-Force-Attacke machen würde.«

»Brute-Force-Attacke?«

»Eine Attacke mit roher Gewalt. Das plumpe Ausprobieren aller möglicher Kombinationen, um ein Passwort zu knacken«, klärte Don ihn auf.

»Und was macht das Ding da?«

»Ich nenne ihn Knocker. Weil er so oft anklopft, bis man ihn reinlässt. Er testet verschiedene Kombinationen und verhindert gleichzeitig, dass ich vom System gesperrt werde, weil ich zu oft den falschen Code eingegeben habe.«

»Dauert das nicht alles eine Ewigkeit?«

»Wird sich rausstellen. Lass mich machen, Mann.« Er griff nach seinem MP3-Player und stopfte sich die Hörer in die Ohren. »Ich brauche meine Musik, sonst kann ich mich nicht konzentrieren.« Der Beat dröhnte ihm bereits durch den Gehörgang, als Brennan noch etwas sagte. Don bemerkte nur die sich bewegenden Lippen. Er zuckte mit den Schultern und verscheuchte seinen Komplizen mit einem genervten Handwink. Er brauchte nämlich nicht bloß Musik, sondern auch seine Ruhe.

Brennan verließ das Zimmer sichtlich angepisst und ließ Don allein zurück. Der ließ seine Fingerknöchel knacken und wärmte sich die Hände, die ihn mit ihrer ständigen Kälte nervten. Der Computer war tatsächlich mit einem Passwort geschützt. Wenn man bedachte, dass sich auf der Festplatte Videos befanden, mit denen Leute zu erpressen waren, wäre alles andere auch ziemlich dämlich gewesen.

Der ruhige Bass verführte ihn dazu, im Takt mit dem Fuß zu wippen und den Rest der Welt auszublenden. Er sah nur noch den Monitor vor sich und machte sich an die Arbeit. Sein kleiner Helfer blinkte eifrig, nachdem er ihn angeschlossen hatte, und forschte Everards Passwort aus. Don sah ihm dabei zu und machte Kaugummiblasen, um sich die Zeit zu vertreiben.

Drei Lieder später erschien das kleine Zahnrad aus Punkten. Er wurde eingeloggt.

»Gut gemacht, Kleiner«, sagte er grinsend und tätschelte seinen Knocker.

Im Geheimen machte er sich über das Hintergrundbild lustig, das irgendeine langweilige Landschaft zeigte. Las Vegas vielleicht?

Er steckte seinen USB-Stick ein, der etwas enthielt, was er brauchen würde.

Systematisch durchforstete er die wenigen Ordner auf dem Desktop. Alles war fein säuberlich sortiert und abgelegt. Ein idiotensicherer Job.

Unter »Material« fand er weitere gelbe Mäppchen mit Namen. Er suchte erst nach Nikolajs Namen, fand aber nichts. Dann öffnete er jenes, welches mit »Frank

Davis« beschriftet war. Ein einzelnes Video erschien auf einer sonst weißen Seite. Das Thumbnail zeigte tatsächlich das Zimmer, in dem Don gerade saß. Dennoch musste nichts Sexuelles zwischen ihnen gelaufen sein. Sie könnten auch was besprochen haben. Aber eigentlich ging man ins Schlafzimmer nicht zum Reden, sondern zum Ficken. Er klickte mit der rechten Maustaste darauf.

Doch er brachte es nicht fertig, ein weiteres Mal zu klicken, um das Tape unschädlich zu machen. Stattdessen wandte er sich mit klopfendem Herzen der Tür zu, um sich zu vergewissern, dass Brennan ihn nicht bespitzelte. Niemand zu sehen. Mit zitternden Fingern schob er eine leere Speicherkarte in den dafür vorgesehenen Slot. Er dachte unfreiwillig daran, wie James ihm eingeschärft hatte, das Filmchen nicht anzusehen, und seine Neugier damit ins Unermessliche getrieben hatte. Nach einem Zögern, das er seinem Gewissen verdankte, spielte er das Video auf die Karte. Im nächsten präparierte er die Aufnahme mit einem zuverlässigen Virus, der dafür sorgte, dass sie sich nie wieder öffnen ließ. So würde Everard nicht gleich bemerken, dass er nichts mehr gegen Frank in der Hand hatte.

Danach durchforstete er den Browser-Verlauf und verschaffte sich Zugang zu Everards E-Mail-Programm, um nachzusehen, ob er das Video noch jemandem außer Frank geschickt hatte. Fehlanzeige. Er entfernte die Datei aus dem Anhang und löschte sie aufwändig aus dem Online-Speicher.

Nach dem letzten Klick erlaubte er sich ein Lächeln. »Das hätten wir«, murmelte er, obwohl er sich nicht einmal selbst hören konnte.

Seiner gewöhnlichen Impertinenz gehorchend stöberte er weiter, obwohl seine Arbeit eigentlich getan war. Aber wenn er sich schon mal im System befand, war es seine Pflicht als Hacker, sich umzusehen. Wenn man in ein Haus einbrach, blieb man schließlich auch nicht im Flur stehen, sondern stieß die restlichen Türen ebenfalls auf, um *alle* Zimmer zu durchsuchen.

Er klickte sich durch die Ordner und hielt ungläubig inne, als ihm etwas ins Auge stach. Leise Luft ausstoßend beugte er sich vor und schaltete die Musik aus. Mitten im Song würgte er den Sänger von Interpol ab.

Brennan erschien im Türrahmen. Die Kopfhörer dämpften seine Stimme, als er fragte: »Don, hast du's bald? Ich will endlich abhauen.«

»Mach dir nicht ins Hemd. Ich bin gleich soweit. Gib mir nur einen Moment.«

Sobald er wieder alleine war, kopierte er einige Dateien auf seine Karte. Mit heftig klopfendem Herzen verfolgte er den Balken, der sich langsam füllte.

3

Die Sonne warf die Strahlen ihres Abendrots zwischen den Bäumen hindurch, als sie in der Mitte des Weilers zusammensaßen. Kellan stand am Grill und briet die letzten Steaks, während die anderen bereits beim Essen waren. Don schob sich ein Salatblatt in den Mund und zerkaute es gedankenverloren.

Schon auf dem Heimweg – als er neben einem erleichterten Brennan auf dem Beifahrersitz saß – hatte er Frank eine kurze SMS geschrieben und eine noch kürzere zurückbekommen.

Alles okay.
Danke.

Sehr unbefriedigend. Er hatte sich einen Anruf erhofft. Oder *irgendetwas* eben.

Jetzt fragte er sich seit Stunden, ob sie nicht einen Fehler begangen hatten. Frank war zwar ein Freund von James, aber konnten sie sicher sein, dass er nicht zusammen mit Everard etwas Schlimmes getan und es auf dem Video besprochen hatte? Nein, konnten sie nicht. Und aus genau dem Grund würde Don sich das Tape ansehen, sobald er sich zurückgezogen hatte.

Wie er jetzt wusste, hatte Everard ziemlich viele illegale Sachen gemacht. Was, wenn Frank in jenen Machenschaften eine Rolle spielte?

Und Don hatte den Kerl ernsthaft wiedersehen wollen ... Warum hatte er nicht gerochen, dass der Typ ein hinterhältiger Verbrecher war, der sie nur dazu benutzte, sich Ärger vom Hals zu schaffen? Der dumme Wolf in ihm war zu überhaupt nichts zu gebrauchen.

Kellan tat ihm ein Stück Tofu auf und Don bedankte sich leise. Er beobachtete, wie Santiago und Kitty miteinander flirteten und sich mit Kartoffelsalat fütterten.

Gestern Nacht hatte er sie durch das Fenster von Santiagos Häuschen miteinander zu einem langsamen Latino-Song tanzen sehen.

Nick und Brennan unterhielten sich mit Billy, der sich mit seinem Klappstuhl zwischen sie gesetzt hatte – der Mann mit dem großen Herzen und dem Down-Syndrom war mit ziemlicher Sicherheit der einzige Mensch auf der Welt, der zwischen Nikolaj und Brennan passte, so nahe wie die beiden sich standen.

Der alte Foreman klopfte ihm auf die Schulter. »Schmeckt's nicht?«

»Bin nur in Gedanken«, wehrte Don mit einem aufgesetzten Lächeln ab und schob sich einen Bissen Tofu mit Knoblauchsauce in den Mund.

»Wo warst du heute mit Brennan?«

»In der Werkstatt. Kleine Führung.«

»Ach, tatsächlich?«

»Wo sollten wir sonst gewesen sein?«

»Das weiß ich nicht. Deshalb frag ich dich ja«, gab Foreman zurück und tat sich noch mehr Nudelsalat auf, den Lorraine gemacht hatte und von dem sich Don daher lieber fernhielt – die Frau kannte kein Maß, was Chili anbelangte.

»Und ich hab dir eine Antwort gegeben«, sagte Don.

»Das ist richtig. Aber du hast mir nicht die Wahrheit gesagt.«

»Wird das ein Verhör?«

Foreman grinste breit. »Sowas überlasse ich James. Er ist der Bulle. Ich bin nur ein armer, alter, schwarzer Mann, der sich um den Jungen sorgt, der unter seinem Dach lebt.«

»Brauchst dich nicht zu sorgen. Ist alles okay«, konterte Don wild auf seinem Essen kauend. »Ich bin bis jetzt ganz gut zurechtgekommen. Wenn dieser blöde Wolf nicht wäre, da-«

»Nenn ihn nicht so«, unterbrach Foreman ihn bestimmt. »Er ist ein Teil von dir. Du machst dich selbst schlecht, wenn du so über ihn sprichst.«

»Na und?«

»Du wirst ihn nicht kontrollieren können, solange du ihn nicht akzeptierst.«

Don rollte mit den Augen und stopfte sich den Mund mit Kartoffelsalat, um seine Erwiderung fortzukauen und zu schlucken. Er wollte das dumme Vieh nicht akzeptieren. Er wollte, dass es sich in Luft auflöste. Sein Herz pumpte das Blut schneller durch seine Adern, als ihm lieb war. Angst befiel ihn, wenn er daran dachte, was der Wolf gegen seinen Willen mit ihm anstellen konnte. Er dachte an die vielen Tage und Nächte, die er herumgeirrt war, nicht in der Lage, sich wieder in einen Menschen zu verwandeln. Hätte diese Frau – Saint – ihn nicht beinahe überfahren und instinktiv erkannt, was er war, wäre er jetzt mit Sicherheit nicht mehr am Leben. Er aß ja nicht mal Fleisch, wenn es schon tot und zubereitet auf seinem Teller lag. Niemals könnte er ein lebendes Tier jagen und erlegen. Da verhungerte er lieber.

Das Schicksal hatte es aber nicht dazu kommen lassen, sondern ihm Rettung in Form einer Mittdreißigerin mit knallrot gefärbten Haaren geschickt. Saint.

Wie er später erfahren hatte, war sie eine alte Freundin Archies und hatte auch schon Nick in den Weiler gebracht. So war sie ebenfalls mit Don verfahren und kaum angekommen, hatte Foreman ihn bereitwillig in seinem Haus aufgenommen.

Es hatte drei Tage gedauert, bis der Wolf gnädig genug gewesen war, um Don seine menschliche Form im Schlaf zurückzugeben. Als er aufgewacht war, hatte er erst gelacht und dann geheult wie ein Baby. Denn die Panik, dass er auf immer und ewig ein Wolf bleiben würde, hatte ihm keinen klaren Gedanken mehr erlaubt.

Als er sich den Bewohnern des Dorfes als Mensch vorgestellt hatte, war ihm angeboten worden, zu bleiben, bis man eine Lösung für sein Problem gefunden hatte. Er hatte zugesagt und Saint war losgefahren, um seine Sachen zu holen. Die toughe Lady war einfach in die Lagerhalle spaziert, in der Don mit anderen Hackern und Kriminellen gelebt hatte. Sogar eine neue SIM-Karte hatte sie ihm besorgt, damit er alles hinter sich lassen konnte. Das wäre nicht mal nötig gewesen. Es gab niemanden, der ihn anrufen und sich nach ihm erkundigen würde. Er interessierte keinen.

*

Nach ein paar weiteren harmlosen Gesprächen hatte Don es endlich geschafft, der Grillfeier zu entfliehen. Jetzt saß er auf dem Bett in Foremans Schlafzimmer und klappte seinen Laptop auf. Da sein Aufenthalt im Weiler einen längeren Zeitraum umfassen würde, hatte Foreman gemeint, es wäre unverantwortlich, ihm die fehlende Privatsphäre des Wohnzimmers zuzumuten. So schlief der alte Mann nun statt seiner auf der ausziehbaren Couch, wofür Don ihm dankbar war und wofür ihn ein schlechtes Gewissen plagte. Jenes hatte sein Gastgeber allerdings mit einem Handwink abgetan, bevor er ihm etwas auf seiner Mundharmonika vorgespielt und ihn zu Bett geschickt hatte – in jener ersten Nacht, die Don als Mensch hier verbracht hatte.

Er warf einen Blick zu den zugezogenen Vorhängen und spielte den Inhalt der Speicherkarte auf seinen Computer. Sein Herz klopfte gegen sein Brustbein, als er sich die Kopfhörer in die Ohren schob und somit jegliche Geräusche der Außenwelt beinahe zum Verstummen brachte. Er hatte viel Geld dafür bezahlt, doch jetzt machte ihn die Stille zusätzlich nervös. Zwar hatte er die Tür abgeschlossen, dennoch plagte ihn die Angst, er könnte erwischt werden. Immerhin wollte er sich das Video ansehen, das er sich nicht ansehen sollte. James hatte ihnen eingeschärft, es zu löschen. Aber Dons Neugier war zu groß. Er wollte wissen, ob Frank Davis etwas mit Everards schmutzigen Geschäften zu tun hatte. Er *musste* es wissen.

Es dauerte eine Weile, bis alles übertragen war, und jede Sekunde schlug ihm ihre Faust in den Magen. Endlich war der Balken gefüllt und der Ordner ging auf.

Don öffnete das Video mit dem Thumbnail, welches Everards Schlafzimmer zeigte, und schluckte, ohne einen Tropfen Speichel im Mund zu haben.

Everards Gesicht und seine uniformierte Brust erschienen vor der Kamera, als er sie einschaltete. Der Mann war attraktiv, aber sein Grinsen hatte etwas Boshaftes an sich, das ihn unsympathisch wirken ließ. Er verschwand aus dem Sichtfeld, um wenig später mit Frank zurückzukehren, der den Raum nur sehr zögerlich betrat.

»Hayden, bist du sicher, dass das eine gute Idee ist?«, fragte er.

»Natürlich ist es keine gute Idee, aber du willst es doch auch.« Everard griff nach Franks Hand und zog ihn zum Bett hinüber, auf das man einen schrägen Blickwinkel hatte.

Don rutschte unruhig auf der Matratze herum und widerstand der Versuchung, sich entgegen dem Deal mit Foreman eine Zigarette in dessen Schlafzimmer anzuzünden. Es war also doch bloß Sex gewesen. Keine Vereinbarung, ein krummes Ding zu drehen. Keine Abmachung, den Mund zu halten. Nichts Illegales.

Er sollte das Video ausschalten. Immerhin hatte er seine Antwort. Frank hatte mit den Dingen, die Everard trieb, nichts zu tun. Warum aber war es ihm dann so wichtig, dass die Aufnahme gelöscht wurde? Was konnte passiert sein?

Frank saß auf dem Bett und ließ sich die Uniform aufknöpfen. Seine Stirn warf skeptische Falten und sein Blick war zweifelnd. Warum ließ er sich zu diesem Bettspiel überreden, wenn er es nicht wollte? Er wagte einen Versuch, Everard ebenfalls auszuziehen, wurde aber zurückgeschubst.

Alles war seltsam. Everard unternahm keinen Versuch, Franks Lippen zu erobern. *Warum küsst du ihn nicht?* Das wäre das Erste, das Don tun würde ...

Everards Bewegungen und Berührungen waren mechanisch und hatten nichts Lustvolles an sich. Es machte den Eindruck, als würde er die Abläufe eines schlechten Pornos nachspielen, als würde er irgendeine einstudierte Nummer vorführen.

Frank schien das nicht zu bemerken. Er hatte die Augen geschlossen und stöhnte leise. Don leckte sich die Lippen, als er das Geräusch eindringlich durch die

Kopfhörer vernahm. Everard öffnete Franks Gürtel, Knopf und Reißverschluss und zog ihm die Hose über die korpulenten Schenkel. Bevor Everard sich darüber beugte, konnte man flüchtig Franks steife Männlichkeit sehen. Wieder schnellte Dons Zungenspitze hervor und er musste an seiner Hose zupfen, weil er hart wurde. Seine Erregung überraschte ihn, empfand er doch zugleich einen merkwürdigen Stich von Eifersucht, der ihm nicht zustand und ihm dumm vorkam. Er kannte Frank Davis nicht. Dennoch wünschte er sich an Everards Stelle. Mit Sicherheit würde er sich geschickter anstellen als der.

Frank hatte sich inzwischen zurückgelehnt und auf seine Ellenbogen gestützt. Er schien zu zittern, als Everard die Hand an seinem Schwanz bewegte. Kaum beugte der Blonde sich über ihn und nahm ihn in den Mund, zuckte Franks beleibter Körper zusammen und ein Wimmern kam ihm über die Lippen.

Don legte die Hand zwischen seine Beine, zog sie aber gleich wieder zurück.

Denn Everard war von Franks frühzeitigem Höhepunkt alles andere als angetan. Mit einem spöttischen, fast schon verächtlichen Schnauben zog er sich zurück. »Das war ja schneller vorbei als erwartet«, stichelte er.

»Entschuldige«, nuschelte Frank. »Wenn du mir ein paar Minuten gib-«

»Muss nicht sein. Mir reicht es. Danke. Du kannst gehen«, konterte Everard.

Don schüttelte den Kopf und wollte am liebsten auf den Bildschirm einschlagen. »Was soll das, du Arschloch? Warum behandelst du ihn so?« Er war wütend. Der Wolf in ihm war es genauso – er wollte ausbrechen und knurrte in seinem Inneren.

Frank schlüpfte hastig in seine Klamotten und es machte den Anschein, als wollte er vor Scham im Erdboden versinken. Dabei war doch nichts passiert. Er war nicht der erste Mann, der zu früh kam. Na und?! Dann machte man eben eine Pause und startete einen zweiten Anlauf, bei dem man länger durchhielt. Es bestand keine Notwendigkeit für Everards ablehnendes und demütigendes Verhalten.

»Hayden, es tut mir leid. Das ...«, murmelte Frank noch einmal. Sein Kopf war hochrot und seine Rechte strich fiebrig über seinen Nacken.

»Mach dir keinen Kopf. Ist doch egal. Ich hab dich nicht nötig.«

Frank ergriff die Flucht.

Everard folgte ihm aus dem Zimmer, um die Wohnungstür zu schließen, die Brennan heute aufgebrochen hatte, ohne Spuren zu hinterlassen. Dann kam er zurück und setzte sich mit seinem dreckigen Grinsen an den Schreibtisch. Er griff an die Kamera und justierte sie, damit er zentriert im Bild war. Sein Lachen war hölzern.

»Was war das für eine erbärmliche Vorstellung, Frank?«

Don schluckte hart. Sein Blick wurde schmal und er biss auf seine Unterlippe. In der Bauchgegend fühlte er einen seltsamen Druck.

»Wenn man schon fett und unattraktiv ist, sollte man wenigstens ein bisschen Performance im Bett bieten, um sein Aussehen wettzumachen. Aber auch da versagst du auf voller Linie.« Wieder lachte Everard und fuhr sich durchs Haar. »Du bist einfach nur peinlich. Und du fängst zu schwitzen an, wenn es noch nicht mal richtig zur Sache geht.« Seine Miene wurde hart. »Du solltest beim Fressen bleiben. Das kannst du wesentlich besser als ficken. Und wenn ich dich in Zukunft um was bitte, wirst du mit mir am selben Strang ziehen. Ich hoffe, wir verstehen uns.«

Don starrte auf den Monitor, sogar nachdem dieser schwarz geworden war. Er wusste nicht, wohin mit all dem Zorn. Everard hatte Frank verführt, um ihn erpressen zu können. Der dreckige Wichser ... Er würde bald bitter bereuen, dass er auf die Weise mit Frank umgegangen war.

Und er hatte da auch schon eine Idee. Er schnappte sich sein Handy und tippte eine SMS. Geschlagene zehn Minuten wartete er auf die Erwiderung, doch dann ging alles ganz schnell und unkompliziert.

Ich hab was, womit wir Everard drankriegen. Können wir uns treffen? D.

Ja.

Kannst du kommen? Letzte Kurve vor dem Parkplatz?

Bin unterwegs.

*

Unruhig ging er neben dem Wagen auf und ab, den er mitten auf dem Kiesweg angehalten hatte, um auf Don Leary zu warten. Warum wollte der junge Mann ihn sehen? Weshalb lag ihm daran, Hayden eins reinzuwürgen? Was versprach er sich davon? Eine Gegenleistung? Hatte er sich etwa das Video angesehen? Allein der Gedanke ließ Frank vor Scham fast den Verstand verlieren. Er war übermüdet und verwirrt. Soeben hatte er eine Unterredung mit Harris geführt. Der Boss hatte seinen Antrag auf eine kurze Beurlaubung schließlich akzeptiert, aber einfach war es nicht gewesen, ihn von der Notwendigkeit dieser Maßnahme zu überzeugen. Nachdem Frank oft genug das Wort »unbezahlt« in den Raum geworfen hatte, war Harris jedoch eingeknickt und hatte seiner Forderung nachgegeben.

»Du bist noch in Uniform.«

Ruckartig wandte er sich der Stimme in seinem Rücken zu und erkannte Don im matten Mondlicht. »Ich komme gerade vom Revier«, brachte Frank heiser hervor.

»Sorry, daran hab ich nicht gedacht. Können wir in deinem Wagen reden?«

»Ja«, erwiderte Frank mit einem schwachen Nicken und setzte sich behäbig in Bewegung, um sich wieder hinters Lenkrad zu wuchten. Es war ihm peinlich, dass Don sah, wie viel Platz er im Auto einnahm und wie sein Gewicht den Lexus nach unten drückte. Darüber hinaus rochen die Polsterbezüge nach fettigem Essen und vermutlich nach seinem Schweiß, den Hayden widerlich fand.

»Du konntest das Video ohne Probleme löschen?«, fragte er, weil ihn die Stille nervös machte.

»War kein Ding. Ich hab es aus der Cloud und dem E-Mail-Programm entfernt. Aus dem PC hab ich es nicht gelöscht, sondern geghostet.«

»Geghostet?«

»Vergeistert. Das Thumbnail ist noch zu sehen, die Datei scheinbar noch da, aber sie lässt sich nicht mehr öffnen. Ich wollte nicht, dass er merkt, dass sich jemand an seinem Computer zu schaffen gemacht hat.«

»Kann er es sicher nicht mehr aufmachen?«

»Sicher nicht. Das hat mein kleiner Virus erledigt. Ich schwöre«, sagte Don mit so viel Ernst in der Stimme, dass Frank sich beruhigt und ernstgenommen fühlte.

»Das war sehr clever. Vielen Dank.«

»Kein Ding, wie gesagt.«

»Und ... ihr habt es nicht angesehen?«

Don schüttelte den Kopf. »Keine Sorge.« Er schob die Brille zurecht, die seinem Gesicht so sehr schmeichelte. »Ich hab da was gefunden und dachte mir, wir könnten dem Kerl eins auswischen.«

»Was verlangst du dafür?«

»Was?«, fragte Don mit in Falten gelegter Stirn.

»Was möchtest du als Gegenleistung für die Information? Oder deine Hilfe?«

»Nichts.«

»Warum willst du mir dann helfen?«

»Der Typ ist dein Partner und hat dich erpresst. Er ist ein Arschloch. Ich mag keine Arschlöcher. Außerdem treibt er was Illegales.«

»Tut er das?«

»Na ja, zu hundert Prozent kann ich mir nicht sicher sein, aber es würde ins Bild passen. Er wollte sich mit dieser Erpressung deine Kooperation sichern, hat James erzählt. Wozu würde er zu solchen Mitteln greifen müssen, wenn es nicht was Kriminelles wäre, bei dem du wegsehen oder mitmachen sollst?«

»Das macht Sinn.«

»Klar macht das Sinn«, grinste Don und zeigte ihm seine weißen Zähne, die genauso hübsch waren, wie seine Lippen. »Darf ich hier drinnen eine rauchen?«

Frank brachte ein Nicken zustande und sah dem Mann auf dem Beifahrersitz zu, wie er sich eine ansteckte und an der Zigarette zog. Qualm füllte das Innere des Wagens und hüllte sie in einen fast mystischen Nebel.

»Everard hat eine seltsame E-Mail bekommen. Ziemlich kryptisch verfasst, aber es finden sich Ort, Datum und Uhrzeit darin. Von einem Russen. Klingt irgendwie nach Drogen, oder nicht?«

»Von einem Russen? Hört sich für mich eher nach Waffen an, aber es könnte beides sein.«

»Traust du Everard so was zu?«

Nach einem Zögern nickte Frank erneut. Hayden war ständig abgebrannt und geldgierig. Frank hatte ihn mehr als einmal dabei erwischt, wie er Geld aus Apartments oder Häusern geklaut hatte, in die sie gerufen worden waren. Nach vielen Diskussionen hatte Hayden ihm versprochen, es nicht mehr zu tun, und er war naiv genug gewesen, zu glauben, sein Partner hätte sich daran gehalten. Vielleicht war der aber auch einfach gerissener geworden und ließ sich nicht mehr erwischen.

Don machte ein süßes Geräusch, als er den Rauch ausstieß und sein Handy hervorzog. »Ich dachte mir, wir könnten den Ort abchecken, an dem sie sich treffen wollen. Ich hab ein Foto von der Mail gemacht. Hier.« Er hielt ihm sein Smartphone entgegen.

Frank wollte danach greifen, ohne die schlanken Finger des anderen zu berühren, doch seine Pranken machten das unmöglich und so tatschte er Dons weiche Haut an. »Entschuldige«, würgte er nach einem Räuspern hervor.

»Kein Ding, das hat mir sogar gefallen. Deine Hände sind schön warm. Mir ist immer kalt. Ernsthaft. *Immer.*

Fühl mal.« Don steckte sich die Zigarette zwischen die Lippen und beugte sich eine Winzigkeit zu ihm herüber.

Im nächsten Augenblick hatte Frank zwei tatsächlich ziemlich kalte Hände um seine Rechte geschlungen und starrte wie ein Trottel darauf hinab. Herzstillstand. Die Finger mit Ringen und die Handgelenke mit bunten Kettchen verziert, bildete Don einen krassen Gegensatz zu Franks ungeschmückten, fülligen Händen.

»Schlimm, oder?«, fragte Don mit merkwürdig leiser Stimme. Sie sahen sich an und zogen sich erst nach einer Ewigkeit langsam zurück.

»Könnte eine Durchblutungsstörung sein«, murmelte Frank, dem das verdammte Herz jetzt plötzlich bis zum Hals klopfte, obwohl es zuvor den Dienst verweigert hatte.

»Ein Arzt meinte mal, es könnte mein ungesunder Lebensstil sein. Das Rauchen, der wenige Schlaf, die einseitige Ernährung. Bla bla. Was Ärzte halt so sagen, wenn sie nicht weiterwissen.«

Frank musste schmunzeln, bevor er das Foto betrachtete. »Das klingt wirklich verdächtig.«

»Sag ich doch. Hast du dich jetzt eigentlich beurlauben lassen?«

»Für den Rest der Woche«, sagte Frank und gab Don das Smartphone zurück. Der nahm es an sich und streifte mit voller Absicht seine Finger. Frank schluckte trocken und versuchte, das Prickeln zu ignorieren, das sich in ihm regte.

»Gut, dann haben wir genug Zeit, um nachzuforschen und die Schlinge auszulegen, in die Everard treten kann, um am Seil zu baumeln.«

»Ziemlich brachial.«

»Ziemlich das, was er verdient«, konterte Don ungerührt. »Können wir uns auf dem Weg zu dieser Kiesgrube was zu essen holen? Weißt du, wo das ist?«

»Ich dachte, du sollst den Weiler nicht ohne Begleitung verlassen?«

»*Du* bist meine Begleitung.«

»Ich glaube kaum, dass ich zähle.«

»Dann sollen sie mich rauswerfen, wenn ihnen was nicht passt. Und jetzt fahr. Wäre Taco Bell okay? Ich hab total Lust auf eine Tostada.« Don nahm noch einen letzten Zug, bevor er den Zigarettenstummel aus dem Fenster warf.

Frank nickte und ließ gehorsam den Motor an. Hier in der Kurve konnte er nicht wenden, so legte er den Arm hinter den Beifahrersitz und stieß rückwärts zurück. Sein Magen zog sich unangenehm zusammen. Er schämte sich dafür, Don derart nahe zu kommen. Stur starrte er zur Heckscheibe hinaus, doch aus dem Augenwinkel bemerkte er Dons durchdringenden Blick.

Schließlich erwiderte er ihn und wurde von einem warmen, einnehmenden Lächeln überrascht, welches Don ihm schenkte. Sein Gesicht war schmal und kantig, glatt und außergewöhnlich, schön; seine Augenbrauen markant.

»Find ich echt cool, dass wir gemeinsam losziehen«, meinte Don.

Frank konnte kein Wort sagen, darum musste das tausendste Nicken genügen.

4

Als sie den Drive-in-Schalter erreichten, lief Don der Speichel im Mund zusammen. Hier roch es überall so verdammt gut. Nach Taco Bell, früheren Mahlzeiten, die Frank im Wagen transportiert oder gegessen hatte – und nach Frank ... Der ließ gerade das Fenster runter, um sich von der Stimme aus dem Automaten begrüßen zu lassen. »Hey, wie geht's heute Nacht?«

»Gut, Danke«, meinte Frank höflich, während Don ein geflüstertes, doch höchst dramatisches »wir verhungern« verlauten ließ. Frank lächelte wieder dieses kleine Schmunzeln, das man hinter dem Bart kaum bemerkte, welches ihm aber süße Fältchen um die Augen zauberte. Und diese Augen erst. Von Nahem loderten die Flammen in Indigo noch viel kräftiger, als man es von weitem erkennen konnte.

»Was darf es sein?«, fragte der Taco Bell-Kerl.

»Ein 7-Layer-Burrito, ein Soft Taco Supreme und Nacho Fries. Was möchtest du?«

»Für mich eine Spicy Tostada. Aber bitte mit zusätzlich Guacamole und Zwiebeln. Dazu eine Quesadilla nur mit Käse.«

»Zu trinken?«

»Einen heißen Kaffee und einen kleinen Eistee«, sagte Frank und sah dann ihn an.

»Eine Tropicana Pink. Groß bitte.«

»Nachspeise?«

»Wollen wir uns was Süßes teilen?«, fragte Don hoffnungsvoll, weil er Lust auf einen Nachtisch haben würde, aber nach Tostada und Quesadilla keinen ganzen würde verdrücken können.

»Wenn du willst«, kam zögerlich und etwas schüchtern von Frank zurück.

»Dann bitte noch eine Caramel Apfel Empanada dazu.«

»Sehr gerne«, kam aus der Blechkiste. »Getrennte Rechnung?«

»Alles zusammen«, erwiderte Frank schneller, als Don reagieren konnte.

Der Kerl aus dem Automaten nannte den Betrag und bat sie vorzufahren.

Frank legte den Gang ein und ließ den Wagen sachte nach vorne rollen.

»Das wäre nicht nötig gewesen«, murmelte Don. »Ich hatte nicht erwartet, dass du für mich zahlst.«

»Du hast das Video für mich gelöscht.«

»Genau genommen habe ich es ja nicht mal ge-«

»Dann eben geghostet oder was auch immer«, widersprach Frank so sanft, wie Don noch nie jemanden protestieren gehört hatte. »Ich bin dir was schuldig. Brennan ebenfalls.«

»Ich hab keine Gegenleistung verlangt.«

»Das ändert nichts daran, dass du noch was gut bei mir hast.«

»Na ja, jetzt nicht mehr, nachdem du das Essen bezahlt hast«, grinste Don.

»Doch. Immer noch.« Frank sprach leise und sah dermaßen verloren Richtung Armaturenbrett, dass Don keine Erwiderung über die Lippen kam. Franks Züge und sein Blick waren weich und merkwürdig bedrückt. Der Wolf in ihm reagierte darauf mit einem Vorstoß an die Oberfläche, der Don zum Zittern brachte. Er unterdrückte das Tier sowie die Angst und konzentrierte sich auf die Rücklichter des Wagens vor ihnen. Das rote Glühen wurde kurz schwächer, als der Vordermann ein paar Meter fuhr, und wieder grell, als er auf die Bremse trat.

Wieder krochen sie eine halbe Autolänge Richtung Schalter und Frank brach das Schweigen: »Du bist Vegetarier?«

»Schon seit einer Ewigkeit. Seit ich gesehen habe, wie der alte Dodger ein Hühnchen geköpft und es beim ersten Mal nicht ordentlich erwischt hat. Grauenvoll.«

»Der alte Dodger?«

»Ein Nachbar, als ich noch auf einem Hof im Nirgendwo gewohnt habe. Da war ich nicht lange.«

»Ist deine Familie oft umgezogen?«

Don hielt den Griff der Tür umklammert und rieb ihn wie eine Wunderlampe. Als könnte er die schlechten Erinnerungen damit zum Verschwinden bringen. »Ich hab keine Familie. Pflegekind. Man hat mich viel herumgereicht.«

»Bist du deswegen oben im Dorf?«

»Nein«, erwiderte Don heiser und schüttelte den Kopf, den Blick immer noch geradeaus gerichtet, weil er Frank jetzt nicht ansehen konnte. »Ich bin schon mit sechzehn abgehauen. Meine letzte Pflegemutter hatte einen Knall. Sie war so 'ne christlich-konservative Kuh, die nichts von Nächstenliebe versteht, aber auf jeder Demo gegen Schwule und Lesben in der ersten Reihe rumbrüllt. Da ich schwul bin, haben wir uns nie gut verstanden. Als sie mich in so ein Bekehrungscamp schicken wollte, hab ich die Flucht ergriffen.«

Frank brauchte eine Weile, um die Informationen zu verdauen, wie es schien. Dann fragte er rau: »Hast du danach auf der Straße gelebt?«

»Nicht direkt auf der Straße. In so ner alten Lagerhalle. Zusammen mit ein paar anderen Leuten, die ...« Er stockte, als er einen flüchtigen Seitenblick auf Franks Uniform warf. »Äh«, stammelte er und griff sich beschämt in den Nacken.

»Es ist nicht von Bedeutung für mich«, beruhigte ihn Frank mit dieser weichen, stets etwas gedämpften Stimme.

»Nun, es waren halt Kriminelle. Ich hab auch ... illegales Zeug gemacht, aber nur Sachen, die mit meiner Moral halbwegs vereinbar waren. Ich brauchte das Geld. Wirklich dringend«, fügte er der Vollständigkeit halber kleinlaut hinzu.

»Du musst dich nicht rechtfertigen. Immerhin habe ich Brennan und dich damit beauftragt, in Haydens Apartment einzubrechen.«

»Völlig zu Recht. Er hat mit der Erpressung angefangen, nicht du.«

»Es war trotzdem Selbstjustiz. Ein Delikt. Eine kriminelle Handlung.«

»Ich hoffe, dass dein schlechtes Gewissen nicht irgendwann unerträglich wird und du dich dazu entschließt, Brennan und mich einzubuchten, um es zu lindern«, scherzte Don.

Frank wandte sich ihm mit einem Ruck zu und schüttelte den Kopf mit in Falten gelegter Stirn. »Niemals«, erwiderte er mit einer solchen Vehemenz, dass man ihm einfach glauben musste.

»So habe ich dich auch nicht eingeschätzt«, konnte Don noch sagen, bevor sie die letzte Distanz zum Schalter überwanden und nicht mehr ungestört waren.

Frank reichte das Geld durch das Fenster.

Ein lächelnder, dürrer Schwarzer nahm es entgegen. »N'Abend, Officer Davis.«

»Schönen Abend, Kyle. Vielen Dank.« Frank nahm ihre Tüten und Becher entgegen und reichte sie ihm rüber.

»Ich bin erleichtert«, murmelte Don, als Frank den Wagen auf dem Parkplatz abstellte, damit sie essen konnten.

»Worüber?«, fragte Frank verwirrt.

»Du magst Taco Bell wirklich und bist nicht nur mir zuliebe hergefahren.« Don bemerkte, ohne überhaupt hineingesehen zu haben, welche Tüte auf seinem Schoß nicht die seine war, da sie nach Fleisch roch. Er reichte sie Frank.

Der blickte verwundert drein, sagte aber nichts. Zu Dons Bedauern berührten sich ihre Finger diesmal nicht. »Taco Bell und Burger King. Manchmal auch Subway, wenn es was Kaltes sein soll.«

Mit wässrigem Mund wickelte Don seine Quesadilla aus dem Papier und biss hinein. Nach einem Seufzen, hastigem Kauen und ebenso eiligem Schlucken, fragte er: »Magst du denn gar keine Pizza?«

Frank hielt sich die Hand vor und schluckte ebenfalls runter, bevor er antwortete: »Nicht unterwegs.«

»Daheim schon?«

»Gerne.«

»Okay. Auf drei müssen wir sagen, wo wir unsere Pizza am liebsten bestellen.«

Er zählte runter, nachdem Frank gehorsam genickt hatte.

»*Domino's*«, sagten sie beide wie aus einem Mund.

Don grinste zufrieden. »Wenn du jetzt *Pizza Hut* gesagt hättest, wäre ich sofort ausgestiegen«, scherzte er und konnte Frank erneut ein Schmunzeln entlocken. »Und wohin gehst du, wenn du was Süßes brauchst? Starbucks?«

»Das ist nicht ganz mein Laden. Es gibt da einen Coffee Shop am Stadtrand. *Lily's Donuts*. Die haben leckere Süßspeisen.«

»Musst mich mal mitnehmen. Die will ich probieren«, gab Don mit vollem Mund zurück und registrierte Franks Nicken mit Befriedigung. Dann hatten sie nun also ein Date, wenn man es so nennen wollte. Und er wollte es. »Radio?«

Frank nickte wieder und Don drückte das Knöpfchen, nachdem er seine Quesadilla verspeist hatte. Leise Musik kam aus den Lautsprechern.

Er griff nach seiner Tostada und genoss die Situation – die Enge des Wagens, die ihn die Nähe zwischen ihnen deutlich spüren ließ; den Geruch von fettigem, mexikanischem Fast Food und jenen, den Frank verströmte; die Hitze, die von ihm ausging. All das brachte ihm ein ungewohntes, aber sehr angenehmes Gefühl in der Bauchgegend ein.

Der Mond stand am dunklen Himmel. Motten umkreisten wild flatternd eine der Laternen, die den Parkplatz zusammen mit ein paar Bäumen von der Straße trennten. Ab und an fuhr ein Auto vorbei und beschien den dunklen Asphalt, der glänzte, als wäre er nass geworden.

Don spülte mit einem Schluck Limonade nach und kramte dann die Empanada hervor, um sie in zwei Hälften zu brechen und die größere Frank zu reichen, der mit einem gemurmelten »Danke« danach griff.

Lächelnd sah er Frank dabei zu, wie er in die knusprige Süßspeise biss. Es war schön, ihn beim Essen zu beobachten. Er aß schnell, aber doch irgendwie vorsichtig, vermutlich um seinen Bart nicht schmutzig zu machen. Was ihm allerdings nicht ganz gelungen war, wie Don amüsiert bemerkte.

»Du hast da ein bisschen Apfelsauce«, meinte er heiser und deutete auf seinen linken Mundwinkel.

Frank machte einen verlegenen Laut und tupfte sich mit einer Serviette ab, bevor er sich unterdrückt räusperte. Seine Wangen waren rot.

»Du sagst mir doch auch, wenn ich mich bekleckert habe, oder?«, fragte Don und hob erneut den Finger in Richtung seines Gesichtes. »Oder würdest du mich mit Käse am Kinn rumlaufen lassen?«

»Selbstverständlich nicht«, erwiderte Frank mit einem Lächeln und schien gleich weniger peinlich berührt.

»Gut. Das könnte ich dir nämlich genauso wenig verzeihen wie eine Schwäche für *Pizza Hut*.«

»Du scheinst ein ziemlich unversöhnlicher Mensch zu sein«, neckte Frank ihn, während er ihren Müll zerkleinerte und in eine Tüte stopfte.

»Alles nur aufgesetzt. In Wahrheit bin ich sehr nachsichtig, wenn es Kleinigkeiten betrifft.«

»Ich bin erleichtert, das zu hören.«

»Kann ich mir vorstellen. Gib her, ich werf das draußen in den Mülleimer. Und dann gehen wir die Lage in der Kiesgrube abchecken. Bin gespannt, was uns erwartet.«

*

Um Mitternacht stellte Frank den Motor aus und seufzte, weil er ihre Pläne durchkreuzt sah. Waren sie einenhalb Stunden umsonst gefahren?

»Scheiße«, murmelte auch Don, als er die Lichter sah.

Frank betrachtete Dons Profil und nahm die Frage zurück, die er sich in Gedanken gestellt hatte. Umsonst war die Fahrt ganz sicher nicht gewesen. Sie hatten beinahe durchgehend geredet. Frank hatte sich erst unwohl gefühlt. Er war es nicht gewohnt, dass man ihm Aufmerksamkeit schenkte. Dass man etwas von ihm wissen wollte und sich für das interessierte, was er zu erzählen hatte.

Don steckte sich eine Zigarette an und nahm einen Zug, während er den schmalen Blick in die Ferne gerichtet hielt. »Was machen die Idioten da?«

»Im Baggersee baden«, erwiderte Frank, der die Leute auf den schweren Geräten zum Kiesabbau entdeckt hatte, wie sie mit ihren Taschenlampen die Finsternis durchbrachen.

»Bei Nacht?«

»Es ist verboten, sich auf dem Gelände aufzuhalten. Es bleibt ihnen also nur der Schutz der Dunkelheit, um von den Kiesbaggern ins Wasser zu springen.«

»Du bist Bulle. Wollen wir sie verhaften?« Don grinste.

»Ich bin seit über zwei Stunden außer Dienst und hundemüde.«

»Du siehst auch verdammt schläfrig aus.«

Wie zur Bestätigung drängte sich ihm ein Gähnen auf. Er unterdrückte es halb, hielt sich aber dennoch die Hand vor und rieb sich die Augen. Sie standen auf der anderen Seite des Sees auf einem Rastplatz zwischen Bäumen, um sich ein Bild von der Lage machen zu können, ehe sie selbst unerlaubterweise in die Kiesgrube eindrangen. Keine schlechte Idee, wie sich soeben bestätigt hatte.

»Werden wir es morgen nochmal versuchen?«, fragte Don und ließ das Fenster runter, um den Rauch nach draußen steigen zu lassen. Warme Nachtluft drang zu ihnen herein und verschlimmerte seine Erschöpfung, anstatt ihn munter zu machen.

Frank schluckte trocken. »Wenn du nichts Besseres vorhast«, sagte er leise.

»Ich könnte mir nicht vorstellen, was.« Don blies Rauchkringel aus seinem Mund und sah ihn dermaßen durchdringend an, dass Frank sich abwenden musste.

War das eine Schmeichelei gewesen oder bloß die Mitteilung, wie langweilig ihm im Dorf mit den anderen war? Er wusste es nicht und seine überbordende Müdigkeit trug nicht zu seiner Denkfähigkeit bei, damit er das Rätsel lösen könnte. Er wischte sich übers Gesicht und zwickte sich in die Wangen, um wach zu werden.

Don schnippte die Überreste seiner Zigarette aus dem Fenster und schloss es. »Bist du fit genug für den Rückweg?«, fragte er und musterte ihn skeptisch.

»Ich habe letzte Nacht nicht geschlafen«, gab Frank ausweichend zurück.

»Da ich nach dem Coup heute ein Schläfchen gehalten habe, würde ich mich anbieten, zu fahren, aber ich weiß nicht, ob du mir deinen Wagen anvertrauen willst.«

»Natürlich. Warum nicht?«

»Du bist mir ein feiner Bulle. Fragst nicht mal, ob ich einen Führerschein habe.«

»Hast du einen?«

»Klar hab ich einen! Du stellst vielleicht Fragen! Pff!« Don schüttelte in gespielter Empörung den Kopf.

Frank lachte. »Dann gehört er ganz dir.« Er hievte sich aus dem Wagen, um sich gleich darauf auf den Beifahrersitz fallen zu lassen.

Don stieg ein und schnallte sich an. Unvermittelt streckte er dann die Hand nach ihm aus, um an seiner Dienstkoppel zu ruckeln. »Die solltest du endlich abnehmen. Sieht unbequem aus.«

»Nicht so schlimm, wenn man daran gewöhnt ist.« Dennoch öffnete Frank den schweren Gürtel und warf ihn samt daran baumelndem Zeug auf die Rückbank.

»Na dann mal ab nach Hause. Danke auch für nichts, ihr badenden Trottel«, murmelte Don und zeigte den Mittelfinger in die Richtung der Leute, die sich am Baggersee amüsierten. Er legte den Gang ein und fuhr rückwärts aus der Lücke zwischen den Bäumen. Zu Franks Bedauern verließ er sich dabei gänzlich auf den Rückspiegel, anstatt den Arm nach hinten zu legen. Er hätte gerne gewusst, wie es sich anfühlte, wenn Don sich auf die Weise zu ihm beugte.

Vermutlich sehr gut.

Sicher hätte es auch ziemlich sexy ausgesehen. Aber Donovan Leary sah eigentlich immer sexy aus. Wenn er es sich auf dem Beifahrersitz bequem machte und dabei den rechten Fuß lässig auf die Armatur hob, während er den Ellbogen auf sein Knie legte. Wenn er sich die Backen mit Fast Food füllte wie ein Eichhörnchen. Wenn er seinen Soft Drink aus dem Strohhalm saugte und geräuschvoll selbst den letzten Tropfen herausschlürfte. Wenn er sich eine Zigarette anzündete und wie er sie dabei in den schlanken Fingern hielt. Wenn er redete. Wenn er beim Lachen den Kopf halb in den

Nacken legte oder wenn er bloß grinste. Wenn er einfach nur existierte ...

Frank kniff die Augen zusammen, um das schläfrige Jucken darin loszuwerden. Doch weder die Müdigkeit noch das Ziehen im Bauch, das Don in ihm auslöste, ließen sich vertreiben. Dabei sollte er sich mit seiner fetten Wampe nicht die Frechheit herausnehmen, einen Mann wie Don anzuhimmeln.

Aber es war schwer, ihn *nicht* anzuschmachten. Denn er war nicht nur ungeheuer attraktiv, sondern auch unglaublich sympathisch. Und witzig. Und süß, wenn er anfing, mit den Händen zu gestikulieren, weil er Frank mit vollem Körpereinsatz klarmachen wollte, dass die Mets besser waren, als die Tigers es je sein würden. Aber in Sachen Baseball waren sie ganz und gar nicht einer Meinung.

»Heißt du eigentlich Franklin oder nur Frank?«, fragte Don plötzlich.

»Franklin. Franklin Theodore.«

»Hübsche Namen.«

»Danke«, brachte Frank hervor und lehnte sich zurück. Er verschränkte die Arme vor der Brust, weil ihm trotz der warmen Nacht kalt wurde. Wieder musste er gähnen, aber diesmal konnte er es nicht mehr unterdrücken.

»Darf ich fragen, wie dein Dienst mit dem Arschloch lief? Hat er noch was zu dem beschissenen Video gesagt?«

»Kein Wort. Er hat sich verhalten, als wäre nichts passiert.« Bäume zogen eilig an ihnen vorbei. Über der freien Straße stand der Mond. Frank fürchtete, Don würde ihn gleich fragen, was auf der Aufnahme zu sehen war.

»Ziemlicher Psycho«, murmelte dieser jedoch statt einem Nachforschen. »Wie ist er zu dir, wenn ihr auf Streife seid?«

»Wie meinst du das?« Wieder drückte ihm die Erschöpfung den Kiefer auf.

»Ist er nett oder benimmt er sich wie ein Flachwichser?«

»Letzteres«, antwortete Frank ehrlich. »Aber manchmal hat man das Gefühl, als würde es ihm gar nicht auffallen. Es gibt Momente, in denen er überraschend höflich ist. Aber die sind selten.«

»Wir kriegen ihn dran. Für was auch immer er mit dem Russen zu tun hat. Wollen wir hoffen, dass diese Leute sich morgen einen anderen Badeplatz suchen.«

»Morgen soll es regnen.«

»Klingt gut.«

*

Don hielt den Wagen in einer Parkmulde an der Landstraße, gegenüber der Einfahrt zum Weiler. Von hier aus hatte er die kleine Stadt im Blick, doch die war es nicht, welche seine Aufmerksamkeit beanspruchte. Das war Frank.

Der Mann hatte die ganze Fahrt verschlafen und sah verdammt niedlich aus, wie er da in sich zusammengesunken schlummerte. Die Züge seines runden Gesichts waren entspannt und seine Brust hob sich mitsamt seinen Armen in gleichmäßigen Atemzügen. Seine Lippen waren leicht geöffnet und hinter seinen Lidern bewegten sich seine Augen. Wovon er wohl träumte?

Don streckte die Finger nach ihm aus und berührte ihn sachte an der Wange. »Frank?«, flüsterte er und bemerkte, wie rau seine Stimme klang. Er bekam keine Reaktion. Seine Hand machte sich selbstständig und verlor sich in dem erstaunlich weichen Bart. Sein Daumen strich über einen zarten Mundwinkel. Er zitterte und fühlte sich, als hätte man ihn unter Strom gesetzt. Zärtlich streichelte er einen fülligen Schenkel entlang, über einen gewölbten, weichen Bauch und umfasste schließlich Franks Handgelenk, um mit den Fingerspitzen unter den Ärmel zu schlüpfen und einen behaarten Unterarm zu liebkosen. »Frank?« Jetzt war er kaum noch zu hören. Lag es daran, dass ihm die Stimmbänder versagten, oder schlug sein Herz zu laut?

Als Frank ein leises Brummen von sich gab, zog Don sich langsam zurück. Ein dunkelblauer Blick begegnete dem seinen und wirkte verschlafen.

Don lächelte. »Hey. Sagst du mir, wo du wohnst? Dann fahr ich dich heim.«

Frank leckte sich die Lippen und schluckte mühsam. Sein Blinzeln verriet, dass er sich erst zurechtfinden musste. Dann setzte er sich aufrecht hin und fuhr sich durch das haselnussbraune Haar. Er sah sich um und erkannte offenbar, wo sie waren. »Kommt nicht in Frage. Ich komm schon nach Hause.«

»Ich würde dich ehrlich gesagt lieber selbst dorthin bringen.«

»Du müsstest eine Dreiviertelstunde zu Fuß gehen.«

»Besser das, als dass du das Auto gegen einen Baum fährst, weil du einschläfst.«

»Ich hab doch jetzt geschlafen und bin wieder hellwach.«

»Du siehst aber nicht hellwach aus, Frank.«

Frank öffnete das Fenster und klatschte sich ein paar Mal gegen die Wangen. »Bin ich aber gleich.«

»Du könntest auch mit mir durchs Fenster einsteigen und wir übernachten in Foremans Schlafzimmer«, schlug Don vor und setzte ein Grinsen auf, obwohl er nicht scherzte, sondern das Angebot ernst meinte.

»Das klingt nach einer schlechten Idee«, murmelte Frank und wurde rot.

»Warum? Wir könnten uns die Sitcoms anhören, vor denen Foreman mit Sicherheit eingepennt ist, und ich schwöre hoch und heilig, dass ich dir die Decke nicht wegziehen werde.« Er hob die Hände, um zu beweisen, dass er die Finger nicht gekreuzt hielt.

Die Röte in Franks Gesicht vertiefte sich. »Lieber nicht.«

Innerlich seufzte Don enttäuscht, doch anmerken ließ er sich seine Gefühle nicht. Zumindest hoffte er, dass es ihm gelang, sie zu verbergen. »Dann versprich mir, dass du vorsichtig fährst und mir eine SMS schreibst, sobald du daheim bist.«

Frank nickte und sie stiegen gleichzeitig aus dem Wagen. Inzwischen war es kühler geworden. Don hoffte, dass das Sinken der Temperatur Frank ein wenig wacher machen konnte. »Hast du's noch weit?«, fragte er, als sie sich vor der Motorhaube gegenüberstanden, die Hitze ausstrahlte und unter der es knisterte.

»Fünfzehn Minuten. Soll ich dich in den Weiler hochfahren?«

»Die paar Meter schaff ich zu Fuß, aber Danke«, erwiderte Don und suchte nach einem Vorwand, Frank noch einmal zu berühren, bevor sie auseinandergingen. In seinem Bauch wummerte ein merkwürdiger Beat, der ihn auf eine Idee brachte. »Soll ich uns für morgen eine CD brennen? Dann kann ich dir vorspielen, was ich mag. Wir müssen es auch nicht die ganze Fahrt hören, wenn's dir nicht gefällt.«

»Sicher, ich würde mich freuen.« Frank verzog den Mund zu einem Schmunzeln.

Da überkam es Don einfach. Er machte einen Schritt auf Frank zu und umarmte ihn. Nur kurz und sehr kumpelhaft, um ihnen die Peinlichkeit zu ersparen, sollte Frank die Umarmung nicht wollen. Doch er spürte keinen Widerwillen, sondern bloß Überraschung, welche sich hinterher auch in Franks Miene widerspiegelte. Ein indigofarbener Blick wanderte unruhig auf seinem Gesicht umher, eine Zungenspitze befeuchtete volle Lippen, die von einem hübschen Bart umgeben waren. Und dieser Duft ...

»Danke für das Essen und alles andere«, sagte Don heiser und wandte sich ab, um über die Straße zu eilen. »Vergiss die SMS nicht«, rief er Frank zu, der sich nicht vom Fleck rührte, aber in einem schwachen Gruß die Rechte hob.

Schwer atmend verschwand er zwischen den Bäumen und musste nach der ersten Kurve innehalten, um sich an einen Stamm zu lehnen und durchzuatmen. Sein Körper bebte und das Herz schlug ihm bis zur Kehle. Er legte sich die Hand an die Brust, um das irre Klopfen an den Fingern zu spüren, und grinste wie ein Trottel.

Weiter unten hörte er einen Motor anspringen und Reifen auf Kies knirschen.

Sobald der Wagen außer Hörweite war, ging Don gemächlichen Schrittes den Weg zum Dörfchen hinauf. Mehrmals vernahm er ein Rascheln im Gebüsch, doch nachdem er drei Mal stehengeblieben war, um misstrauisch zu lauschen, fand er sich damit ab, dass es nur harmlose Tiere waren, die ihrer nächtlichen Beschäftigung nachgingen, und keine Wolfswandler, die ihn beim Brechen eines Versprechens ertappt hatten.

Der Parkplatz war noch genauso bestückt wie zuvor und alles lag in stiller Finsternis unter dem sternenklaren Nachthimmel.

Don schlich zur Rückseite von Foremans Hütte und drückte gegen das Fenster, durch welches er entkommen war. Das Lächeln erstarb ihm auf den Lippen.

Es ließ sich nicht öffnen.

Die Erkenntnis sickerte langsam in seinen Verstand. Das Fenster war von außen nicht zu schließen. Und er hatte es ja auch absichtlich offengelassen, um wieder nach drinnen zu kommen. Das bedeutete, dass Foreman sein Verschwinden bemerkt und das Fenster geschlossen hatte, um ihm eine Lektion zu erteilen oder ihn schlichtweg auflaufen zu lassen.

»Fuck«, flüsterte er zähneknirschend und rieb sich die Schläfen.

Hieß das nun, dass Foreman im Wohnzimmer auf ihn wartete, sobald er das Haus betrat? Oder würde der alte Mann die Tür gar nicht aufmachen, sondern ihn auf der Veranda nächtigen lassen?

Don lehnte sich an die Bretter und schloss die Augen. Er musste nachdenken und überlegen, was zu tun war.

Er hatte die Abmachung gebrochen, die für die Gastfreundschaft der Leute im Weiler recht wesentlich war. Würden sie ihn von ihrem Grund und Boden jagen? Bekam er eine zweite Chance unter erschwerten Bedingungen und strengeren Regeln? Darauf hatte er wenig Lust. Er war seit seinem sechzehnten Lebensjahr auf sich allein gestellt und hatte nach seinen eigenen Vorschriften gelebt. Natürlich war es ihm wichtig, hierbleiben zu dürfen. Aber mit Frank zusammen zu sein, war ihm wichtiger. Lieber schlief er irgendwo im Wald oder in einem Hinterhof mit anderen Pennern, als dass er sich das nehmen lassen würde. Wer wusste denn schon, ob die Leute im Weiler ihm überhaupt helfen konnten? Niemand wusste das. Also konnte er genauso gut alles aufs Spiel setzen, um in Franks Nähe zu sein, so oft es möglich war.

Er stapfte zur Vorderseite des Hauses und sah durch die dicken Vorhänge, dass im Wohnzimmer noch Licht brannte. Langsam stieg er die Stufen hoch und legte die Hand an den Türknauf, um ihn versuchsweise zu drehen. Das Metall gab nach und die Tür ließ sich öffnen. Zumindest hatte Foreman ihn nicht ausgesperrt. Dann erwartete ihn vielleicht doch bloß eine Gardinenpredigt.

Als er die zwei Schritte tat, um zur Couch hinübersehen zu können, erstarrte er jedoch und musste einmal trocken schlucken. Foreman war nicht allein.

»Wo bist du gewesen und warum gehst du nicht an dein bescheuertes Handy?«, fuhr James ihn an und sprang aus dem Fernsehsessel, in dem es sich sonst Foreman bequem machte.

»Hab ich stumm geschaltet«, brachte Don kraftlos hervor.

»Ich hab mir Sorgen gemacht und musste James informieren«, warf Foreman fast entschuldigend ein und signalisierte ihm somit, dass er auf seiner Seite stand. Oder zumindest nicht gänzlich gegen ihn war.

»Wo warst du?«, wiederholte James die bereits gestellte Frage, die er jetzt jedoch zwischen seinen verkniffenen Lippen hindurchpressen musste. Eine Ader an seiner Stirn pochte wild.

»Ich weiß, dass wir einen Deal hatten, aber ich hab den Wolf unter Kontrolle, solange er nicht ausgebrochen ist. Es besteht kein Grund, dass ihr mich einsperrt, solange ich ein Mensch bin«, erwiderte Don.

»Gib jetzt eine Antwort oder du fliegst hier raus«, knurrte James.

»Na na, James, das ist immer noch meine Hütte, soweit ich mich erinnere«, mischte sich Foreman ein.

»Aber es ist nicht dein Weiler und Archie wäre nicht begeistert, wenn ich ihm erzähle, dass der Neue die Regeln bricht, die wir zu seiner eigenen Sicherheit aufgestellt haben! Also, wo warst du?«

Don zögerte. Sollte er irgendeine Lüge erfinden? Oder die Wahrheit sagen?

»Ich war mit Frank unterwegs«, gestand er schließlich mit rauer Stimme.

»Mit welchem Frank?«

»Mit Frank Davis, deinem Kumpel«, konterte Don und deutete sich an die Stirn, um James zu verstehen zu geben, dass er ihn für völlig durchgedreht hielt.

James schnaubte und setzte eine Grimasse auf. »Und das soll ich dir glauben?«

Ungeduldig und wütend holte Don sein Smartphone hervor, ignorierte die vielen eingegangenen Anrufe und suchte die SMS heraus, die er mit Frank gewechselt hatte. Er hielt James das Handy vor die blöde Nase und beobachtete zufrieden, wie sich dessen Zorn in Verwirrung verwandelte. Der Bulle griff nach dem schmalen HTC in dunklem Silber und starrte eine Weile auf die Worte.

»Was hast du auf Everards Computer gefunden?«, fragte er irgendwann.

»Ich dachte, du wolltest nichts mit der Sache zu tun haben, um deinen Job nicht zu gefährden?«, erwiderte Don patziger, als er beabsichtigt hatte.

»Du hast Recht«, gab James dennoch ruhig zurück. »Will ich auch nicht. Aber wo wart ihr so lange? Es ist fast zwei Uhr morgens, Don.«

»Wir wollten eine Kiesgrube auskundschaften. Das waren hin und zurück schon drei Stunden Fahrtzeit. Da waren aber Leute und wir konnten uns nicht auf dem Gelände umsehen, also werden wir morgen noch mal hinfahren.«

James hob die hellen Augenbrauen. »Du sagst mir eiskalt ins Gesicht, dass du die Regeln auch künftig zu brechen gedenkst?«

»Ja. Ich hoffe, das ist akzeptabel, sonst muss ich leider gehen.«

Foreman blinzelte enttäuscht. »Ich dachte, dir gefällt es bei uns?«

»Das tut es«, erwiderte Don ehrlich und mit zarten Gewissensbissen, »aber die Sache mit Frank ist mir wichtig und ich werd das durchziehen, weil ich's ihm versprochen habe.«

James wollte gerade etwas sagen, was seinem Gesichtsausdruck nach zu urteilen nicht sonderlich freundlich ausgefallen wäre, doch in dem Moment vibrierte Dons Smartphone in seiner Hand und er warf einen Blick darauf. Foreman sah ihm über die Schulter und konnte sich das Grinsen sichtlich nur mit Mühe verkneifen.

Don strich sich verlegen mit dem Daumennagel über die Falte an seiner Stirn. Das musste die versprochene SMS von Frank sein. Und die anderen hatten sie gelesen, bevor James ihm das Handy zurückgab.

Eigentlich hatte Don es wegstecken und so tun wollen, als interessierte ihn nicht, was soeben eingegangen war, doch er brachte es nicht über sich.

Stattdessen starrte er auf das Display und musste hilflos geschehen lassen, dass sich seine Mundwinkel zu einem Lächeln hoben.

Wie versprochen die Berichterstattung, dass ich heil daheim angekommen bin. Danke, dass du den Rückweg übernommen hast. Was hältst du von Kaffee und Donuts für die morgige Fahrt? Das Klischee aus jedem Detektivfilm schlechthin, aber irgendwas muss ja dran sein.

Zu seiner Überraschung gab James ein Seufzen von sich, das nicht mehr wütend, sondern resignierend klang. »Sieh zu, dass Archie und Kellan nichts davon mitkriegen. Und pass auf dich auf.«

Sie sahen sich in die Augen. Don wollte etwas erwidern – ein Dankeschön vielleicht – war aber zu perplex, um auch nur ein Wort zu stammeln. Gerade eben noch hatte es nicht den Anschein gemacht, als würde er so leicht davonkommen.

James wünschte ihnen murmelnd eine gute Nacht und verließ die Hütte, um die Tür hinter sich zu schließen. Seine leisen Schritte entfernten sich.

Foreman verzog den Mund zu einem breiten Grinsen. »Frank Davis, hm?«

»Ich weiß nicht, was du mir sagen willst«, wehrte Don scheinheilig ab und hoffte, dass der alte Mann nicht auf seine roten Wangen aufmerksam wurde.

»Ich will dir gar nichts sagen. Aber du hättest mir zumindest Bescheid geben können. Ich hätte dich nicht verpetzt.«

Don war überrascht. »Hättest du nicht?«

»Ich halte es nicht für richtig, dich hier festzuhalten. Du wirst schon kommen, wenn du Hilfe brauchst. Immerhin hast du dich 7 oder 8 Jahre um dich selbst kümmern können. In einer Stadt, die größer und gefährlicher ist, als dieses Kaff hier. Warum sollten wir dir deine Eigenständigkeit absprechen?«

»Diese Argumente hättest du mal in der Gruppensitzung vorbringen können, alter Mann.« Mit einem Seufzen ließ er sich auf das Sofa fallen, das zu einem Bett umgewandelt worden war.

Foreman setzte sich neben ihn und warf einen Blick in den Fernseher, über den bewegte Bilder flimmerten, ohne einen Ton von sich zu geben. »Das hätte nichts geändert. Archie kann sehr stur sein, wenn es um den Schutz seines Rudels geht.«

Don lachte leise und wischte sich übers Gesicht. Langsam, aber sicher befiel auch ihn die Müdigkeit. »Mal sehen, wie lange ich durchhalte, bis er wieder ausbricht«, sagte er dann ernst. »Noch habe ich ihn im Griff, aber es gibt Momente, in denen er sich mir ziemlich aufdrängt.«

»Du brauchst diesen Teil von dir nicht zu fürchten. Wenn du dich verwandelst, kommst du zu mir. Oder irgendeinem von uns. Dann gehen wir in den Wald und powern dich richtig aus. Das wird dir gut tun.«

»Und wenn er sich niemals von mir bezwingen lässt?«, fragte Don heiser.

»Du wirst es lernen, Bursche. Wie jeder andere vor dir. Du bist noch jung«, lächelte Foreman aufmunternd. »Und gewöhn dir endlich an, nicht in der dritten Person davon zu reden. Die Wolfsgestalt ist kein Fremdkörper, kein eigenes Wesen, sondern gehört zu dir.«

»Schwer zu akzeptieren, wenn er mich einsperrt und als Geisel hält, sobald ich mich verwandle.« Er begann, unruhig mit seinem Handy zu spielen, weil er Frank antworten wollte, und ihm das Thema sowieso nicht behagte.

»Wir kriegen das schon hin.« Foreman klopfte ihm auf die Schulter. »Und jetzt geh. Ich sehe, dass deine Geduld für alte, weise Männer heute erschöpft ist.«

Grinsend kam Don in die Höhe. »Danke, Foreman. Schlaf gut.«

»Du auch.«

Dann schloss er die Tür hinter sich und warf sich auf das quietschende Bett. Er tippte schneller, als die Sekretärin eines zornigen CEO auf ihre Tastatur einhämmern würde, wenn es dringend war. Einige Male schrieb er etwas und löschte die Worte wieder, weil sie ihm dämlich vorkamen. Schließlich war er halbwegs zufrieden und schickte die SMS ab.

Das klingt super. Bin froh, dass du gut angekommen bist. Freu mich auf morgen.

Erst im Nachhinein, als es zu spät war, fragte er sich, ob das nicht irgendwie kitschig rüberkommen würde. Er vergrub das Gesicht in seinem Kopfkissen und hoffte inständig, dass das jetzt nicht peinlich war. Hatte Frank sich über die Umarmung gefreut? Er hatte zumindest den Eindruck erweckt, es sei ihm nicht unangenehm. Hatte es was zu bedeuten, dass er sich gleich darauf die Lippen geleckt hatte? Oder hatte die Müdigkeit ihm den Mund trocken gemacht?

Don fühlte ein verdächtiges Kribbeln im Bauch, sobald er sich Frank vorstellte, wie er im Mondlicht vor ihm stand und ihn auf diese seltsame Weise anschaute.

»Fuck«, murmelte er in die weichen Daunenfedern.

5

Frank lächelte. Er tat es schon den ganzen Tag. Eine Reihe von Nachrichten, die zwischen Don und ihm hin- und hergegangen waren, war der Grund dafür.

Guten Morgen, Frank. Ich bin gerade auf der Suche nach einer Aufzeichnung des letzten Spiels der Mets gegen deine Tigers, damit ich dir zeigen kann, dass der Pitcher der Tigers einfach nicht mit dem der Mets mithalten kann.

Verschwende deine Zeit nicht. Du kannst mich nicht umstimmen.

Hast du eigentlich ein Shirt der Tigers in deinem Schrank?

Ich habe tatsächlich eines. Nein, sogar zwei :)

Wenn du das heute Abend anziehst, kann ich leider nicht zu dir ins Auto steigen. (Das mein ich nicht ernst.

Ich würde auch zu dir in den Wagen steigen, wenn du eine blutverschmierte Axt auf dem Rücksitz liegen hättest.)

Ich kann dich beruhigen. Du wirst weder ein Tigers-Shirt noch eine Axt zu sehen bekommen.

Das mit der Axt enttäuscht mich jetzt fast ...

Auf diese neckische Weise war es weitergegangen. Es war kaum eine Stunde verstrichen, in der sie sich nicht irgendwelchen Unsinn getextet hatten. Frank hatte in den letzten Jahren nicht so viele Mitteilungen auf sein Handy bekommen, wie an diesem einen Tag heute. Jetzt saß er in seinem Wagen an der Stelle, an der er Don letzte Nacht rausgelassen hatte, und wartete ungeduldig.

Plötzlich wurde die Tür aufgerissen und Don ließ sich zu ihm hereinfallen. Frank hatte ihn nicht über die Straße kommen sehen. »Hey.«

»Hey«, gab Frank zurück, während er von einer Welle der Verlegenheit überrollt wurde. Es machte einen Unterschied, ob man sich per SMS unterhielt oder sich bei einer Unterhaltung in die Augen sah. Und Dons Augen machten ihn nervös. Nicht zuletzt deswegen, weil sie seinen Körper ausgiebig musterten.

»Heute in Zivil«, stellte Don mit einem Lächeln fest.

»Die Uniform wäre unpassend. Immerhin haben wir vor, unbefugt jemandes Privatbesitz zu betreten.«

»Da hast du wohl recht.« Wieder ließ Don seinen Blick über ihn schweifen und Frank zog den Bauch ein, um eine bessere Figur zu machen. »James weiß übrigens Bescheid. Die haben mich letzte Nacht erwischt. Foreman hat James informiert. Zum Glück nur den. Archie hätte mich sicher aus dem Weiler fliegen lassen.«

»Warum hast du das noch nicht per SMS erwähnt?«

»Wollt ich dir persönlich sagen, damit ich dich beruhigen kann, solltest du dich aufregen.« Don grinste ihn an und warf einen Blick auf den Rücksitz, auf dem sich keine Axt, sondern eine Schachtel von *Lily's Donuts* befand – sowie zwei Thermoskannen voll heißem Kaffee. »Du bist einmalig«, sagte Don lächelnd.

Frank fühlte Hitze in seinen Wangen, als hätte ihn jemand mit Bratfett übergossen. Er räusperte sich und ließ den Motor anspringen, um aus der Parkbucht zu fahren. »Was sagt James zu der Sache?«

Don schnallte sich an und kramte dann in seiner Laptoptasche. »Ich hab ihm nicht erzählt, was wir vorhaben. Und er wollte es nicht wissen. Hier die versprochene CD. Ist hauptsächlich House. Überwiegend Pascal Junior und Salute. Ich hoffe, du kannst dich damit anfreunden. Ein paar Lieder von Son Lux sind auch drauf. Würd ich als Experimental Post-Rock beschreiben. Du wirst schon sehen. Also hören.« Er schob die CD in den Slot. Musik dröhnte aus den Boxen und Don drehte die Lautstärke zurück. »Und?«, fragte er nach ein paar Sekunden hoffnungsvoll.

»Find ich gut«, erwiderte Frank. »Danke fürs Mitnehmen.«

Don strahlte ihn an. »Kein Ding.«

*

Wie letzte Nacht standen sie zwischen den Bäumen am Rande des Baggersees. Sie würden zu Fuß zur Kiesgrube gehen, um niemanden auf das fremde Auto aufmerksam zu machen. An die Motorhaube gelehnt hatten sie Donuts, Cupcakes und Muffins gegessen – Frank hatte wirklich Geschmack und köstliche Sachen für sie ausgesucht. Den Kaffee schütteten sie seit Beginn der Fahrt in sich hinein und Don fühlte, wie sich seine Blase deswegen meldete. Es war ihm peinlich, aber er vermutete stark, dass es Frank nicht anders ging.

»Ich verzieh mich jetzt noch mal schnell hinter die Büsche dort drüben, dann können wir gehen«, meinte er mit vollem Mund, in dem er den letzten Bissen wie ein Hamster hortete. Schließlich schluckte er den süßen Teig mit weicher Schokolade hinunter. Sein Magen war ziemlich gefüllt, freute sich aber trotzdem über den Nachschub. »Das war übrigens alles total lecker. Danke.«

»Nichts zu danken«, murmelte Frank, während er sich mit einer feuchten Serviette abwischte und seinen Bart säuberte.

»Das nächste Mal lade ich dich ein.«

»Das musst du nicht.«

»Keine Widerrede. Ich kann ganz hervorragendes Rührei mit Gemüse machen. Kellan hat so ein Isolier-Ding für sein Essen, damit er es mit auf die Jagd nehmen kann. Das borge ich mir für unseren nächsten Ausflug heimlich aus.« Ihm fiel ein, dass Frank kein Vegetarier war. »Ich kann auch was mit Fleisch machen, wenn du das lieber magst. Hab kein Problem damit.«

»Rührei ist in Ordnung«, gab Frank lächelnd zurück und sah ihn irgendwie komisch an – weich und liebevoll.

Don kämpfte gegen die prickelnde Nervosität, die sich in seiner Rippengegend austobte. »Super. Kitty probiert in letzter Zeit verschiedene Rezepte für Brötchen aus. Da war noch keines dabei, das nicht himmlisch geschmeckt hätte. Kann ich auch ein paar einpacken.«

»Kochst du gern?«

»Ja, schon«, sagte Don, nachdem er kurz darüber nachgedacht hatte. »Bei meiner letzten Pflegemutter gab es nur ekelhaften Mikrowellenfraß. Nicht mal das gute Zeug, sondern die billige Scheiße, die nach Hundefutter schmeckt. Da hab ich früh angefangen, mir selbst was zu machen. Aus den wenigen Zutaten, die im Kühlschrank waren. Ich hab viel improvisiert. Na ja, als ich dann abgehauen bin, blieb mir sowieso keine andere Wahl, als mich selbst zu versorgen. Ich liebe Taco Bell und Pizza, wie du weißt, aber auf Dauer wäre das bei mir zu teuer. Da krieg ich nämlich nach ner Stunde schon wieder tierischen Hunger.« Er sah Frank an, der einen verlegenen Eindruck machte. »Kochst du nicht gern?«

»Nicht ... wirklich. Bin zu faul.«

»Wir würden echt gut zusammenpassen«, sagte Don mit einem unsicheren Grinsen und fing Franks irritierten Blick auf. Die Kehle wurde ihm eng und sein Herz zog sich zusammen. Er wandte sich ab. »Ich geh mal für kleine Jungs.« Mit wackeligen Schritten, die er seinen weichen Knien zu verdanken hatte, verzog er sich in den Wald.

Hier war er versteckt vor Frank, konnte die Kiesgrube aber immer noch sehen, die ihm gegenüber am anderen Ufer des Sees lag. Heute war alles ruhig. Es regnete zwar nicht mehr, aber der Boden war feucht. Das wirkte auf mögliche Badegäste eher abschreckend, wie es den Anschein machte.

Er entließ den Kaffee an die Oberfläche und seufzte, als der Druck nachließ. Ob Frank die Zeit ebenfalls nutzte, um sich zu erleichtern? Ihm gefiel die Vorstellung, dass der Mann gegen einen Baum pisste. Verlor er jetzt den Verstand? Er rieb sich die Schläfe und zog seinen Reißverschluss zu. Ihm war heiß. Der Regen hatte eine drückende Hitze mit sich gebracht, anstatt die Luft abzukühlen.

Zurück beim Auto benutzte er eines der feuchten Tücher, um sich die Finger zu säubern. Frank war nicht da. Als Don sich umsah, erblickte er ihn unten am See, wo er sich die Hände wusch. Die dunkle Jeans schmiegte sich an seinen üppigen Hintern und das kurzärmelige Hemd in Schwarz betonte seinen breiten Rücken samt Schultern. Don leckte sich die Lippen.

Als Frank sich zu ihm umdrehte und den kleinen Hügel heraufkam, fühlte er sich ertappt. Er setzte ein Grinsen auf, um das zu verbergen. »Dann mal los.«

Sie machten sich auf den Weg durch die Dunkelheit. Frank fand sich wortlos zu seiner Linken ein und überließ ihm den sicheren Platz am Straßenrand, wie ein Gentleman es tun würde. Machte er das absichtlich? Don lächelte in sich hinein und rückte seine Tasche zurecht, deren Riemen ihn in die Schulter drückte.

»Soll ich das tragen?«, fragte Frank zuvorkommend.

»Schon okay, ist nicht schwer. Was ist eigentlich mit deinen Eltern? Hast du noch welche?«

»Sie wohnen draußen auf dem Land und haben ein kleines Bed & Breakfast.«

»Klingt cool. Sie müssen stolz auf dich sein.«

»Warum das?« Frank wirkte ehrlich verwirrt.

»Finden sie es nicht toll, dass du Bulle geworden bist? Eltern stehen doch auf sowas, oder nicht?«

»Ich weiß nicht.«

»Du bist ein toller Mann, warum sollten sie nicht stolz sein?«

Frank gab einen leisen, merkwürdigen Laut von sich und wollte offensichtlich nichts mehr dazu sagen. Er griff sich in den Nacken.

»Sorry, dass ich das Thema angesprochen habe. Ich wusste nicht, dass es dir unangenehm ist«, meinte Don.

»Schon okay.« Erst machte es den Anschein, als sei das Gespräch hiermit beendet, doch Frank setzte nach ein paar Schritten erneut an. »Meine Eltern sind in Ordnung. Es ist nur so, dass sie sich meine Zukunft anders vorgestellt hatten.«

Sprach er davon, dass er schwul war? Don wollte gerade den Mund aufmachen, da kam ihm eine Erkenntnis und er biss sich auf die Zunge. Er wusste nur, dass Frank schwul war, weil er ihn mit Everard beim Sex gesehen hatte. Das wiederum durfte Frank niemals erfahren. Er steckte die zur Faust geballte Rechte in die Hosentasche. »Ist doch eigentlich immer so, dass die Eltern andere Wege für ihre Kinder planen, als die Kinder dann gehen, oder?«

»Vermutlich, aber ... ich habe vor allem meine Mutter sehr enttäuscht.«

»Womit denn?«, fragte Don vorsichtig. Im besten Fall würde Frank ihm seine sexuelle Orientierung preisgeben und er müsste nicht mehr aufpassen, was er sagte. Doch der Mann an seiner Seite schüttelte bloß den Kopf, um ihm zu verstehen zu geben, dass er nicht darüber reden wollte.

Ein Auto raste an ihnen vorbei und Don zog Frank instinktiv an der Armbeuge näher zu sich. Frank zuckte zurück und verspannte sich.

»Sorry, war ein Reflex«, entschuldige Don sich heiser. Erst dachte er, Frank wäre angepisst davon, dass er ihn einfach anfasste, aber dann sah er, wie rot Franks Wangen geworden waren und wie er verstohlen die Fingerspitzen an die Stelle legte, die Don berührt hatte. Sogar sein Atem ging schneller und schwerer. Es war ihm also nicht unangenehm gewesen – er war bloß schüchtern.

Don blinzelte. In seinem Bauch und seinem Unterleib kribbelte es und seine Erektion drückte sich – hoffentlich unauffällig – an den Stoff seiner Hose. Wenn diese seltsam knisternde Spannung zwischen ihnen sich im Laufe der Nacht noch verstärkte, konnte er für nichts garantieren ...

Zum Glück war der See nicht allzu groß und auf der Südseite schnell umrundet, denn bis sie dort ankamen, fiel ihm nichts mehr zu sagen ein.

Kaum dass sie vor dem verschlossenen Tor standen, fand er seine Stimme wieder. »Fuck, da hängt eine Kamera.«

»Ist nur eine Attrappe«, wehrte Frank sofort und bestimmt ab.

»Woher weißt du das?«

»Das rote Blinklicht deutet darauf hin. Keine richtige Überwachungskamera hat so ein blödes Licht, weil das viel zu viel Aufmerksamkeit auf sich zieht. Außerdem ist es ein bekanntes Modell, das viele Leute in der Gegend verwenden. Die Aufschrift da an der Seite macht es nicht gerade glaubhafter.«

Don registrierte den roten Schriftzug »Surveillance Camera« und grinste. »Okay. Und wie kommen wir da rein? Sieht ziemlich dicht aus.«

»Die Wasserratten müssen auch irgendwie reingekommen sein«, gab Frank zurück und suchte mit einem geschulten Blick den Boden ab. Offenbar hatte er etwas gefunden, denn er ging zielstrebig auf zwei Pfeiler zu, zwischen denen Maschendraht gespannt war. Er ruckelt daran und ihnen eröffnete sich ein Schlupfloch.

Don lachte in einem Schnauben und bekam den Mund nicht mehr zu. »Also *ich* bin grad verdammt stolz«, brachte er heiser hervor.

Frank zog verlegen den Kopf ein. »Da ist nichts dabei. Jahrelange Erfahrung im Streifendienst. Man lernt, die Tricks und Vorgehensweisen der Leute zu durchschauen.«

»Trotzdem beeindruckend«, beharrte Don auf seinem Kompliment, weil er es ernst gemeint hatte und wollte, dass es auch angenommen wurde. Er folgte Franks stummer Einladung, mit welcher er ihm den Vortritt auf das Gelände des Kiestagwerks ließ. Besagte Steinchen knirschten nach den ersten paar Schritten unter seinen Schuhsohlen. »In der Mail steht was vom dritten Förderband. Sind das die riesigen Dinger dort?« Er deutete vage in Richtung der stählernen Ungetüme.

»Ja«, murmelte Frank hinter ihm und klang immer noch verlegen.

»Dann lass uns mal die Lage dort drüben checken. Wir müssen uns überlegen, von wo aus wir Everard belauschen und filmen können. Eventuell brauchen wir Wanzen, damit wir das Gespräch mitbekommen.«

»Wanzen?«

»Mein Handy würde reichen. Ich installiere eine Spy-App und wir verstecken es irgendwo, damit es aufzeichnet, was geredet wird. Mal sehen.«

»Du scheinst sehr versiert in solchen Situationen.«

»Ich hab schon mal Leute belauscht, aber nicht für Geld.«

»Wofür dann?«

»Für die Befriedigung meiner Neugier.«

»Was genau war es, das dich neugierig gemacht hat?«

»Zwei Typen, die eine Weile in der ehemaligen Lagerhalle gewohnt haben, haben sich immer so seltsam verhalten, dass es mir keine Ruhe gelassen hat. Mir kam auch vor, dass sie auffällig viel schlecht verstecktes Interesse für alle anderen Bewohner der Halle gezeigt haben. Hat sich rausgestellt, dass sie den entlaufenen Sohn irgendeines hohen Tieres gesucht haben.«

»War er denn dort?«

»Mhm«, grinste Don. »Die Betonung liegt auf der Vergangenheitsform. War genau der Kerl, der sich an dem Morgen, an dem die Fremden aufgetaucht sind, aus dem Staub gemacht hat.«

»Sein Fehlen muss doch jemandem aufgefallen sein.«

»Dort herrscht das stille Abkommen, dass keine Fragen gestellt werden. Sind ja alles irgendwie Kriminelle oder Außenseiter. Außerdem kam es öfter vor, dass einer von uns ohne ein Wort weiterzog. Nach mir hat sicher ebenfalls keiner gefragt und das ist mir auch lieber so.«

»Hast du denn dort keine Freundschaften geschlossen?«

»Fuck, nein«, schnaubte Don. »Einer von den Wichsern hat mal versucht, mein Zeug zu klauen. Lief auf 'ne heftige Prügelei hinaus, bei der ich den Kürzeren zog. Glaubst du, einer von den anderen Arschlöchern hätte eingegriffen? Nichts. Die standen alle blöd rum und haben gegafft. Hätte bloß noch gefehlt, dass sie sich Popcorn und Pepsi holen. Der Drecksack hatte mich am Boden, Arm an meiner Kehle, ich hab Sternchen vor den Augen gesehen. Konnte gerade noch keuchen, dass ich jedem erzähle, er wäre in meinem Zimmer gewesen, um mich zu ficken, wenn er mich nicht sofort in Ruhe lässt.« Er grinste, obwohl die Worte *Schwuchtel* und *Tunte*, zusammen mit den Adjektiven *ekelhaft* und *widerlich*, noch in seinem Schädel widerhallten. »Hat keine Sekunde gedauert, bis er von mir abgelassen hat. Nicht mal nen USB-Stick hat er mir geklaut.«

Frank wischte sich in einer hastigen Bewegung über den Mund, sagte aber nichts, sondern ging stumm neben ihm her, bis sie das dritte Förderband erreichten.

Don besah sich die große Maschine und deren Umgebung. »Also, in Hörweite kann man sich nicht verstecken. Aber wir könnten da hinter dem Bauwagen stehen. Oder in ihn einbrechen, wie auch immer. Von diesem Fenster aus wäre es easy, ein Filmchen von Everard und seinem Russenfreund zu drehen. Bezüglich des Gesprächs könnte ich mein Handy hinter den Pfosten da stellen.« Er bückte sich und tastete die Rückseite ab. Glatter Beton. »Mit ein bisschen Tape fixiert würde das klappen. Ein Richtmikrofon ginge auch. Sowas hab ich allerdings nicht. Kann ich aber bestellen, wenn du willst. Hat beides seine Vor- und Nach-«

Frank packte ihn am Oberarm und zog ihn mit sich hinter ein Häuschen aus Wellblech.

»Da oben ist jemand«, flüsterte er, als er Dons verwirrte Miene bemerkte.

Don sah um die Ecke und erkannte die düstere Gestalt in einiger Entfernung. Ein kleinerer Schatten entfernte sich von ihrer Seite und näherte sich ihnen in rasantem Tempo. »Shit, was ist das?«

»Ein Hund«, murmelte Frank und presste sich mit dem Rücken an die Wand.

»Denkst du, ist das ein Typ von der Security?«

»Wenn es hier eine Security gäbe, würden die Leute nicht zum Baden kommen«, gab Frank zu bedenken. »Vermutlich nur ein Spaziergänger.«

»Wenn der Hund uns anbellt, könnten wir einfach vortreten und behaupten, *wir* sind die Security und sorgen für nächtliche Ruhe auf dem Gelände.«

»Keine gute Idee.« Frank drückte ihn mit dem Arm über der Brust zurück, als Don sich ein weiteres Mal vorbeugen und um die Ecke lugen wollte.

Don stellte für einen Moment das Atmen ein und starrte auf den massigen Arm hinab, der ihn warm und weich seiner Freiheit beraubte. Sein Herz kriegte sich nicht mehr ein vor Aufregung. Ein Schrei nach mehr ging durch jede Sehne, jede Faser seines Körpers. Er war so völlig gefangen von der Berührung, dass er den Hund kaum wahrnahm, der in der Dunkelheit vor ihnen auftauchte und mit einiger Verwunderung zu ihnen aufsah.

»Braves Hundchen, geh zurück zu deinem Besitzer, sei so gut«, redete Frank leise auf das schwarze Tier mit dem altersgrauen Mäulchen ein. Und tatsächlich gehorchte der Hund. Oder er hatte schlichtweg nicht genug Interesse an ihnen, um sie länger zu beobachten oder Alarm zu schlagen. Nicht einmal der Wolf in Don schien ihn zu tangieren. Vielleicht war er zu alt, um ihn zu spüren. Mit aufgestellter Rute schnüffelte er an den Steinen, hob das Bein, um ihnen vor die Füße zu pissen, und trottete zu jenem dunklen Umriss zurück, der sein Herrchen war.

Frank ließ den Arm sinken und seufzte erleichtert. »Das war knapp.«

»Fuck«, stieß Don hervor, packte Frank am Hemdkragen und hielt ihn gegen das Wellblech gedrückt. Ihre Blicke trafen sich für einen Herzschlag und dann waren es ihre Lippen, die sich begegneten. Don presste seinen gierigen Mund auf Franks weichen. Er berührte einen warmen Hals, eine breite Schulter ... Sein Bauch pochte, als hätte er mit seinem Herzen den Dienst getauscht, und sein Schwanz rebellierte gegen die Jeans. Als Frank die Lippen eine Winzigkeit öffnete – vielleicht nicht mal aus Lust, sondern aus purer Verwirrung und dem Drang, wieder Luft zu holen – fühlten sich seine Knie an wie Eiscreme, die man in der Sonne vergessen hatte. Er schob die Zungenspitze behutsam in den Spalt und stöhnte selbstvergessen. Darauf folgte die Ernüchterung, denn eine große Hand berührte ihn an der Hüfte. Aber nicht, um ihn zu halten, sondern um ihn fortzuschieben. So sachte, dass Don es in seiner Hitze kaum bemerkte. Und doch begriff er schließlich, dass sein Kuss nicht – oder nicht *mehr* – erwünscht war. Keuchend taumelte er einen Schritt zurück. Da er es nicht wagte, seinem Gegenüber in die Augen zu sehen, starrte er auf dessen Bauch und bemerkte dabei Franks seltsame Haltung. Er war nach hinten gesunken und seine Linke krallte sich an das aufgeheizte Wellblech. Der Mann hatte ihn nicht berührt, außer als ihm daran gelegen war, ihn wegzuschieben. Für keine Sekunde hatte er den Kuss erwidert.

Don verging fast vor Peinlichkeit und wünschte, es würde sich ein Loch im Kies auftun, damit er lautlos darin verschwinden könnte. »Wir sollten nachsehen, ob die Tür zum Bauwagen offen ist. Sonst müssen wir uns Tipps von Brennan holen, um sie aufzukriegen«, sagte er, als er seine heisere Stimme wiedergefunden hatte, und setzte sich in Bewegung, um die Situation hinter sich zu lassen. Zwecklos, denn ihr Nachhall folgte ihm wie ein mit Steinen gefüllter Rucksack, der ihn unter Wasser zog.

*

Frank saß regungslos auf seinem Sofa und starrte durch die geöffnete Terrassentür nach draußen. Der leichte Wind, der ein wenig Abkühlung brachte, bauschte die altbackenen Vorhänge. Er hatte sich Dons CD eingelegt und ließ den Beat seinen Herzschlag diktieren. Vielleicht war es auch die Erinnerung an diesen völlig verrückten Kuss. Wie hatte der passieren können? Seine Lebenserfahrung und sein gesunder Menschenverstand sagten ihm nämlich, dass zwischen einem Mann wie Don Leary und einem wie ihm für gewöhnlich nicht solche Dinge passierten.

Er wischte sich übers Gesicht und seufzte in seine Hände. Sie zitterten.

Der Bauwagen war nicht verschlossen gewesen. Wenn das so blieb, würden sie niemanden brauchen, der ihnen

Tipps für einen sauberen Einbruch gab. Sie könnten sich einfach eine Stunde vor Haydens Ankunft dort verschanzen und darauf warten, dass etwas von Bedeutung stattfand.

Auf der Rückfahrt hatten sie kein Wort miteinander gesprochen. Don war irgendwann eingeschlafen oder hatte zumindest so getan, als würde er schlafen, während Frank sich wie ein Irrer ans Lenkrad geklammert und gehofft hatte, dass die Nacht bald überstanden war. Dons Nähe brachte ihm eine gänzlich neue Art von Nervosität ein, seit er wusste, wie sich dessen Lippen anfühlten. Er sollte es nicht wissen, hätte es nicht spüren dürfen. Er war nicht ... Er war vollkommen unzureichend.

Warum hatte Don ihn geküsst? Es machte überhaupt keinen Sinn, einen wie ihn zu küssen. Wer wollte schon einen fetten, schwitzenden Idioten küssen?

Dennoch war es irgendwie geschehen.

Wieder blitzte diese Tatsache in seinem Schädel auf: Er war geküsst worden. Und ihn befiel der Drang, sich an den Mund zu fassen, dem er nicht widerstehen konnte. Wie er sich gefühlt hatte, als ihre Lippen sich berührten ... Seine Beine hatten unter ihm nachgegeben, sodass er sich an die Hütte hatte lehnen müssen, um nicht zu Boden zu gehen wie ein Sack Kartoffeln. Alles in ihm war zu flüssiger Hitze zerschmolzen, hatte ihn schwindelig und betrunken gemacht.

Sein Handy vibrierte auf dem Glastisch vor der Couch und ließ ihn zusammenzucken. Mit einem Seufzen griff er danach.

Eine SMS von Don.

Schluckend las er das einsame Wort. *Hey.*

Sein Daumen bebte, doch er schaffte es, dieselben drei Buchstaben und einen Punkt am Ende zu tippen. *Hey.*

Es dauerte eine Weile, ehe die nächste Nachricht eintraf. *Hat dich mein Zigarettengeschmack gestört? Oder der Umstand, dass ich dich geküsst habe?*

Frank würgte mühsam an dem wenigen Speichel in seinem Mund. Er tippte, ohne nachzudenken.

Nichts von beidem.

Warum hast du mich dann weggestoßen?

Die Frage konnte er nicht beantworten, ohne sich komplett bloßzustellen. Die Ehrlichkeit würde verlangen, dass er zugab, nicht gewusst zu haben, was er tun sollte. Wie er sich zu verhalten hatte. Wie man anständig küsste.

Er war noch nie von einem Mann geküsst worden. An der High School hatte es ein Mädchen gegeben, mit dem er ein paar Mal ausgegangen war. Violet. Mit ihr hatte er einen peinlichen Schmatzer ausgetauscht, als er gerade 16 geworden war. Im Autokino. An einem Abend, an dem er sich eingestehen hatte müssen, dass es seine Gründe hatte, warum es ihn anmachte, die Footballspieler zu beobachten – und nicht die Cheerleader. Warum er im Herzen ein Feuerwerk spürte, wenn sein Sitznachbar und Kumpel Tom ihn anlächelte, und er absolut gar nichts fühlte, wenn Violet ihm die Zunge in den Hals schob. Und warum er sich morgens unter der Dusche Toms nackten Oberkörper vorstellte, um sich einen runterzuholen.

Eine weitere SMS riss ihn aus seinen Gedanken.

Wenn ich was gemacht hab, was dich gestört hat, dann sag es. Ich hätte nämlich gern eine zweite Chance. Dazu muss ich aber wissen, wie ich die erste vermasselt habe.

Frank blinzelte, um seine Sicht zu schärfen, doch dort stand wahrhaftig etwas von einer zweiten Chance. Don wollte ihn *wieder* küssen?

Er sank in die Kissen zurück und fuhr sich mit den Fingern durch den Bart. Er wollte trotz aller Peinlichkeit ehrlich sein, denn er hasste Lügen. Außerdem fiel ihm keine plausible Ausrede ein, also musste die Wahrheit gut genug sein.

Ich wollte nichts falsch machen.

Kaum hatte er den Text abgeschickt, verfluchte er sich dafür und biss sich in die Unterlippe. »Scheiße, du Idiot! Willst du wie die größte Lusche rüberkommen, die je geboren wurde?!«, schimpfte er sich selbst. Am liebsten würde er sein Handy gegen die Wand schmeißen, doch es könnte ja sein, dass sich Don die Mühe machte, zu antworten.

Der Nachbarskater spazierte herein und sah ihn an, als hätte er den Verstand verloren.

»Ich habe nicht mit dir gesprochen, Aspen«, murmelte Frank, um das schwarze Tier zu beschwichtigen. Ein leises Miau kam zurück. Dann vibrierte das Handy.

Beim Küssen kann man nichts falsch machen. Solange du mir nicht das ganze Gesicht absabberst wie eine Bulldogge, ist alles gut. Und auch das liegt noch im Bereich des Erträglichen, wenn ich so drüber nachdenke :) Außerdem wäre es ja gut, wieder in Form zu kommen, wenn du aus der Übung bist?

Er lachte über Dons Scherz, bevor er seufzte. Wenn er doch jemals »in Übung« gewesen wäre ... Wieder wusste er nichts zu schreiben und Don kam ihm zuvor.

Ich würde dich gern morgen treffen. Hast du Zeit? Und Lust?

Ja.

Ok. Wo? Wann?

Ich kann dich abholen, wann du möchtest.

Hm ... Ist besser, ich fahre mit Nick und Brennan runter in die Werkstatt. Nach dem Frühstück? Wär das in Ordnung?

Ja.

Was unternehmen wir?

Aspen hatte sich in der Küche umgesehen, die in das offene Wohnzimmer ragte, aber anscheinend nichts gefunden, das ihn interessierte. Ab und an klaute das kleine Monster ihm ein Stück Brot. Jetzt stand er mit wackelndem Schwänzchen vor dem Sofa und sah ihm in die Augen, bevor er zum Sprung ansetzte. Schnurrend machte er es sich in Franks Schoß bequem.

Mit der Linken kraulte er den Kater am Mäulchen, mit der Rechten hämmerte er auf den Touchscreen ein.

Ich hab ein kleines Boot. Wir können auf den See rausfahren, wenn du magst. Ich kann dich auch zum Essen einladen. Oder ins Kino. Oder wohin auch immer.

War das jetzt eine Einladung zu einer Verabredung? Machten sie gerade ein Date aus? Erst, als es zu spät war, begriff er, dass ein Ausflug mit dem Boot bedeuten würde, dass sie allein miteinander wären. Sein Herz klopfte schneller und er betete, dass Don sich für eine der anderen Optionen entscheiden oder selbst etwas vorschlagen würde.

Du hast ein Boot?

Ja, antwortete Frank mit einem Stöhnen, das ein Gefühl ausdrückte, welches irgendwo zwischen Panik und

Vorfreude lag. Er würde morgen Zeit mit Don verbringen. Die Vorstellung brachte ihn zum Schmunzeln.

Ich kann Lunch mitnehmen. Hab dir ja mein Rührei und Kittys Brot versprochen. Holst du mich um 10 in der Werkstatt ab?

Ja.

Eine Weile kam nichts. Und dann traf ihn eine SMS mitten ins Herz.

Ich freu mich.

Frank lächelte schon wieder oder immer noch, und tippte drei Worte, die ihm nicht die geringste Schwierigkeit bereiteten. *Ich mich auch.*

6

»Hast du schon mit ihm darüber geredet?«, fragte Archie über Dons Kopf hinweg, als sie am nächsten Morgen beim Frühstück saßen.

Foreman hatte den Mund voll und konnte nur den Kopf schütteln.

»Worüber geredet? Und mit wem?«, fragte Kitty und knabberte verschlafen an ihrem Buttergebäck, das sie mit dunkler Konfitüre bestrichen hatte.

»Mit Donovan«, erwiderte Archie.

»Mit mir?«, fragte Don und klang sicher ziemlich belämmert. Seine Hand mit dem Brötchen hielt auf halbem Weg zu seinem Mund an.

»Archie hat vorgeschlagen, dass wir daran arbeiten, eine Verwandlung herbeizuführen«, klärte Foreman auf.

Wie gut, dass er aufgrund der Verabredung zum Lunch ohnehin nur wenig hatte essen wollen – denn jetzt verging ihm der Appetit. Er legte sein Essen zurück auf den Teller. »Warum sollte ich das absichtlich machen? Ich will mich nicht verwandeln!«

»Ich denke, es würde die Dinge vereinfachen. Wenn du dich aus eigenem Antrieb verwandeln kannst, würde dir sicher auch die Rückverwandlung keine solchen Probleme bereiten«, erklärte Archie in seiner gewohnt stoischen Ruhe.

»Das könnt ihr aber nicht mit Sicherheit wissen«, gab Don zurück. »Genauso gut kann es sein, dass ich dann noch länger in diesem blöden Wolf eingesperrt bin!«

»Beherrscht euch doch bitte beim Frühstück«, warf Kellan murrend ein und füllte seine riesige Kaffeetasse erneut bis zum Rand. Ein wenig von der fast schwarzen Flüssigkeit schwappte auf die Tischplatte, die sich der rustikalen Einrichtung anpasste. »Hätte diese Diskussion nicht warten können?«

Foreman gab ein tiefes Seufzen von sich. »Archie, ich teile grundsätzlich deine Meinung, dass es ihm helfen könnte. Aber ich weiß auch mit Gewissheit, dass er es aus freien Stücken tun muss. Eine erzwungene Verwandlung bringt gar nichts.«

»Und was bringt es, womöglich mehrere Monate darauf zu warten, bis der Wolf in ihm von selbst hervorbricht? Er hat doch gesagt, dass die Abstände zwischen den Phasen meist recht lang waren.«

»Dann werden wir eben warten«, gab Foreman zurück und Kellan nickte zustimmend, obwohl er die Diskussion doch eigentlich nicht haben wollte.

Archie wurde vehementer: »Ich sehe selbst, dass der Junge genervt davon ist, dass wir ihn seiner Meinung nach einsperren. Wie lange soll das noch so gehen?«

»Wir könnten die Regeln ja ein wenig lockern«, schlug Foreman vor.

»Du weißt, dass das unvernünftig wäre.«

Don verdrehte die Augen und nahm einen Schluck Orangensaft.

Die beiden alten Männer, die sich für ach so weise hielten, besprachen die Angelegenheit über ihn hinweg, als hätte er kein Wort mitzureden. Don ärgerte sich. Aber nur so lange, bis Brennan und Nick zur Tür hereinkamen und ihm wieder einfiel, mit wem er heute auf den See rausfahren würde.

Man wünschte sich einmal durch den Raum einen guten Morgen und Kitty wechselte geschickt das Thema, indem sie von ihren Plänen erzählte, die sich natürlich um den gerade abwesenden Santiago drehten.

Don wartete, bis die Männer sich gesetzt und an dem üppigen Büffet bedient hatten, bis er Brennans Blick einfing. »Wär's okay, wenn ich heute mit euch in die Werkstatt komme? Ich langweile mich hier.«

Brennan nickte mit einem Lächeln und leckte sich ein paar Brotkrumen von den Lippen, bevor er schluckte und antwortete: »Ja, geht klar.«

Nick schien nicht allzu begeistert, sagte aber nichts. Er beäugte ihn skeptisch und in seiner üblichen Grimmigkeit, die einem echt Angst einjagen konnte.

Don war nicht leicht einzuschüchtern, aber wenn er sich vorstellte, wie er den beiden nachher im Auto seine wahren Pläne erörterte, wurde ihm schon ein bisschen mulmig.

Bevor er sich weitere Gedanken darüber machen konnte, vibrierte sein Handy und er las die SMS von Frank, indem er das Smartphone halb unter dem Tisch versteckt hielt.

Ich hab eine CD gebrannt, bin mir aber nicht sicher, ob du sie magst.

Bring sie mit. Wir hören sie uns an :) Ich werd sie bestimmt mögen. Er dachte kurz nach und fügte hinzu: *Warum schreibst du mir deswegen eine SMS? Die CD ist ja nicht so schwer, als dass du sie nicht auf jeden Fall mitnehmen könntest.*

Es dauerte nicht lange, bis er seine Antwort hatte, doch bevor er sie öffnen konnte, funkte Archie ihm dazwischen: »Wem schreibst du da? Ich dachte, du hättest alle Kontakte abgebrochen? So war zumindest der Deal.«

»Gab ja nicht viel abzubrechen, aber mit Saint werde ich wohl ein paar Worte wechseln dürfen, ohne dass ihr mir gleich das Handy wegnehmt, hoffe ich«, gab er zurück und hoffte, dass ihn die Lüge nicht rot werden ließ.

»Natürlich«, gab Archie zurück und Don wandte sich in gespielter Empörung ab.

Vielleicht wollte ich nur wissen, ob unsere Verabredung noch steht ...

Er lächelte. *Das tut sie und ich lass dich nicht vom Haken :)*

Geht in Ordnung für mich.

*

Als ihm eingefallen war, dass Nick einfach umdrehen und ihn zurück in den Weiler fahren könnte, hatte Don nicht den Mut aufgebracht, zu sagen, was er vorhatte. Jetzt musste er allerdings langsam das Maul aufmachen, sonst würde die Sache peinlich werden. Gerade betraten sie nämlich die Werkstatt. Nick schloss ein paar weitere Türen auf, während Brennan das Rolltor hochfahren ließ. Sonnenlicht flutete die Halle und Don sah sich flüchtig um.

»Die Hebebühne dort drüben haben wir noch nicht lange. Sie ist aber ein echtes Meisterstück!«, ereiferte sich Brennan und erklärte ihm, was das Meisterstück alles konnte.

Don schluckte hart und sagte zögerlich: »Leute, ich muss euch was sagen. Ich werde nicht bleiben.«

»So?« Nick verschränkte die Arme vor der Brust und zog die Brauen zusammen, sodass er noch düsterer aussah, als sonst.

Brennan hingegen schien überrascht. »Aber wo willst du denn hin? Im Weiler ist es doch ideal für dich.«

»Ich meinte, dass ich jetzt nicht bei euch in der Werkstatt bleibe«, korrigierte Don.

Daraufhin zeigte Brennans Miene eine derartige Enttäuschung, dass er ein schlechtes Gewissen bekam. »Aber ich dachte, wir würden ein wenig an den Autos rumschrauben? Ich habe einen ganz neuen Land Cruiser hier, der …«

»Was hast du vor?«, fuhr Nick ihm dazwischen und starrte Don wütend an.

»Ich treffe mich mit jemandem.«

»Mit jemandem aus deiner kriminellen Vergangenheit? Willst du uns alle in Gefahr bringen? Was, wenn du dich verwandelst?«

»Ich spüre, wenn der Wolf ausbricht. Wenn es passiert, laufe ich eben weg und verstecke mich, wie ich es immer mache! Und außerdem: Nein! Mit niemandem aus meiner verdammten Vergangenheit, sondern mit jemandem, mit dem ich die letzten beiden Nächte verbracht habe!«

Nicks Augen weiteten sich und seine Haut wurde so blass wie die Narben an seiner Wange. »Du hast dich entgegen Archies Anweisungen rausgeschlichen?«

»Ja, hab ich. Ich bin nicht Archies Eigentum! Er kann mir nichts verbieten!«

»Er muss dich aber auch nicht im Weiler wohnen lassen.«

Genervt stieß Don ein Seufzen aus. »Dasselbe Gespräch habe ich bereits mit Foreman und James geführt. Ich hab aber heute was vor und ihr könnt mich nicht davon abbringen, also entweder deckt ihr mich oder ihr lasst mich hochgehen. Ist eure Sache.«

»Du willst es darauf ankommen lassen?«, fragte Nick provokant und ließ den Blick schmal werden, der durch die Linsen braun gefärbt war, anstatt seine türkise Leuchtkraft zu zeigen.

»Ja.« Don nickte.

Brennan schien die Welt nicht mehr zu begreifen. Verständlicherweise. Foreman hatte ihm anvertraut, dass Brennan nie eine richtige Familie gehabt hatte, bevor er Nick begegnet und in das Dorf aufgenommen worden war. Jetzt warf er die Arme in die Luft und fragte: »Aber warum denn? Was kann so wichtig sein, dass du ein sicheres Zuhause dafür aufs Spiel setzt?«

»*Wer* kann so wichtig sein, muss die Frage lauten«, gab Don in einem Murmeln zurück und hörte einen Wagen, der den Kies in der Einfahrt zum Knirschen brachte.

»Frank Davis«, stellte Nick missmutig fest. »Was will *der* denn jetzt hier?«

Brennan ging das Licht schneller auf als seinem Ehemann und für eine Sekunde umspielte ein Lächeln seine Lippen, obwohl ihm die Enttäuschung immer noch anzusehen war. »Don abholen, nehme ich an.«

*

Mit weichen Knien stieg er aus dem Auto und machte ein paar Schritte auf das weit offen stehende Rolltor zu. Don stand mit Nick und Brennan neben einem roten Rennwagen, der seine besten Jahre hinter sich hatte und von Rost halb zerfressen schien. Nick wirkte alles andere als erfreut über sein Eindringen in ihr Territorium.

Frank hob die Hand zu einem Gruß, der nur von Brennan erwidert wurde.

Sollte er reingehen oder lieber draußen auf Don warten? Während er noch überlegte und sein klopfendes Herz verhinderte, dass er eine Antwort fand, nahm Don ihm zu seiner schrankenlosen Erleichterung die Entscheidung ab, indem er aus der Werkstatt kam. Ihre Blicke trafen sich und sie lächelten sich an. Don sah verflucht sexy aus. Der Wind zerzauste ihm das Haar, die Sonne brachte die Ränder seiner Brille zum Glänzen und sein Gesicht strahlte sanft.

Frank versuchte vergeblich, seine Nervosität hinunterzuschlucken, doch sie wurde bloß aufdringlicher, je näher Don ihm kam. Er wollte sich in Bewegung setzen, um nicht wie ein Trottel dazustehen, doch seine Beine rührten sich nicht.

»Hey«, begrüßte Don ihn mit einem Schmunzeln und raubte ihm den letzten mickrigen Rest, der von seinem Verstand noch übrig geblieben war, als er die beringten Finger seiner Rechten in Franks Bart vergrub und ihm die Wange küsste.

Ein Stromschlag durchfuhr ihn und sein Magen fühlte sich an, als würde er gerade die höchste Achterbahn des Staates runterrasen. Wie konnte sich etwas nur so verdammt gut anfühlen? Wie konnte ihn etwas so aus den Angeln heben?

Mit erhitzten Wangen und eingezogenem Kopf ging er zum Auto, in welches Don soeben einstieg, und ließ sich auf den Fahrersitz gleiten. Er kam sich wie elektrisiert vor und startete in einer automatisierten Bewegung den Motor.

»Du hast ihnen also nicht gesagt, dass wir uns wegen Hayden treffen?«, fragte er heiser und lenkte den Lexus vom Werkstattgelände, ohne noch einen Blick auf Nick und Brennan geworfen zu haben. Gewiss waren sie ebenso perplex wie er.

»Wegen Everard? Wir treffen uns aber nicht wegen dem Arschloch.«

»Nein, natürlich tun wir das nicht, aber ...« Er umklammerte den Schaltknüppel, um irgendwo Halt zu finden und nicht in Versuchung zu geraten, seine von Don geküsste Wange zu berühren. Sie brannte heiß.

»Warum hätte ich lügen sollen?«, fragte Don verwirrt.

»Ich ... weiß nicht. Was hast du ihnen denn dann gesagt?«

»Nichts Konkretes, aber es ist ziemlich klar, dass wir ein Date haben. Ist dir das etwa peinlich?«, fügte Don in einem feindseligen Tonfall hinzu.

Frank klappte fast die Kinnlade runter. »Was? *Mir*?« Er warf einen entsetzten Blick auf seinen Beifahrer und musste gleich darauf den schlingernden Wagen unter Kontrolle bringen.

»Ja klar, dir! Wem sonst?«, kam gefaucht zurück.

»Dir«, würgte Frank hervor und starrte stur geradeaus.

Sofort brach Dons ablehnende Haltung auf und er klang versöhnlich, als er fragte: »Macht es denn auf dich den Eindruck, als wäre es mir peinlich?«

»Nein«, gab er zu, auch wenn er nicht verstand, wie das sein konnte.

Don zögerte eine Weile und wirkte nun doch wieder angespannt. »Und du bist auch keiner von den Typen, die nicht damit klarkommen, dass sie auf Männer stehen?«

»Nein, ich ... denke nicht.«

»Okay, weil ich hab nämlich überhaupt keinen Bock darauf, dass alles, was zwischen uns passiert, nur hinter Schloss und Riegel und zugezogenen Vorhängen stattfinden darf. Wenn jemand mit mir zusammensein will, dann muss das auch die ganze Welt wissen dürfen. Ich lass mich nicht verstecken. Geht das klar bei dir?«

Franks Gedanken rasten in seinem Kopf. »Ja.« Es war nur ein Flüstern, doch es war offenbar Erwiderung genug.

»Gut.« Don beendete die Diskussion, indem er sich lässig in den Sitz fläzte und auf die Umhängetasche klopfte. »Ich hab alles mit, was ich versprochen habe. Und ein bisschen mehr.«

»Danke. Ich habe Getränke und Muffins mitgebracht.«

»Super. Wohnst du eigentlich hier in der Nähe? Du warst so pünktlich.«

»Fünf Minuten von hier.«

»Welche Straße?«

Frank nannte ihm Name und Nummer, obwohl er nicht wusste, warum Don das wissen wollte.

»Cool«, meinte Don lächelnd und hüllte sich dann für eine Zeit lang in Schweigen, wobei er Frank nicht aus den Augen ließ. »Hat dir eigentlich schon mal jemand gesagt, wie scharf du beim Fahren aussiehst?«

Frank konnte nur den Kopf schütteln und die Wampe einziehen.

»Ist aber so«, fuhr Don fort. »Die Art, wie du den Schaltknauf hältst, macht mich total an. Sicher auch, weil du so starke Arme hast.«

Verunsichert fragte Frank sich, ob Don ihn verarschen wollte. Er sah ganz gewiss nicht scharf aus und er hatte auch keine starken Arme – er war nur fett. Doch als kühle Fingerspitzen sanft seinen Unterarm entlangstrichen, wurde alles aus seinem Hirn gefegt. Er konnte nichts sagen, er konnte nichts tun. Ein Glück, dass die Strecke schnurgerade wie ein Streichholz war und er bloß das Lenkrad halten musste. Die Tatsache, dass Don ihn berührte, erregte ihn so sehr, dass er fast glaubte, gleich zu bersten. Ein Stöhnen quälte sich aus seiner Brust, doch er biss sich auf die Zunge, um es zu unterdrücken. Aus dem Augenwinkel schielte er zu Don hinüber, sah dessen nacktes Knie, das von der zerrissenen Jeans freigegeben wurde. Er stellte sich vor, seine Finger auf diesen Flecken Haut zu legen, den Knochen zu streicheln, der darunter lag. Sein Schwanz war so hart, dass es wehtat. Ein Schweißtropfen kitzelte ihn an der Schläfe und er musste die Hand heben, um ihn wegzuwischen. Auch das Hemd unter seinen Armen war feucht.

»Fährst du mal rechts ran?«, fragte Don mit belegter Stimme.

Franks Herz setzte einige Schläge aus. Hatte Don seine Geilheit bemerkt und wollte abhauen, weil er sich angeekelt fühlte? »Wozu denn?«

»Wieso lässt du dich nicht überraschen?«

Klang das nur in seinem Kopf verdammt verführerisch? Drehte er jetzt durch? Seine Fingerknöchel traten weiß hervor, aber er gehorchte und lenkte den Wagen an den Straßenrand. Der Motor soff ab. War ihm seit Jahren nicht passiert. Dann griff plötzlich Dons Arm zwischen seine Knie und packte den Griff des Sitzes, um ihn nach hinten zu schieben. »Was tust du da?«, fragte Frank mühsam.

Dons Atem streifte sein Gesicht. »Mich darum kümmern, dass du dich nachher wieder aufs Fahren konzentrieren kannst. Außerdem halt ich es jetzt wirklich nicht länger aus.«

»Was hältst du nicht mehr aus?«

»Dass wir uns nicht küssen.«

»Küssen?«, wiederholte Frank kaum hörbar und ließ seine Lippen aus Verwirrung gleich offen stehen. Einen Herzschlag später wurden sie ihm verschlossen, als sich Dons Mund auf seinen drückte. Es war ein Reflex, dass er sich über die Unterlippe leckte, und dennoch zog die Geste Dons Zunge an, die sich weich und verführerisch in sein Inneres drängte. Es war unbeschreiblich ...

Frank seufzte unwillkürlich und zitterte wegen dem Schauer, der ihn durchlief, als er hörte, wie sein eigenes Stöhnen von Dons Mund gedämpft und vibrierend wiedergegeben wurde. Das war dermaßen sinnlich, dass er spürte, wie seine Eichel feucht wurde und seine Erektion noch heftiger pochte.

Seine Augen weiteten sich, als Don sich zu ihm auf den Fahrersitz zwängte und sich mit gespreizten Beinen auf seinen Schoß setzte. Frank wusste nicht, wohin mit seinen Händen. Darüber hinaus hatte er vergessen, wie man atmete.

Don ließ den Kuss härter werden und schnappte geschickt mit den Lippen nach Franks Zunge, um sie in seinen heißen Mund zu saugen. Seine Hüften bewegten sich erotisch, während er sich an Franks Schwanz rieb und ihm damit ein weiteres Stöhnen entlockte.

Kalte, geschmeidige Finger griffen nach seinen plumpen Händen und legten sie an eine schlanke Taille. Frank bebte. Er wollte Dons Körper erkunden, schreckte aber davor zurück, weil er sich daran erinnerte, wie Hayden ihn weggestoßen hatte. Auch der Stricher, der ihm vor Jahren einen geblasen hatte, hatte sich seine Finger unwillig aus dem Haar geschüttelt.

Unvermittelt und sanft strich Don ihm über Schultern und Oberarme und löste mit der schlichten Berührung etwas in ihm aus. Etwas, das sein Herz verkrampfen ließ und das Chaos in seinem Bauch noch verheerender machte. Die Härchen an seinen Armen stellten sich auf und flirrten wie elektrisiert. Er wollte Don an sich pressen und sich an ihm reiben, ihn durch den Stoff ihrer Jeans fühlen, aber er tat es nicht, denn dabei würde Don seine ganze Fettheit spüren ... Wieder streifte ein Teil von Don seinen Schwanz und brachte ihn zum Wimmern. Mehr Lusttropfen befeuchteten seine geschwollene Eichel und wurden gleich darauf von seiner Unterwäsche absorbiert. Ihm war schrecklich heiß. Die Beine um seine Schenkel, das Saugen an seiner Zunge, Dons pure *Nähe* trieb ihn in den Wahnsinn.

Als Don auch noch sein schwarz-weiß gestreiftes Hemd in die Höhe zog, damit Franks Hände nackte Haut berührten, war sein Verstand völlig hinüber. Er hatte nie etwas vergleichbar Zartes, Warmes gefühlt. Vorsichtig streichelte er einen glatten Rücken und fuhr die knochigen Wirbel eines Rückgrats entlang. Daraufhin gab Don zum ersten Mal ein sehr leises, doch lustvolles Geräusch von sich, und drückte sich an Franks Bauch. Fordernd? Gefiel ihm das? Mochte er es, von ihm angefasst zu werden? Wieso?

Don positionierte seinen Hintern auf Franks Schwanz und bewegte sich daran. Frank verlor die Beherrschung, als er den Druck spürte. Er umfasste Dons Pobacken und vergrub sich darin, ohne den Rhythmus vorzugeben.

Dann berührte Don plötzlich seine Brust, strich mit den Daumen über seine Brustwarzen und sog seine Zunge tief in den Mund. Das war zu viel – zu heiß. Ein Schauder durchwanderte ihn und ließ ihn abspritzen, als Dons flacher Bauch sich erneut an seinen presste. Er japste nach Luft. Unbewusst schlang er die Arme um Don und obwohl er ihn eigentlich nicht so dicht an sich ziehen wollte, tat er es trotzdem.

Don schien zu erbeben, stöhnte und schnappte noch ein paar Mal zärtlich nach seinen Lippen. Heftig atmend lehnte er sich mit der Stirn an ihn, küsste die Stelle zwischen Auge und Bart und kraulte ihn im Nacken. Frank hatte derartiges Bauchkribbeln, dass ihm davon schlecht wurde.

»Du bist echt ganz schön stark. Da kann einem echt der Atem wegbleiben, wenn du einen so umarmst«, flüsterte Don grinsend.

Sofort drängte sich Frank ein schlechtes Gewissen auf. »Hab ich dir wehgetan?«, fragte er und war erschüttert davon, wie fremd seine Stimme klang.

»Wenn du mir wehgetan hättest, hätte ich dich gebissen. Nicht zur Bestrafung, sondern im Reflex.« Er klang heiser an und irgendwie ziemlich zufrieden. Mit einem Seufzen rieb er den Kopf an Frank und küsste ihm die Schläfe. Warum war er so zärtlich zu ihm? Weshalb hörte er gar nicht mehr damit auf? »Das war heiß. Ich hasse es, nasse Unterwäsche zu haben, aber ich würd's wieder tun.«

Frank klappte der Mund auf und er zog Don noch einmal fester an sich, weil er begriff, was das bedeutete. Nämlich, dass Don ebenfalls gekommen war. Beim Rummachen mit *ihm*.

»Ich muss jetzt leider von dir runtergehen. Mir schlafen sonst die Beine ein«, wisperte Don in sein schweißfeuchtes Haar und kicherte. »Gut, dass wir gerade auf dem Weg zum See sind. Da können wir uns waschen. Und im Wasser schmutzige Dinge tun, ohne uns schmutzig zu machen.«

Frank stieg die Hitze ins Gesicht. Er beobachtete Don, wie er sich wieder auf den Beifahrersitz manövrierte und dabei *sexy as hell* aussah. Dann begegnete er seinem eigenen Spiegelbild und senkte eilig den Blick.

Für die Zeit während des sinnlichen Überfalls war er sich fast so etwas wie begehrt vorgekommen, doch der Rückspiegel erinnerte ihn daran, was für ein unattraktiver Mann er war.

Wie konnte ausgerechnet Don darüber hinwegsehen?

»Frank?«, murmelte Don sanft in seine selbstzerstörerischen Gedanken.

»Ja?«, erwiderte er atemlos und wandte sich dem Mann zu, der ihn mit einem unsicheren Schmunzeln bedachte.

»Ist alles okay? Du siehst geknickt drein. War ich ... zu forsch?«

»Nein.« Frank schüttelte den Kopf.

»Ich hab heut auch extra noch nichts geraucht, falls es dich doch gestört hat. Und falsch gemacht hast du ganz sicher auch nichts. Das siehst du hoffentlich an ... mir. Und diesem Fleck hier.« Sein Lächeln wurde schräg, als er auf die dunkle Stelle deutete, an der der Hosenstoff sein Sperma aufgesogen hatte. Verrucht.

Frank besah sich Don genauer. Seine Haare waren zerzaust, seine Lippen geschwollen, seine Wangen gerötet und seine Augen leuchteten. Er sah wie jemand aus, der gerade eine Sache sehr genossen hatte.

Don hatte auf die Zigaretten verzichtet, um ihn zu küssen? Das war unnötig. Aber vor allem verdammt süß und schmeichelhaft. Ein Lächeln stahl sich auf Franks Lippen und von irgendwoher nahm er den Mut, die Hand nach Don auszustrecken und dessen glatt rasierte

Wange zu berühren. Trotz allem, was gerade zwischen ihnen passiert war, fürchtete er sich davor, zurückgestoßen zu werden. Aber Don tat nichts dergleichen. Er lächelte stattdessen liebenswert, küsste ihm den Handballen und beugte sich vor, um noch einmal Franks Lippen zu streifen. »Fuck. Ich brauch jetzt dringend eine Abkühlung«, murmelte er und strich ihm über den Oberschenkel, bevor er sich zurücklehnte und leise lachte.

7

Beim See angekommen waren ihre Hosen fast wieder trocken, aber Dons Gedanken verweilten immer noch bei ihrem kurzen, intensiven Zwischenspiel. Er könnte die ganze Zeit grinsen, beherrschte sich aber, weil er nicht wie einer aussehen wollte, der gerade aus der Anstalt entflohen war.

Frank parkte den Wagen in seiner gewohnt rasanten Eleganz zwischen zwei anderen. Die Sonne schimmerte auf dem Wasser.

»Du fährst grandios, weißt du das?«, meinte Don, als der Motor ausging.

»Das sagt Hayden auch oft«, gab Frank mit einem Schmunzeln zurück.

Seine Brust zog sich zusammen, als er diesen Namen aus Franks Mund hörte. Er versuchte, sich nichts anmerken zu lassen. »Ach«, würgte er hervor, während er nach seiner Tasche griff und ausstieg. Was interessierte ihn, was dieses Arschloch sagte oder dachte? Und warum interessierte es Frank? Empfand er was für den Drecksack? War er verknallt in ihn? War das der Grund, warum er sich mit nach oben hatte nehmen lassen? Don fühlte unbändige Wut in seinem Bauch und den Wolf, der all seine Kraft zu bündeln schien, um jede Faser seines Körpers zum Zittern zu bringen. Es war, als würde er ihm aus allen Poren ausbrechen wollen. Widerstrebend und von leiser Angst bedrängt stieß er Luft aus und schüttelte sich kaum merklich.

»Ich trag das«, murmelte Frank dicht neben ihm und lud sich zusätzlich zu seinem eigenen Gepäck auch noch Dons Tasche auf.

Don wollte protestieren, doch ihm fehlten die Worte, darum trottete er einfach neben Frank her. »Darf ich eine rauchen?«

»Ich hab dir doch gesagt, dass es mich nicht stört«, erwiderte Frank sanft.

»Aber hast du's auch so gemeint? Oder wolltest du bloß höflich sein?«

»Ich habe es so gemeint.«

Damit musste er sich zufriedengeben, denn er brauchte jetzt wirklich dringend eine Zigarette. Er steckte sich eine an und musste die Hand vor die Flamme des Feuerzeugs halten, um sie vor der angenehmen Brise zu schützen, die ihnen um die Nasen wehte. Er sog den

Qualm in seine Lunge hinab und ließ sich davon beruhigen.

Frank führte ihn den großen Parkplatz entlang, zu einer Baumgruppe, die den See fast vor ihnen versteckte, obwohl er riesig war. »Es ist nicht weit.«

»Ich bin gespannt.« Don rauchte hastig fertig und trat den Stummel unter seiner Schuhsohle aus, noch bevor sie einen der Stege erreichten, die sich vor ihnen ins Wasser hinausstreckten. »Frank?«

Der Mann blieb gehorsam stehen. »Hm?«

Don blies den letzten Rauch aus seinem Mund. »Beweist du mir, dass du es ernst gemeint hast?« Er sah Frank geradewegs in die dunkelblauen Augen.

»Wenn du das willst«, kam kaum hörbar zurück und Frank beugte sich nach einem Zögern vor, um ihm einen behutsamen Kuss auf den Mund zu geben. Und Don könnte schon wieder über ihn herfallen.

Da es gerade unpassend schien, lachte er verlegen und trat zur Vorsicht einen Schritt zurück. »Gut, dann glaub ich dir.«

Frank lächelte mit roten Wangen und setzte den Weg fort. Sie erreichten die Anlegestelle. Es waren nicht viele Leute unterwegs. Ein Pärchen nutzte den ausgetretenen Spazierpfad und hielt ein Kleinkind an den Händchen, während es ein paar wackelige Schritte tat. Ein alter Mann ohne Shirt war auf einem Motorboot beschäftigt und hob den Kopf, als er sie beide entdeckte. »Officer

Davis«, grüßte er und tippte sich an die Kapitänsmütze, die ein wenig lächerlich aussah.

Frank nickte ihm zu. »Mister Slater.«

Mit einem Blick über die Schulter bemerkte Don, dass der Alte ihnen neugierig nachsah.

Ihre Schritte hallten unter den Brettern hindurch und brachten das Holz zum Knarren. Als Frank stehen blieb und ihre Taschen in ein verdammt kostspielig aussehendes Boot stellte, hob er irritiert die Augenbrauen.

»Ich dachte, du meinst ein kleines Fischerboot. Mit Rudern und so«, murmelte Don.

»Äh. Zum Rudern bin ich zu faul, also musste eine Elektroyacht her. Ziemlich übertriebener Name.«

»Übertrieben? Findest du?« Don fand das nicht. Das Ding aus edlem, dunklem Holz war sicher zwanzig Fuß lang, hatte zwei weiße Drehstühle vorne am Bedienfeld – oder wie auch immer man das nannte – und eine riesige Liegefläche hinten, die aussah wie ein Bett. Ihm schoss durch den Kopf, was er dort alles mit Frank treiben konnte. »Bist du reich?«, fragte er und ergriff Franks Hand, die ihm zur Einstiegshilfe entgegengehalten wurde.

»Würde ich nicht sagen. Genau genommen gehört das Boot auch nicht mir. Es ist nur gepachtet«, gestand Frank und wirkte verlegen. »Auf drei Jahre.«

»Ist doch egal. Es ist jedenfalls verdammt cool«, erwiderte Don grinsend und streifte sich die Schuhe von den Füßen, um nichts schmutzig zu machen.

Frank tat es ihm gleich, löste mit einem geschickten Handgriff das Tau und setzte sich ans Lenkrad seiner Yacht. Er legte die CD ein und bevor er den Motor anwarf, fand eine hübsche Sonnenbrille den Weg in sein Gesicht. Er sah echt sexy aus und Don konnte es kaum erwarten, wieder mit ihm allein zu sein. Draußen auf dem Wasser – und *darin*.

»Das ist *Phosphorescent*«, stellte er begeistert fest, als die Musik begann.

»Ist das nach deinem Geschmack?«

»Klar! Matt Houck hat 'ne super Stimme.«

Und zu seinem Song *Ride on/Right on* ließ es sich perfekt auf den See rausfahren, wie er feststellte. Verdammt wundervoller Tag, wenn man ihn fragte. Gut, dass er gerade erst angefangen hatte. Am besten wäre es, er würde nie zu Ende gehen, denn Don konnte sich nicht erinnern, jemals so glücklich gewesen zu sein wie heute.

*

Zu ihrer Linken erstreckte sich die bewaldete Landschaft, zu ihrer Rechten lagen die Stege und Häuser. Das Boot platschte leise auf den Wellen vor sich hin. Über ihnen zogen winzige, weiße Wölkchen vorbei, die der Sonne kaum etwas von ihrer Strahlkraft nehmen konnten. Aus dem Grund hatte Frank das Sonnensegel aufgeschlagen, damit die Liegefläche, auf der sie sich gegenübersaßen, im Schatten lag.

Es war schön, mit Don hier zu sein. Sich mit ihm zu unterhalten und mit ihm zu essen. Gott ja, dieses Essen ... Sollte Don öfter für ihn kochen, würde er sicher noch fetter werden, als er sowieso schon war. Zwar war Dons Essen nicht derart ungesund wie Fast Food, aber er bekam einfach nicht genug davon. Es war zu gut und nicht einmal Dons amüsierte Blicke konnten ihn davon abhalten, es ziemlich unappetitlich in sich hineinzustopfen. Ab und an brachte er ein paar Komplimente hervor, die Don mit einem zufriedenen Grinsen beantwortete.

»Wenn ich dir die letzten Löffel vom Rührei überlasse, darf ich dich dann was zu deinen Eltern fragen?«, erkundigte Don sich vorsichtig, als Frank den zweiten Teller geleert hatte, und hielt ihm lockend das Thermogeschirr hin.

Frank zögerte nur kurz und nickte dann. Er bekam den Rest Rührei aufgetischt. Wie köstlich das duftete. »Danke sehr. Was willst du wissen?«

»Euer Verhältnis ist angespannt.« Das war nun aber keine Frage.

»Ein wenig«, gab Frank zu.

»Ist das so, weil du schwul bist?«

»Daran haben sich meine Eltern nie gestört. In der Hinsicht kann ich mich glücklich schätzen, sie zu haben.

Na ja, eigentlich kann ich mich mit meinen Eltern in jeder Hinsicht glücklich schätzen.«

»Aber?«, fragte Don nach einem Schluck aus der Wasserflasche.

»Meiner Mutter wäre es lieber, wenn ich bei ihnen bliebe und die Pension führen würde. Mein Vater ist nicht mehr der Jüngste und macht sich viele Sorgen um mich. Sein Bruder, mein Onkel, war auch Polizist und wurde im Dienst erschossen.«

Dons Züge wurden weich. »Mein Beileid.«

»Danke. War schwer. Wir standen uns nah. Seither muss ich mir bei jedem Besuch anhören, wie viel schöner ich es doch in einem anderen Beruf hätte«, erklärte er mit einem Seufzen und schob sich eine Gabel voll in den Mund.

Don konterte sehr leise: »Ich würd mich auch um dich sorgen, wenn du nicht gerade beurlaubt wärst.«

Frank hielt im Kauen inne und sah Don forschend an. Meinte er das ernst? Zumindest ließ nichts in seiner Miene auf Gegenteiliges schließen. Sein Herz schlug schneller. Sorgen machte man sich nur, wenn einem jemand was bedeutete.

Don zuckte die schmalen Schultern. »Ich sag ja nicht, dass du den Job aufgeben sollst, wenn er dir wichtig ist. Ich mein ja nur, dass ich deine Eltern verstehen kann.«

»Ich kann sie auch verstehen, aber ich hänge nun mal an der Uniform.« Genau genommen vorwiegend aus jenem Grund, weil er das Gefühl hatte, sie würde ihm ein gewisses Maß an Respekt bei den Leuten verschaffen, die ihn sonst als übergewichtigen Trottel abstempeln würden. Sie schützte ihn vor abschätzigen Blicken und gehässigen Kommentaren. Manchmal. Manchmal auch nicht.

»Du siehst auch verdammt heiß darin aus, muss ich zugeben«, konterte Don.

Frank verschluckte sich an seinem letzten Bissen und hüstelte hinter vorgehaltener Hand. Heiß? Er?

»Du siehst aber in Zivil genauso scharf aus«, fügte Don unvermittelt hinzu und sah ihn mit einer Ernsthaftigkeit an, die ihm den Magen zum Flattern brachte. »Nur damit du's weißt.«

Mühsam würgte Frank hinunter, was er im Mund hatte, und spülte mit lauwarmem Kaffee nach. Er räusperte sich verlegen und sah auf den See hinaus. Weit und breit war niemand zu sehen. Als würde dieses Stück Natur nur ihnen beiden gehören.

»Sag mal, hast du eine Idee, wie ich mich bei Brennan und Nick entschuldigen könnte?«, fragte Don und brach sich noch ein Stück von dem Laugengebäck ab, das Kitty nach deutschem Rezept gebacken hatte.

»Wofür musst du dich denn entschuldigen?«

»Ich hab sie mit dieser Verabredung vor vollendete Tatsachen gestellt. Und irgendwie hab ich in letzter Zeit das Gefühl, ständig wie ein Arsch rüberzukommen. Das bin ich eigentlich nicht. Ich bin durchaus dankbar für die Gastfreundschaft im Weiler. Glaub aber nicht, dass die anderen das spüren.«

»Willst du mit mir darüber sprechen, warum du den Weiler nicht allein verlassen sollst?«

Don schüttelte den Kopf. »Ist nicht so wichtig.« Bei diesen Worten griff er sich ans Brustbein und rieb es, als wäre es ihm in seiner eigenen Haut zu eng. Etwas belastete ihn, aber Frank wollte nicht nachbohren.

»Also, du kochst wirklich einmalig gut. Vielleicht wäre eine kleine Mahlzeit ja ein Friedensangebot, das sie annehmen würden«, schlug er vor und bemerkte zu spät, dass er wie das Klischee eines Fetten klang.

Don hingegen sah ihn an, als sei er ein Genie und hätte gerade etwas unheimlich Kluges gesagt. »Das ist eine super Idee! Ich überrasche sie mit einem Frühstück in ihrem Haus. Da oben schließt sowieso nie jemand seine Tür ab. Dann müssen sie nicht aus dem Bett und zu Kell und Archie rüber. Danke für den Rat.« Blitzschnell beugte er sich zu ihm vor und küsste ihm die Wange. »Jetzt lass uns schwimmen gehen.«

»Schwimmen?«, wiederholte Frank perplex von der Zärtlichkeit und der Aufforderung.

»Na klar! Wir sind am See! Was sollten wir sonst tun?«

»I-ich habe keine Badehose dabei.«

»Brauchst du doch nicht. Ich hab auch keine«, sagte Don und begann völlig ungeniert, sich bis auf die engen Shorts auszuziehen.

Frank fühlte, wie sein wässrig werdender Mund sich öffnete, konnte aber nichts dagegen tun. Don Leary war unwiderstehlich. Er war groß, schlank und sehnig, seine Haut schimmerte matt und ohne Makel im Sonnenlicht, welches die Härchen an seinen Gliedmaßen zum Leuchten brachten. Wie konnte man so perfekt aussehen? Der Anblick von Dons Männlichkeit, die sich gegen die schwarze, schlichte Unterwäsche drückte, ließ ihn sabbern. Eilig schluckte er seinen Speichel und jagte mehr Kaffee hinterher.

»Frank, das war kein Scherz. Komm jetzt.«

»Du kannst ja ohne mich ins Wasser gehen«, stammelte Frank.

»Auf gar keinen Fall«, kam bestimmend zurück und gleich darauf kniete Don vor ihm, um sich an seinen Hemdknöpfen zu schaffen zu machen.

»Nicht.« Frank schob die Finger fort, die sich gegen ihn sträubten. »Donovan«, fügte er unwillkürlich hinzu – mehr bittend, denn rügend.

Don hielt inne, sah ihn erst verwundert und dann durchdringend an. Ein Schatten huschte über sein Gesicht, bevor ein verschmitztes Grinsen folgte. »Letzte Chance, *Franklin*. Entweder du ziehst dich aus oder du gehst mit deinen Klamotten baden.«

»Ich glaube nicht, dass ...« Weiter kam er nicht. Don stürzte sich auf ihn und verwickelte ihn in ein Gerangel. Frank keuchte und scheute sich davor, sich zu wehren, da Don kaum was anhatte. Seine Scham wurde ihm zum

Verhängnis, denn es gelang dem anderen, sie an den äußersten Rand des Bootes zu manövrieren. »Don!«

Ein Lachen kam zur Antwort, während Don sich an Franks Körper presste und sich mit einer Hand an der Einfassung der Liegefläche festhielt – das war alles, was sie vor einem Sturz ins Wasser bewahrte. Dons Blick glitt fast spürbar über Franks Gesicht, dann sah er ihm in die Augen »Du kannst schwimmen, oder?«

»Natürlich kann ich schwimmen, aber ...«

Der Fall war kurz. Es war mehr ein Gleiten, während dem Don ihn festhielt und auf den Mund küsste. Die Wasseroberfläche teilte sich und gleich darauf wurden sie von kühlem Nass umspült. Franks Klamotten sogen sich damit voll.

Don öffnete ihm eilig den Gürtel, tauchte unter und vollbrachte es irgendwie, ihm die nasse Hose von den Beinen zu ziehen. Sie landete klatschend im Boot.

Wohl oder übel musste Frank nachgeben und auch sein Hemd ausziehen. Don nahm es ihm ab und warf es auf die durchnässte Jeans. Zumindest verbarg das Wasser einen Großteil von ihm und spülte den Schweiß von seiner Haut, der an diesem Tag schon wieder in Strömen geflossen war.

Don stand das Haar nass vom Kopf ab und seine Brille war verrutscht. Er schob sie zurecht, indem er am Bügel herumfummelte. »Die hätte ich fast verloren, als ich dich grad vor dem Ertrinken gerettet habe«, sagte er lachend.

»Gerettet? Ich glaube mich zu erinnern, dass du mich in den See geworfen hast!«

»Aber mit den Klamotten wärst du garantiert ertrunken. Das hab ich verhindert. Also hab ich dich gerettet. Das Wasser ist toll, oder?«

»Eine nette Abkühlung«, gab Frank zu, obwohl er schon jetzt daran dachte, dass er sich nachher unter Dons Blicken wie ein gestrandetes Walross zurück aufs Boot hieven musste.

»Dann hättest du dich ja nicht so wehren müssen«, konterte Don und legte ihm die Beine um die Hüften sowie die Arme um den Hals. »Gehst du denn nicht baden, wenn du allein hier rausfährst?«

Frank hatte den Atem angehalten, weil er Dons Haut an der seinen spürte, doch er bemerkte, dass das keine gute Idee war, wenn er sie beide über Wasser halten sollte. Er schnappte nach Luft, zu laut, als dass es ihm nicht peinlich wäre. »Selten. Ich halte eigentlich nicht an, wenn ich allein bin. Ich fahr einfach und irgendwann dreh ich wieder um.«

»Ich hoffe, es ist okay, dass ich alles durcheinanderbringe«, murmelte Don und strich ihm ein paar Tropfen von der Stirn.

»Völlig okay«, brachte Frank rau hervor.

»Gut.« Don schenkte ihm ein Schmunzeln. »Es gefällt mir nämlich, dich durcheinanderzubringen.« Seine Lippen landeten auf Franks Mund. Nur eine Sekunde.

Dann löste er sich von ihm und grinste, bevor er untertauchte.

Zwei Hände legten sich an Franks Fußgelenke und drängten seine Beine auseinander, damit Don unter ihm durchschwimmen konnte. Er musste lachen.

Tropfen um sich spritzend und mit einem Keuchen tauchte Don hinter ihm auf. Er lachte ebenfalls und schaufelte Wasser in seine Richtung.

»Hey!«, protestierte Frank mit gespielter Empörung und feuerte zurück.

»Ah, ein Gegenangriff? Ich dachte schon, du findest mich zu süß, um dich zur Wehr zu setzen. Sah zumindest vorhin so aus.«

Frank errötete, aber Don sah es zum Glück nicht, weil er in der nächsten selbst verursachten Gischt untertauchte. Der Wasserspiegel schloss sich über ihm und blieb verdächtig ruhig. Misstrauisch und auf alles gefasst blickte Frank um sich. Er versuchte zu lauschen, doch ein Helikopter flog über ihn hinweg, sodass er nur dessen rotierenden Blätter die Luft zerteilen hörte. Er zuckte zusammen, als Don ihn von hinten packte und sich an ihn presste. Schwerer Atem streifte sein Ohr.

»Was ist da oben los? Polizei? Rettung?«

»Nur ein Rundflug«, erklärte Frank.

»Ein Rundflug? Sowas gibt's hier?«

»Hier am See gibt es alles Mögliche. Sogar ein Schiff, das die gesamte Länge abfährt. Ist ein ganzer Tagesausflug.«

»Bist du schon mal mit sowas geflogen?«

»Nein.«

»Würdest du's gern?«

»Eigentlich schon, aber ein wenig Respekt hab ich davor. Und es ...« Er wollte sich den letzten Kommentar ersparen, doch so leicht kam er nicht davon.

»Und was?«, fragte Don.

»Es wäre mir peinlich, für mich allein einen Rundflug zu buchen. Sowas machen doch nur Pärchen.«

Don setzte hörbar zu einer Antwort an, überlegte es sich aber offenbar anders, denn er schwieg für ein paar Momente. Schließlich biss er ihn ins Ohrläppchen. »Du hast doch bloß Angst vor einem Absturz und davor, dass du ein paar Gliedmaßen verlieren könntest, falls du überlebst.«

»*Falls* ich überlebe. Ja, diese Aussicht macht meine Angst besser, vielen Dank für die Aufmunterung.«

Don kicherte ihm ins Ohr. »Wusstest du, dass es gegen Phantomschmerz eine interessante Therapie gibt?«

»Nein.«

»Spiegeltherapie heißt sie. Bei einer fehlenden Hand zum Beispiel wird eine Box mit einem Spiegel dran auf den Tisch gestellt. Der Patient legt seinen kaputten Arm rein und es sieht ein bisschen so aus, als hätte er noch zwei Hände. Dann werden Lockerungsübungen und so'n Zeugs gemacht, damit der Schmerz nachlässt.«

»Schön, dass man den Leuten Linderung verschaffen kann. Trotzdem traurig. Das muss schlimm sein.«

»Klar ist es das«, sagte Don ernst und fügte – sicher um die Ernsthaftigkeit zu verscheuchen – hinzu: »Aber ich denke, dass man bei einem Helikopterabsturz ohnehin keine allzu große Chance auf ein Überleben hat. Andererseits bin ich kein Experte auf dem Gebiet.«

Frank lachte und strich kurz über den Unterarm, der um seine Brust lag.

Wie zur Belohnung bekam er einen Schmatzer neben sein Ohr, bevor Don ihn freigab. »Wer als Erster am Ufer dort drüben ist!«

8

Lächelnd drehte er einen der Ringe an seinen Fingern – jenen an seinem linken Ringfinger, den er aufgrund seiner Schlichtheit am liebsten hatte. Er konnte nicht aufhören, an Frank zu denken. Er hatte sogar schon Sehnsucht nach ihm, obwohl sie sich erst vor zehn Minuten voneinander verabschiedet hatten. Mit einem innigen Kuss und dem Versprechen, sich morgen wiederzusehen und später zu schreiben.

Jetzt saß er bei Nick und Brennan im Auto und Nick ließ gerade den Motor anspringen, um vom Gelände der Werkstatt zu fahren. Die beiden hatten offenbar nicht vor, ihn auffliegen zu lassen. Brennan hatte Dons Ankunft beobachtet und mit leisem Spott etwas von einem filmreifen Kuss gefaselt, als Don reingekommen war.

Nick hatte das unkommentiert gelassen, ihn jedoch misstrauisch gemustert. Was er wohl über ihn und die Sache mit Frank dachte?

»Wusstet ihr, dass Frank ein Boot hat?«, fragte er in die Stille, die nur kurz von einem flüchtig gesetzten Blinker durchbrochen wurde. »Er hat mich ohne Scheiß damit fahren lassen! Ich wollte erst nicht, weil ich Angst hatte, das Ding zu versenken. Aber Frank hat gemeint, dass man da eigentlich nichts falsch machen kann.«

»Frank Davis hat ein Boot?«, hakte Brennan nach.

»Gepachtet auf drei Jahre oder so. Total das hübsche Teil. Passt irgendwie zu ihm.« Er zuckte mit der Schulter und grinste, weil er sich Frank am Steuer vorstellte. Mit dieser Sonnenbrille, die perfekt in sein Gesicht passte.

»Bist du deswegen hinter ihm her? Weil du glaubst, dass er Geld hat?«, fragte Nick grimmig und warf ihm einen Blick über den Rückspiegel hinweg zu.

»Nick«, ermahnte Brennan.

»Was?«, brachte Don fassungslos hervor.

»Na ja, Davis ist nicht besonders attraktiv, nicht besonders hell und er kommt mir wie ein ziemlicher Langweiler vor. Dazu ist er noch ein paar Jahre älter als du. Da kommt eben die Frage auf, was du von ihm willst.«

Don ballte die Hände zu Fäusten und konnte sich nicht davon abhalten, die Rechte gegen Nicks Schulter zu stoßen. »Red nicht so scheiße über ihn! Er *ist* attraktiv! Und klug ist er auch! Dass er langweilig rüberkommt, ist nur, weil er schüchtern ist. Wegen Idioten wie dir!« Ihm war nicht entgangen, wie unsicher Frank geworden war, als er sich vor ihm hätte ausziehen sollen. Und als sie nach fast zwei Stunden im Wasser wieder ins Boot gestiegen waren, hatte Frank sich sofort angezogen, obwohl seine Klamotten noch feucht gewesen waren. Auch die Annahme, Don könnte sich mit ihm schämen, zeigte überdeutlich, wie wenig Selbstbewusstsein er besaß. Ebenso die Tatsache, dass er ständig glaubte, den Bauch einziehen zu müssen, wenn Don ihm nahe kam. Frank hatte einen Minderwertigkeitskomplex. Dabei war er alles andere als minderwertig.

»Ist ja gut. So war's nicht gemeint«, lenkte Nick ein und Don glaubte, ein kleines Grinsen um seine Mundwinkel zu erkennen. Hatte der Typ ihn etwa bloß verarscht? Ihn ausgetestet?

Wütend ließ er sich auf die Rückbank zurückfallen und starrte missmutig aus dem Fenster, vor dem die Häuser vorbeizogen. Kurz nachdem sie wieder mit dem Boot losgefahren waren, hatte Franks Handy geläutet. Er hatte einen Blick darauf geworfen, war aber nicht rangegangen. Don hatte den Mut gefunden, lässig nachzufragen, wer anrief. Es war Hayden gewesen und angeblich hatte Frank keine Ahnung, was der Wichser von ihm wollte. Don konnte sich seinen Teil denken.

Everard hatte das Video nicht zufällig ausgerechnet jetzt gedreht. Er wollte Franks Hilfe bei seinem Deal mit dem Russen. Frank wusste das genauso gut wie er.

Sie hatten allerdings nicht weiter darüber gesprochen und jetzt machte Don sich verdammte Sorgen. Darüber, in welchen Dreck Everard Frank reinziehen könnte. Darüber, dass Frank etwas passieren könnte. Darüber, dass Frank was für Everard empfinden könnte …

Er raufte sich das Haar und nahm sich vor, nicht mehr an Everard zu denken.

»Danke übrigens, dass ihr mich deckt«, murmelte er schließlich und erntete ein erstauntes Lächeln von Brennan.

Es war jedoch Nick, der das Wort ergriff: »Dann ist also damit zu rechnen, dass du die Regeln des Öfteren mit unserer Hilfe zu brechen gedenkst?«

»Wenn ihr mir denn helfen wollt.«

»Da bin ich mir nicht so sicher«, brummte Nick, was Brennan dazu veranlasste, ihm einen Klaps auf den Oberschenkel zu verpassen.

»Er ist verliebt. Willst du dem im Weg stehen?«

Nick seufzte. »Nein. Ich kann dich ja verstehen. Ich würde mich auch nicht einsperren lassen. Auch wenn Archies Vorsicht durchaus ihre Gründe und ihre Berechtigung hat.«

»Man muss ihm aber zugutehalten, dass er sich bis jetzt an die aufgestellten Gesetze gehalten hat«, sagte Brennan.

»Bis Frank Davis in den Weiler geplatzt ist«, konterte Nick.

Don warf eilig ein: »Er kann nichts dafür. Immerhin war es nicht er, der nach einem Weg gesucht hat, mich wiederzusehen. Es war umgekehrt.«

»Er ist verliebt«, wiederholte Brennan in einem Tonfall, der Don erröten ließ.

»Ja, ich hab's begriffen, Baby«, murmelte Nick.

»Ich werd vorsichtig sein«, versprach Don, um die Männer zu beschwichtigen, die sich als wahre Freunde zu entpuppen schienen. Dann beobachtete er die dichter werdenden Bäume und sah wehmütig über die Schulter zurück zur Stadt, in der sich Frank befand. Verflucht, wie er den Mann vermisste ...

*

Aspen beobachtete ihn vom Couchtisch aus, während Frank durch die Kanäle zappte und keine Sendung fand, der er auch nur eine Minute seine Aufmerksamkeit schenken konnte. Inzwischen war es dunkel geworden und Don hatte sich seit einer Stunde nicht mehr gemeldet. Vielleicht schlief er schon.

In seinem Pyjama – schwarze Sweatpants und sein Tigers-Shirt – lag er auf dem Sofa und starrte in die Glotze. Er hielt die Fernbedienung in der Linken, das Handy in der Rechten und überlegte sich, ob er noch eine SMS schreiben sollte. Er wollte Don sagen, dass er ihn vermisste und wie sehr er den Tag genossen hatte. Wie wahnsinnig gut es ihm gefallen hatte, mit ihm auf den See rauszufahren, mit ihm zu lachen und im Wasser herumzualbern. Ganz zu schweigen von der Sache, die sie davor im Auto getan hatten. Kaum dachte er daran, war ihm, als fühlte er wieder jene heiße Zunge in seinem Mund und Dons steife Länge durch all den Hosenstoff. Er wurde hart und verdrehte die Augen darüber, dass er derart leicht zu erregen war. Für gewöhnlich würde er sich ins Badezimmer verziehen, eine heiße Dusche nehmen und sich einen runterholen. Aber nicht einmal dazu hatte er Lust. Er war einsam und sehnte sich nach Don. So stark, dass es im Herzen wehtat.

Nachdem bei *Dr. Phil* ein Mädchen saß, das behauptete, Eminem sei ihr Vater, obwohl ihre Mutter das bestritt, schaltete er Netflix an und ließ die Fernbedienung neben sich auf die Couch gleiten, ohne sich eine Serie ausgesucht zu haben. Er griff nach der Flasche mit Cola und nahm einen kräftigen Schluck.

Der Chat mit Don war immer noch offen und er las sich die letzten paar Nachrichten durch, was ihn zum Lächeln brachte.

Wie ist es so bei deinen Eltern auf dem Land?

Ist halt eine Pension, die mal eine Farm gewesen ist. Ganz erholsam eigentlich. Recht ruhig.

Haben sie noch Tiere?

Bloß ein paar Hühner und einen kleinen Hund namens Castle.

Wie der Castle aus der Serie?

Genau der. Meine Mum ist ein großer Fan.

Wie lieb muss ich sein, damit du mich mal mitnimmst?

Nicht lieber als sonst.

o.O Trotz meiner vorlauten Art findest du mich lieb???

Ja.

herzchen schick

Danach war nichts mehr gekommen und Frank fragte sich, ob er etwas hätte erwidern müssen. Ob er Herzchen hätte zurückschicken sollen. Ob er über seinen Schatten hätte springen müssen. Aber irgendwie hatte er es nicht fertig gebracht und stattdessen geschwiegen. Obwohl er Don alle Herzchen der Welt schicken wollte.

Er verfluchte sich für seine tollpatschige Unbeholfenheit und wünschte, er könnte mehr aus sich herausgehen, um Don zu zeigen, wie verknallt er in ihn war.

Nachdenklich starrte er auf die Buchstaben, die man zu Nachrichten zusammensetzen könnte, wenn man redegewandter war als er. Doch quer über seinen Gedanken lag eine große Leertaste. Kein einziges Wort kam ihm in den Sinn, kein Thema, das er anschneiden könnte, um Dons Interesse zu wecken.

Er überlegte sich, ob er ihn anrufen sollte, hatte aber zu viel Angst, ihn bei etwas zu stören. Vielleicht saß er ja gerade mit Foreman oder den anderen beisammen und verbrachte einen netten Abend. Oder er duschte. Oder sah sich eine Serie an ... Wenn er mit ihm reden wollen würde, dann würde er sich bestimmt von selbst melden.

Frank kratzte sich an der Augenbraue und sah Aspen dabei zu, wie er sich in der leeren Obstschale zusammenrollte, um dort ein Nickerchen zu machen. »Du bist schon mehr bei mir als bei deinem Herrchen, dickes Katerchen.«

Zur Antwort hob Aspen die Lider an, um ihn aus seinen grünen Katzenaugen zu mustern, schlug sie jedoch gleich wieder zu.

Nicht einmal das Klopfen an der Haustür konnte ihn stören. Frank hingegen fuhr zusammen und warf einen Blick auf die Uhr. Es war kurz nach zehn.

Verwirrt lauschte er in die Stille. Hatte man sich in der Hausnummer vertan? Doch es klopfte erneut. Er stand auf und ging auf Socken durch den Flur. An der Kommode griff er nach seiner Dienstwaffe, weil ihm in den Sinn kam, dass letztens ein paar Typen an Coopers Tür geklopft und seinen Kollegen bedroht hatten. Gestohlen war nichts worden, also war anzunehmen, dass sie sich ihn gezielt ausgesucht hatten, weil er Bulle war.

Langsam drehte er den Schlüssel im Schloss und machte die Tür auf. Der Atem blieb ihm weg, als Don vor ihm stand.

Der junge Mann hatte die Hände in den Jackentaschen vergraben. Um seine Schulter lag der Riemen seiner Tasche. Sein Haar war zerzaust. »Hey«, flüsterte er.

»Hey«, brachte Frank hervor.

»Willst du mich etwa erschießen?«, fragte Don mit einem Blick zu seiner Linken hinab.

Frank verbarg die Heckler & Koch hinter seinem Bein und schüttelte den Kopf. »Ich wusste nicht, wen ich zu erwarten habe. Was tust du denn hier?«

»Der Tag mit dir war schön«, kam leise zurück. »Ich will nicht, dass er schon vorbei ist.«

Frank wusste nicht, was er darauf sagen sollte. Irritiert von Dons Worten, deren Bedeutung nicht ganz zu ihm durchsickern wollte, sah er sich um. Die Straße war leer. Keine Autos, keine Leute. »Bist du den ganzen Weg zu Fuß gegangen?«

»Klar. Ist doch kein Ding.«

»Warum hast du mich nicht angerufen? Ich hätte dich abgeholt.«

»Ich wollte dich nicht so spät noch aus dem Haus jagen«, sagte Don und die Muskeln an seinem Hals bewegten sich in einem Schlucken.

Frank sah es und wurde von dem Drang überwältigt, Dons Kehle zu küssen, sie zu umfassen, sie zu lecken.

»Kommst du rein?«, fragte er heiser und trat einen Schritt zurück, um seine Einladung zu unterstreichen.

Don zögerte. »Ist es dir recht?«

»Warum sollte es mir nicht recht sein?«

»Du wirkst nicht froh über mein Auftauchen. Ich kann auch wieder gehen, wenn es gerade nicht passt. Ist kein Problem.«

Frank befeuchtete sich die Lippen. Da wünschte er sich seit Stunden Dons Gesellschaft herbei und dann kam der Mann tatsächlich und er schaffte es nicht mal, ihm zu zeigen, dass er sich darüber freute. »Ich bin nur überrascht. Bitte komm rein.«

Don kam schließlich über die Schwelle und Frank schloss hinter ihm ab. Mit einem Räuspern verstaute er seine Pistole dort, wo sie zuvor gelegen hatte.

»Du solltest mich mal mit deiner Waffe spielen lassen. Die ist echt cool.«

»Das ist eine ganz normale Heckler & Koch.«

»Ich hab nicht die Pistole gemeint«, grinste Don breit, weil er ihm in die Falle gegangen war.

Frank verschluckte sich an seinem eigenen Speichel und musste husten. »Das Wohnzimmer ist vorne links. Möchtest du was zu trinken?«

»Ein Glas Wasser bitte«, sagte Don und ging vor ihm in den Raum. Er ließ den Blick schweifen. »Ich wusste gar nicht, dass du eine Katze hast.«

»Er gehört meinem Nachbarn. Keine Ahnung, warum er dauernd bei mir herumlungert, aber ich beschwer mich nicht. Er ist brav.«

»Ähm, hast du mal nachgesehen, ob der Nachbar nicht tot in seinem Haus liegt und der Kater deswegen kommt?«

Frank lachte laut. Tatsächlich hatte er anfangs denselben Verdacht gehegt. »Ich seh ihn des Öfteren, wenn er den Müll rausbringt.«

»Dann bin ich beruhigt. Wie heißt er?«

»Aspen.«

»Hey Aspen«, grüßte Don den Kater und ging vor dem Tisch in die Hocke, um ihn zu streicheln. Ein lautes Schnurren kam aus der Obstschüssel.

Frank trat hinter die Theke, spülte ein Glas aus und goss Mineralwasser ein. Er stellte es auf den Couchtisch und bemerkte die beiden leeren Chipstüten. Peinlich berührt griff er danach und warf sie in den Abfall. Als er den Kopf hob und Don beobachtete, wie er zärtlich auf den Kater hinabsah und seine Finger durch dessen Fell gleiten ließ, musste er vor Rührung innehalten.

»Ich freu mich, dass du da bist«, zwang er sich rau zu murmeln.

Don blickte überrascht zu ihm auf. Ganz langsam breitete sich ein Lächeln auf seinen Lippen aus und machte Frank die Knie weich. »Ich freu mich auch, dass ich hier bin. Übrigens hab ich eine Überraschung für dich.« Er legte Tasche und Jacke ab, deponierte beides auf dem Fernsehsessel, der sonst jeden Abend leer blieb, und zog einen Zettel hervor. Er hielt ihn Frank hin.

Es war ein Gutschein für einen Rundflug mit dem Helikopter für zwei Personen. Überwältigt starrte Frank auf das selbst bedruckte Blatt Papier. Seine Finger zitterten. Er hatte noch nie ein so schönes Geschenk bekommen.

»Dann muss dir nichts peinlich sein und wir können unsere Angst teilen. Ich hab nämlich auch Schiss davor«, erklärte Don. »Wir können das machen, wann immer du magst. Du musst bloß zwei oder drei Tage vorher dort anrufen und was ausmachen.«

»Danke.« Frank lächelte den Zettel an und ließ ihn schließlich sinken.

»Kein Ding«, gab Don mit gesenkter Stimme zurück und musterte ihn von oben bis unten.

Frank konnte sich vorstellen, aus welchem Grund, und wurde rot. »Sorry für das Shirt. Ich wusste ja nicht, dass du noch kommst.«

»Was?« Don wirkte verwirrt.

Verlegen deutete Frank auf das Emblem der Tigers.

»Frank, das war nur Spaß. Entschuldige dich nicht dafür, was du anhast. Steht dir doch gut.«

Noch verlegener senkte Frank den Blick. Das konnte nicht ernst gemeint sein.

»Wolltest du grad 'ne Serie anschauen?«, fragte Don und nickte zum Fernseher.

»Ich ... hab nichts gefunden.« Weil er nichts gesucht hatte, da er dauernd an Don denken musste. Aber das brauchte er ihm ja nicht auf die Nase zu binden.

»Kennst du American Horror Story?«

»Nein, sagt mir nichts.«

»Ist ganz gut. Und nachdem du gesagt hast, du stehst auf Mystery, denke ich, dass dir zumindest die erste Staffel gefallen könnte. Allzu viel ist da noch nicht mit Horror.«

»Dann sehen wir mal rein.« Frank nahm zögerlich Platz und durchsuchte Netflix, um die erste Folge einzuschalten.

Don streichelte Aspen noch einmal über den Bauch und setzte sich auf die Couch. Er nahm einen Schluck Wasser. »Hast du Lust auf Kuscheln?«, fragte er dann leise und warf ihm einen flüchtigen Blick zu.

Frank nickte. Don legte sich der Länge nach hin und streckte die Hand nach ihm aus, um ihn neben sich zu ziehen und sich unter der Decke in seinen Arm zu schmiegen. Es war so schön, ihn zu umarmen ... Bloß mit seiner Hand wusste er nicht recht, wohin. Er legte sie locker an Dons Hüfte.

»Ich sag's dir gleich, falls wir einschlafen: Ich hab mir einen Wecker auf vier Uhr gestellt, damit ich zurück bin, bevor jemand aufwacht«, meinte Don, der zwischen dem Sofarücken und ihm eingeschlossen war, und legte ihm den Kopf an die Brust. »Ich werde leise sein, um dich nicht zu wecken.«

»Du brauchst nicht leise zu sein, weil ich dich nämlich heimfahre.«

»Das musst du nicht.«

»Ich will aber«, bestand Frank darauf, obwohl ihm kaum genug Luft blieb, um zu sprechen, weil Don ihm so nahe war.

»Warum ist dir das so wichtig?«

»Weil ich nicht will, dass du um vier Uhr morgens den ganzen Weg bis in den Weiler zu Fuß laufen musst, und weil ein Gentleman sein Date eben nach Hause fährt«, rutschte ihm heraus. Seine Wangen wurden schon wieder heiß. Bei der Hitze, die seinen Körper erfasst hatte, war es ein Wunder, dass er das überhaupt spürte.

»Hat dir schon mal jemand gesagt, wie lieb du bist?«, fragte Don lächelnd und strich ihm durch den Bart.

Frank erschauderte vor Wohligkeit und zog es vor, keine Antwort zu geben. Nein, sowas hatte noch keiner zu ihm gesagt. Außer seiner Großmutter vielleicht, als er ein Kind gewesen war.

Don hob den Kopf und küsste ihm die Wange, bevor er sich mit einem wohligen Seufzen wieder hinlegte.

Bemüht starrte Frank auf den Bildschirm, konnte sich aber kein Stück auf die Serie konzentrieren. Er konnte nur daran denken, dass Don sich mit jedem Atemzug dichter an ihn drängte. Und an das schlanke Bein, das über seinen lag. Nicht zu vergessen die Finger, die unaufhörlich über seine Brust strichen.

Ihm war fast ein wenig schwindelig und er hatte das Gefühl, unnatürlich laut zu atmen. Sein Herz schlug in einem Takt, der alles andere als gesund schien. Seine Hand begann wie von selbst, Don in kaum merklichen Bewegungen zu streicheln. Irgendwoher nahm er den Mut, das Hemd – ockerfarben mit dunkelrotem Paisleymuster – ein Stück nach oben zu schieben, um Dons Haut zu berühren. Als er deren Weichheit an den Fingerspitzen spürte, stöhnte er gegen seinen Willen. Es wäre ihm peinlich, wenn Don ihn nicht mit seiner Reaktion völlig aus der Fassung bringen würde.

»Oh Frank«, hauchte er ihm ins Ohr und vergrub das Gesicht an seinem Hals, um ihn zu küssen. Frank erschauderte. »Ich hab dich vermisst.«

Ihn vermisst? Das machte ihn perplex und er konnte nichts antworten, folgte aber der Hand, die ihn vorne am Shirt nahm und ihn zwang, sich zur Seite zu drehen.

Sie sahen sich in die Augen. Dons Stirn war leicht gerunzelt, der Ausdruck auf seinem Gesicht irgendwie besorgt, doch auch unglaublich weich. Kühle Finger strichen über Franks Wange, seine Lider flatterten, weil es so gut tat. Er schloss sie für einen Moment und in diesem legte ein warmer Mund sich auf seinen. Wieder stöhnte er und zog Don unwillkürlich näher an sich. Sein Schwanz drückte sich gegen den nachgiebigen Stoff seiner Sweatpants. Wollte sich an Dons Männlichkeit pressen, von ihm angefasst werden, sich zwischen seinen Schenkeln reiben ... Er zitterte und hielt den

Atem an, als Don ihm an den Hintern fasste, um die unförmige Rundung zu streicheln. In erotischer Langsamkeit saugte Don an seiner Zunge und die Luft in seinen Lungen wurde knapp. Er entging dem Erstickungstod nur deswegen, weil Don sich von ihm löste, um sich das Hemd auszuziehen. Mit geweitetem, bewunderndem Blick sah Frank ihm zu, fühlte seinen pochenden Herzschlag, hörte sein erregtes Röcheln und schämte sich dafür. Ihm blieb allerdings nicht viel Zeit, um sich diesem Gefühl zu widmen, denn eine Sekunde später beanspruchte Don seine Lippen und seinen Körper wieder für sich.

Obwohl er das Shirt lieber anbehalten würde, anstatt seine schwabbeligen Problemzonen preiszugeben, leistete er keinen Widerstand, als Don es ihm über den Kopf zog und sich gleich darauf an ihn schmiegte. Ihre Haut klebte aneinander und Frank errötete. »Entschuldige«, keuchte er an Dons Mund, der nicht aufhörte, ihn mit Zärtlichkeiten zu bedenken.

»Wofür entschuldigst du dich?«

»Dafür, dass ich so stark schwitze«, würgte er peinlich berührt hervor.

Scharfe Zähne umfassten seine Unterlippe und bissen sachte hinein. »Blödmann. Das will ich dir auch geraten haben, dass du schwitzt.«

Frank gab einen Laut der Verwirrung von sich. Zu mehr fehlte ihm die Kraft, denn Don schob die Hand in seine Hose und umfasste seinen nackten Po. Ihm war, als würde er gleich abschießen. Er schluckte hart und kämpfte gegen den Drang, Don noch näher zu kommen. Die Schlacht verlor er.

»Findest du mich etwa nicht heiß?«, fragte Don provokant.

»Doch. Sehr.« Unbeschreiblich, unglaublich, unfassbar heiß! Wie Lava, wie Feuer? Nein – eher so heiß wie nichts sonst!

»Na, dann solltest du auch schwitzen, wenn wir das hier machen«, murmelte Don und schaffte es, aus seinen Hosen zu schlüpfen, obwohl Frank ihn kraft seines fetten Körpers gegen die Rückenlehne des Sofas presste. Er hatte sogar genug Geschick, um ein silbernes Sachet aus seiner Gesäßtasche hervorzuziehen.

»Was ist das?«, fragte Frank rau.

»Gleitgel. Fühlt sich besser an«, gab Don mit einem Lächeln zurück.

Hatte er etwa vor, ihn zu berühren? Und wie lange konnte Frank durchhalten? Würde er wieder eine peinliche Nummer bringen und sich zum Trottel machen, wie es mit Hayden passiert war? Sein Herz raste noch einen Ticken schneller als zuvor.

Zärtlich strich Don ihm über die behaarte, schweißfeuchte Brust und arbeitete sich behutsam zu seinem Hosenbund vor, um ihm die Sweatpants nach unten zu ziehen. Frank half ihm instinktiv dabei und stöhnte zittrig, als Don sich an ihn schmiegte – ohne jeglichen Stoff zwischen ihnen. Ihre Schwänze berührten sich, ein paar Tropfen perlten aus seiner Eichel. Er war verflucht erregt und zum Zerreißen gespannt ... Dieser Mann in seinen Armen machte ihn verrückt.

Ein heiseres Brummen entrang sich ihm, als Don ihm an die Männlichkeit fasste und ihn in sinnlichen Bewegungen mit Gleitgel einrieb. Gott, diese kühlen, zarten Finger mit den Ringen an seiner harten, pochenden Länge. Jeder Muskel in ihm war straff, vibrierte vor Erwartung und der Zurückhaltung, die er sich auferlegte, um Don zu gefallen.

Dieser zog ihn erneut näher und führte Franks Erektion an einen Spalt zwischen seinen Schenkeln – wie Frank es sich zuvor erträumt hatte. Jetzt aber wollte er sich zurückziehen, wofür ihm allerdings die Macht über sich fehlte. Schwitzend und nach Atem ringend vergrub er das Gesicht an Dons Schulter. »Wenn wir das tun, dauert es nicht lange«, murmelte er.

»Das muss es ja nicht. Ist doch kein Sport«, flüsterte Don und fuhr ihm durchs Haar. »Und wir haben noch nicht genug Übung miteinander, um gleichzeitig zu kommen. Das im Auto war ein Glücksgriff. Also muss einer der Erste sein. Ich will, dass du es bist.« Um seine Worte zu unterstreichen, schob er ihm das Becken entgegen. Franks pulsierender Schwanz verschwand geschmeidig zwischen Dons Schenkeln und er quittierte es mit einem Röcheln.

Er war noch nie ... Er hatte noch nie ... Die Gedanken gingen ihm aus und er gab seinen Verstand irgendwo ab, als Dons Zunge in seinen Mund glitt und ihn auf Hochtouren brachte. Mit mühsam aufgebrachter Selbstbeherrschung glitt er langsam zurück und erneut hinein in die warme, von Gleitgel feuchte Mulde. Er wollte länger durchhalten. Zeigen, dass er auch gut im Bett sein konnte. Konnte er das? Don machte seine Bemühungen mit einem einzigen, leisen Stöhnen zunichte. Frank entglitt die Kontrolle. Er veränderte ihre Position, legte ein Bein über Don und sich halb auf ihn, um besser und schneller zustoßen zu können. Seine Lippen umklammerten Dons Zunge, seine Rechte lag an einem festen, verführerischen Hintern und sein Schwanz rieb sich aggressiv zwischen Dons zusammengepressten Beinen. Sich derart auf einem anderen Körper bewegen zu dürfen, sich befriedigen zu dürfen, war unbeschreiblich aufpeitschend. Er fühlte Dons erigierte Männlichkeit und seine Hoden am Bauch. Schlanke Arme lagen um seinen Hals und hielten ihn fest. Das Einzige, was er hörte, waren Dons zustimmende Laute, die ihn schließlich heiß und ergiebig abspritzen ließen. Er knurrte und zuckte, Schauer liefen ihm über den verschwitzten Rücken. Er schnappte nach Luft und begriff nicht, was gerade passiert war.

Don gab ihm auch keine Zeit zum Nachdenken, sondern griff nach seiner Hand und schob sie zu seinem Schwanz hinab. Seine Augen waren hinter einem merkwürdigen Nebel verborgen und ungewöhnlich dunkel. Seine Miene zeigte unerfüllte Lust, sein Herz hämmerte sichtlich gegen seine Brust. Der Mann war wirklich scharf auf ihn ... Frank leckte sich die Lippen und schloss die Finger um Dons Männlichkeit, bewegte sich sachte auf und ab. Es fühlte sich gut an, ihn zu berühren. Don legte stöhnend den Kopf in den Nacken und hob ihm die Hüften entgegen, soweit ihre Position es zuließ. Franks fiebriger Blick glitt über Dons schönes Gesicht, seinen Hals mit den hervortretenden Sehnen, seine schmale Brust. Seine Haut duftete frisch, ein bisschen nach Fichte und Wacholder.

Der Schwanz in seiner Hand verlockte ihn und war gewiss ebenso schön wie alles andere an Don Leary. Er wollte ihn ansehen, wagte es aber nicht, sich von dem Mann zu lösen. Seine Zungenspitze schnellte hervor und ihm kam es so vor, als würde er gleich sabbern, als Don ein bebendes Stöhnen von sich gab.

Er senkte die Lippen und küsste ein rundes Kinn. Die Liebkosung wurde mit einem Raunen belohnt und beringte Finger griffen ihm ins Haar. Ihre Lippen fanden sich auf Dons Drängen hin erneut. Weitere Stromstöße durchliefen ihn, obwohl er gerade erst gekommen war. Ließ die Erregung denn nicht hinterher nach? Zumindest tat sie das, wenn er es sich selbst machte. Aber da hatte er ja auch nicht diesen Wahnsinnsmann unter sich liegen. Machte also durchaus Sinn das alles ...

Sein ganzer Körper wurde erschüttert, als Don den Mund an seinen Lippen öffnete und laut, heiß sowie feucht stöhnte, während er sich pulsierend gegen Franks

Bauch entlud. Frank schluckte gegen seine Erregung an. Er ließ die Bewegungen seiner Hand langsam ausklingen und strich noch einmal sanft über die feuchte Eichel.

Don öffnete die Augen, sah ihn merkwürdig an und küsste ihn dann wieder, die Arme um seinen Hals gelegt und ihn dicht an sich gedrückt. Frank strich ihm über die Hüfte, genoss die warme Haut an seinen Fingerspitzen und den Herzschlag, der unweit seines eigenen gegen ihn pochte. Don biss ihn in die Unterlippe und rieb die Wange an Franks Bart. »Schön weich«, murmelte er und klang trotz eines Kratzens in der Stimme unendlich sanft.

Frank lächelte und wollte sich für das Kompliment bedanken, da klopfte es erneut an der Haustür.

Don zuckte zusammen. »Erwartest du noch jemanden?«

»Nicht, dass ich wüsste. Aber mit dir habe ich ja auch nicht gerechnet«, neckte Frank und bemerkte, dass er sich nicht wie er selbst anhörte. Mehr wie eine verlegene, sehr befriedigte und ziemlich verliebte Version seiner selbst.

Grinsend schubste Don ihn vom Sofa. »Dann gehst du besser mal nachsehen, wer das ist. Am Ende steht Foreman draußen und will wissen, ob es mir gut geht.«

Eilig machte Frank sich sauber und zog sich an. Er steckte mit dem Kopf in seinem Shirt, als das Klopfen erneut durchs Haus hallte – nachdrücklicher als beim ersten Mal. Aspen blickte auf und sah genervt drein. Wäre er ein Mensch, würde er jetzt sicher die Augen verdrehen und angepisst seufzen.

»Wehe, es ist noch ein Typ, dem du schöne Augen gemacht hast und der's deswegen die Nacht nicht ohne dich aushält«, meinte Don seltsam kleinlaut, bevor Frank das Wohnzimmer verließ. Er hatte sich auf den Bauch gerollt und lag unter der Decke. Von dort aus blickte er zu ihm hinauf, das Haar wild in der Stirn, die Brille verrutscht und die Lippen geschwollen. Fuck, er war verdammt süß!

Frank wollte etwas sagen, wusste aber nicht, was. Darum schüttelte er bloß den Kopf und machte sich auf den Weg durch den Flur. Er sah den Schatten, der sich durch das Milchglas abzeichnete und fragte sich ernsthaft besorgt, wer um diese Zeit noch was von ihm wollte. Wieder musste die Dienstwaffe herhalten ...

*

Don lauschte den wenigen Worten, die Frank sprach, nachdem er dem unerwarteten Besuch aufgemacht hatte. Das konnte er gar nicht verhindern. Er war eben von Natur aus ein neugieriger Mensch.

Gleich darauf hörte er jedoch nichts mehr, weil Frank auf die Veranda hinaustrat und die Tür hinter sich zumachte. Don setzte sich auf, brachte sein Haar in Ordnung und wippte unruhig mit dem Fuß. Wer war da draußen und störte seine Zweisamkeit mit Frank, verdammt?

Der Kater miaute leise, als wollte er ihn darauf aufmerksam machen, dass sie eigentlich zu dritt gewesen waren. Er drehte sich auf den Rücken und brachte die Obstschale für einen Moment gefährlich ins Wanken.

Don wischte sich mit einem Zipfel seines Hemds das Gleitgel und Franks Shot von der Haut und schlüpfte hinein. Die nasse Stelle stopfte er sich in die Jeans, um den Fleck zu verstecken. Er schlich in die Küche und ging vor dem Fenster in die Hocke. Durch den Vorhang erkannte er zwei dunkle Schemen.

Vorsichtig schob er den Stoff beiseite und hörte sich knurren, als er sah, wer dort neben Frank stand. Hayden Everard, der kleine Flachwichser.

Was suchte der Arsch hier? Und warum schickte Frank ihn nicht weg? Was hatte er mit dem Typen zu besprechen? Was könnte es nach der ganzen Scheiße, die Everard abgezogen hatte, zu sagen geben?

Don hörte sie murmeln, konnte aber nicht verstehen, was sie sagten, weil ihm sein Blut so laut in den Ohren rauschte. Er war sauer und fühlte sich vor den Kopf gestoßen. Am schlimmsten aber war die Eifersucht, die sich schmerzhaft heiß in ihm breitmachte, als er bemerkte, dass Everard sich an Frank ranmachte. Eine Berührung hier, eine Berührung da ...

Mit einem Schnauben ließ er den Vorhang zurück an seinen Platz fallen. Er musste ein paar Mal tief durchatmen. Der verfluchte Wolf wollte sich an die Oberfläche kämpfen und schien ihm dabei die Innereien zu zerfetzen. Leise wimmernd griff Don sich in die Mulde an seiner Brust und rieb sie sanft. Es tat dadurch allerdings nicht weniger weh.

Seine Finger fassten erneut an den Vorhang und gaben ihm den Blick frei, obwohl er eigentlich gar nicht sehen wollte, was draußen passierte. Everards Hand lag an Franks Oberarm und schien ihn in winzigen Bewegungen zu streicheln oder zu kneten. Frank wehrte sich nicht dagegen, trat nicht einmal einen Schritt zurück. Und Don begriff, dass er nur ein Lückenfüller war. Ein kleiner Zeitvertreib, ein bisschen Balsam für Franks Selbstvertrauen. Man konnte ihm nicht mal einen Vorwurf machen, denn es war Don gewesen, der sich ihm aufgedrängt hatte.

Ein donnerndes Grollen erschütterte sein Innerstes und fast fühlte er die Krallen, die sich in seine Brust schlugen. Everards dunkle Gestalt schien einen rötlichen Schimmer zu bekommen. Dons Herz pochte mit aller Gewalt gegen seine Rippenbögen. Der Magen drehte sich ihm um und in der logischen Konsequenz wurde ihm speiübel. Er schloss die Augen, ließ den Vorhang los und drehte sich um. Genauso leise wie zuvor in die andere Richtung schlich er zur Couch hinüber und zwang sich, seinen Arsch darauf zu platzieren und sitzen zu bleiben. Er drehte die Ringe an seinen Fingern und ließ seine Knöchel knacken. Wäre schön, wenn er

Everard damit eine aufs Maul geben könnte. Aber wozu wäre das gut? Wenn Frank in den Arsch verliebt war, würde eine Prügelei daran nichts ändern. Es würde ihn sogar weiter Richtung Everard drängen. Und hatte die Sache zwischen Frank und ihm überhaupt eine Zukunft? Immerhin lauerte da eine Bestie in Don, die er nicht kontrollieren konnte. Wie sollte er Frank das erklären? Wie könnte der damit leben? Don konnte es ja selbst kaum!

Aber Everard war nicht gut genug für Frank. Er hatte ihn nicht verdient! Er wollte ihn doch nicht mal, wie der Sex auf dem Tape gezeigt hatte! Würde er ihn mögen, hätte die Sache ganz anders ausgesehen.

Wieder ein Knurren, das aus seinem Bauch zu kommen schien. Dann schmeckte er Blut. Fuck, er hatte sich in die Lippe gebissen. Er leckte sie sauber und saugte daran, um sie nicht wieder rot werden zu lassen.

Aspen hatte sich inzwischen durch die offene Terrassentür verzogen. Don war allein im Raum und fühlte sich verloren. Einsam. Wie eigentlich immer. Er war es gewohnt, was nicht bedeutete, dass es deshalb weniger schmerzte.

Er wurde derart von seinen Gedanken absorbiert, dass er Franks Rückkehr erst bemerkte, als der sich neben ihm aufs Sofa fallen ließ.

Don hielt den Kopf gesenkt. »Wer war es?«, fragte er heiser, um nicht zu verraten, dass er spioniert hatte.

»Hayden«, kam zusammen mit einem Seufzen zurück.

»Was wollte er?«

»Er hat mich um Hilfe gebeten. Bei dieser Sache, die er mit dem Russen abwickeln will.«

Wütend wandte er sich Frank zu. »Was für ein anmaßender Wichser! Du hast ihm hoffentlich gesagt, dass er sich zum Teufel scheren soll!«

»Eigentlich nicht«, antwortete Frank leise und strich sich durch den Bart.

»Was?« Er konnte das Wort bloß *keuchen*, so baff war er.

»Er hat mich an das Video erinnert und ich konnte ihm ja nicht sagen, dass er es nicht mehr gegen mich verwenden kann.«

»Und jetzt? Machst du den kriminellen Scheiß mit, damit alles umsonst war?«

»Natürlich nicht. Ich werde ihn hinhalten und wir ziehen es wie geplant durch.«

»Ja. Klar.«

»Was? Glaubst du mir nicht?«

»Ich glaube, dass du dich von ihm um den Finger wickeln lassen wirst, wenn es soweit ist. Er müsste ja bloß von seiner armen Mutter erzählen und schon wirst du weich.« Er redete sich um Kopf und Kragen und bemerkte es nicht einmal.

»Von seiner Mutter?«

»Sein armes Muttchen, das regelmäßig zur Dialyse muss. Dafür braucht er doch das Geld!«

Franks Gesicht zeigte tiefe Verwirrung. »Woher weißt du das?«

»Hab die Rechnungen auf seinem Computer gesehen.« Und ein sehr aufschlussreiches Video von einer Familienfeier, was er allerdings für sich behalten würde.

»Du hast in seinen Dokumenten rumgeschnüffelt?«

»Auf *deine* Bitte hin!«

»Ich sagte nicht, dass du seine Akten durchwühlen sollst!«

»Und wie soll ich was finden, wenn ich nichts durchwühlen soll?«

»Du musst die Rechnungen geöffnet haben, um zu wissen, was drinsteht. Das kann kaum nötig gewesen sein, um ein Video zu finden! Ich meine ... du kannst doch nicht einfach jemandes Computer durchforsten!«

Franks rechtschaffener Zorn machte ihn so unbeschreiblich wütend, dass ihm fast die Faust ausgerutscht und auf dem Tisch gelandet wäre. »Wir sind für dich in seine beschissene Wohnung eingebrochen, also mach jetzt nicht einen auf Moralapostel, nur weil ich deinem verfickten Everard nachspioniert habe«, knurrte Don mit gefletschten Zähnen.

»Er ist nicht *mein* Everard, verdammt!«

Dein genug, um dich von ihm antatschen zu lassen, obwohl wir gerade Sex miteinander hatten, brüllte Don in seinem Inneren und biss sich auf die Zunge, um die Worte nicht nach draußen stürmen zu lassen.

»Trotzdem war das, was du getan hast, nicht richtig«, fuhr Frank fort und brachte Dons Kragen damit zum Platzen.

Er war mit einem Ruck aufgestanden und grabschte nach Jacke und Tasche. Das musste er sich nicht gefallen lassen! In seinem Leben hatte er oft genug den Kopf für irgendwas hinhalten müssen, aber jetzt war er kein Kind mehr. Kein kleiner Junge, der auf ein Dach über dem Kopf und was zu essen angewiesen war.

»Donovan, wo willst du hin?«, fragte Frank und klang plötzlich gar nicht mehr so zornig, wie noch eine Sekunde zuvor.

»Nach Hause. Offenbar bin ich in deinen Augen ein Straftäter. Und da du ja ein ach so korrekter Bulle bist, sollte ich dir meine Gesellschaft nicht aufbürden.«

Frank folgte ihm in den Flur. »So hab ich es doch gar nicht gemeint.«

»Dann denkst du vielleicht das nächste Mal darüber nach, ob du was so meinst oder nicht, bevor du es sagst«, gab Don zurück und war schon aus der Tür.

»Don, bitte warte.« Frank ging ihm ein paar Schritte nach, blieb aber auf der letzten Stufe stehen. Seine Stimme wurde leiser. »Es tut mir leid. Lass uns reden. Wenn du nicht reden willst, lass mich dich wenigstens nach Hause bringen.«

Don hielt kurz inne, sah jedoch nicht zurück. »Kein Bedarf. Kannst ja Everard nachlaufen und fragen, ob der irgendwo von dir hingefahren werden will.« Er wartete nicht ab, ob Frank noch etwas zu sagen hatte, sondern ging einfach los.

Und Frank ließ ihn gehen. Wie so viele Leute vor ihm.

*

9 verpasste Anrufe
Frank Davis

Geh bitte ran, ich möchte mit dir sprechen.

Don, es tut mir aufrichtig leid. Es war dämlich und gemein, so zu reden. Ich hab dich um etwas gebeten und du hast es getan. Ich mache dir keinen Vorwurf. Haydens Auftauchen hat mich ein wenig aus der Bahn geworfen.

Bitte sag mir, wie ich es wiedergutmachen kann. Gib mir eine Chance.

Von: thedarkknight@gmail.com
Gesendet: Donnerstag, 16. August 2018 00:32
An: hayden.everard86@yahoo.com
Betreff: Lies das.

Morgen um 8 Uhr im Patterson's Breakfast & More. Du bist besser pünktlich.

Von: hayden.everard86@yahoo.com
Gesendet: Donnerstag, 16. August 2018 01:26
An: thedarkknight@gmail.com
Betreff: Re: Lies das.

Wer bist du? Was willst du von mir?

Von:.thedarkknight@gmail.com
Gesendet: Donnerstag, 16. August 2018 01:27
An: hayden.everard86@yahoo.com
Betreff: Re: Lies das.

Ein Typ, den du lieber nicht versetzt. Wirst du schon sehen.

9

Das war eine der dümmsten Ideen, die er in seinem Leben gehabt hatte. Was es noch schlimmer machte: dass er sie auch umsetzte.

Schweigend saß er auf der Rückbank. Brennan und Nick schwiegen. Trotz dem Streit mit Frank hatte Don sich heute Morgen aufgerafft und den beiden ein üppiges Frühstück ins Wohnzimmer gestellt. Er hatte gewartet, bis Nick zu seinem morgendlichen Lauf aufgebrochen war. Der Kerl hatte all seinem Argwohn zum Trotz die Angewohnheit, dass er die Tür nicht mehr abschloss, wenn er in der Früh loszog. Brennan hatte unter der Dusche gestanden und irgendeinen Song von Fink vor sich hingesungen. So hatte Don in Ruhe alles vorbereiten können. Wenig später hatte Brennan an Foremans Tür geklopft, breit gegrinst und gesagt: »Ich nehme an, du willst wieder bei uns mitfahren?«

Ja. Don wollte. Aber nicht aus dem Grund, aus welchem Brennan glaubte.

»Du bist ganz schön ruhig heute«, murmelte Nick irgendwann, während er den Blinker setzte und auf die Hauptstraße fuhr. Das Radio war so leise, dass Don sich nicht einmal sicher war, ob gerade Musik oder die Nachrichten liefen.

»Hm«, war seine wortkarge Antwort. Die letzte Nacht steckte ihm in den Knochen. Der Kampf gegen den

Wolf. Die Schlacht gegen seine Eifersucht, die er verloren hatte, wie man anhand seiner verschickten E-Mails sehen konnte. Und Foremans Verhör samt kleinem Wutausbruch. *Ich dachte, du wolltest die Nacht bei ihm verbringen? Was ist passiert? Warum bist du schon zurück? Hat er sich nicht gefreut? Er hat dir doch nicht wehgetan? Ich mach ihn fertig, wenn er dir was getan hat!*

Erst hatte Don versucht, zu beteuern, dass alles in Ordnung sei. Weil das aber eine Lüge war, rutschte ihm schließlich die Wahrheit raus. Und Foreman, der alte Verrückte, hatte nichts Besseres zu tun gehabt, als ihm einzureden, er müsse Everard treffen. Na gut, wenn er ehrlich war, war nicht viel Überzeugungsarbeit nötig gewesen, um das Desaster in Gang zu setzen. Und genau genommen hatte Foreman erst vorgeschlagen, mit Frank über seine Gefühle zu sprechen. Was natürlich völlig ausgeschlossen war! Wie sollte das denn aussehen? *Hey Frank, du kennst mich zwar kaum und hast nur ein paar Mal mit mir rumgemacht, weil ich's drauf angelegt habe, aber ich bin verdammt eifersüchtig auf Everard. Wäre also cool, wenn du ihm sagen könntest, er soll sich verpissen und nie wieder an dich ranmachen, sonst dreh ich durch und verwandle mich in einen Wolf.*

Ja, geiles Gespräch. Hätte sicher viel gebracht.

So hatte er stattdessen vor, sich Hayden Everard zur Brust zu nehmen.

»Ist alles klar bei dir?«, fragte Brennan und drehte sich zu ihm um, wobei er einen Arm um die Kopfstütze schlang, wie Frank es immer tat.

»Klar, was sollte nicht klar sein?« Don bemühte sich um ein Lächeln. Statt der Lüge wollte er den beiden lieber anvertrauen, was passiert war. Aber das wäre dumm. Nick würde ihn bloß davon abhalten wollen, sicht mit Everard zu treffen. Und Brennan würde wieder diesen enttäuschten Blick aufsetzen, der fast nicht auszuhalten war, ohne ein schlechtes Gewissen zu bekommen.

Brennan ließ nicht locker. Obgleich er kein Wandler war, hatte er so eine Art an sich, sich in was zu verbeißen – vorzugsweise in unangenehmen Themen. »Weißt du ... Wenn du dich mit Davis gestritten hast, kannst du ... na ja, mit uns darüber reden eben.«

»Ich hab mich nicht mit ihm gestritten. Es ist alles okay. Bin nur müde.« Immerhin der letzte Satz war keine Lüge, denn er hatte nicht schlafen können. Sobald er die Augen zumachte, sah er nämlich Frank auf Everards Bett sitzen, mit dem Schwanz in dessen Mund und wie er sehnsüchtig die Finger nach dem Kerl ausstreckte. Es machte keinen Unterschied, dass er zurückgewiesen worden war. Wichtig war nur, dass er Everard berühren *wollte*. Vielleicht hatte er sogar an den Wichser gedacht, als Don gestern bei ihm auf der Couch gelegen hatte. Wer wusste das schon?

Endlich gab Brennan auf und setzte sich wieder mit dem Gesicht nach vorne hin. Er gab ein leises Seufzen von sich und Nick streckte die Hand nach ihm aus.

Don starrte auf die Finger, die sich ineinander verhakten; auf den Daumen, der einen anderen streichelte. So voller Liebe und Zärtlichkeit, wie Don es nicht kannte. Er fragte sich, ob er jemals jemanden haben würde, der ihn auf diese Weise anfasste. Ohne es zu wollen dachte er an die Schläge, die er von dem einen Pflegevater bekommen hatte. Und an die perversen Annäherungen des anderen. Jodie, dessen Frau hatte immer debil gelächelt, als wäre sie völlig weggeknipst und gar nicht mehr in diesem Universum zuhause. Manchmal hatte sie Don übers Haar gestreichelt. Aber das war bloß gruselig gewesen statt aufmunternd. Er hatte sich nie irgendwo geborgen oder behütet gefühlt. Egal wo er gewesen war: Seine Nächte hatte er damit verbracht, krampfhaft die Augen offenzuhalten, um nicht von Monstern überrascht zu werden. Nur kamen die seinen nicht aus seinem Schrank, sondern durch die Zimmertür.

*

Als er den Laden betrat, waren gerade mal sechs Leute anwesend. Zwei Paare an zwei verschiedenen Tischen. Eine gelangweilt aussehende Kellnerin, die in den Fernseher schaute, der in der Ecke hing. Auf ESPN lief ein

Baseball-Spiel, das sie ohne großes Interesse verfolgte. Und Hayden Everard.

Er hockte auf einem der mit dunkelrotem Leder bezogenen Barhocker. Seine Füße berührten den schwarzweiß gekachelten Boden nicht, sondern ruhten auf den silbernen Verstrebungen seiner Sitzgelegenheit. Die Uniform passte ihm wie angegossen und er fühlte sich sichtlich wohl darin. Er trank Kaffee und umschloss die Tasse mit seinen dummen Händen, mit denen er Frank angetatscht hatte. Jetzt sah er kurz auf und Don sogar ins Gesicht, aber er ahnte noch nicht, dass *er* derjenige war, den er hier treffen sollte.

Es brauchte wirklich viel Mut, um sich in Bewegung zu setzen und auf Everard zuzugehen. Seine Finger waren kalt wie immer, aber heute schwitzten sie auch.

»Hey.« In vorgetäuschter Zwanglosigkeit ließ er sich auf den Hocker neben seinem Rivalen fallen. Sein Herz wummerte wie ein Baseball, den man beschissen von der Seite traf und der dann durch die Luft eierte.

Die Kellnerin bemerkte ihn und kam auf ihn zugeschlendert. »Morgen. Was darf's sein?«

»Kaffee, schwarz.«

Everard fuhr sich mit der Linken durchs blonde Haar und musterte ihn scharf von der Seite. »Scheiße, wer bist du?«

»Ist nicht wichtig, wer ich bin. Wichtig ist nur, was ich von dir will.«

»Und was könntest du von mir wollen? Hat Wladimir dich geschickt?«

»Niemand schickt mich.«

Die Kellnerin unterbrach ihr Gespräch, als sie mit der randvoll gefüllten Tasse ankam und sie Don vor die Nase stellte. Ein bisschen Kaffee schwappte über. Don nahm einen Schluck, wobei Everard und er sich nicht aus den Augen ließen. Der Kaffee schmeckte bitter und er musste sich bemühen, keine Grimasse zu schneiden. Er trank nicht gern Kaffee, aber lieber hätte er sich einen Arm abgehackt, als vor Everard eine heiße Schokolade zu bestellen ...

Er stellte die Tasse aus rotem Porzellan ab und sagte mit fester Stimme: »Ich will, dass du dich von Frank Davis fernhältst.«

Everard kniff die Augen zusammen und verzog das Gesicht wie ein alter Schwerhöriger, der wieder mal kein Wort verstand. »Was?«

»Ich glaube, du hast mich ganz genau gehört.«

»Was hast du mit Frank zu schaffen?«

»Das geht dich nichts an.«

»Aha. Dann geht's dich ja wohl auch nichts an, ob ich mich von ihm fernhalte.«

»Wir sind Freunde.«

»Hör mal, ich weiß ja nicht ganz, was hier gerade läuft, aber ich will nichts von Davis. Okay? Du kannst dich also getrost verpissen und mich in Ruhe lassen, bevor wir ernsthaft aneinandergeraten.«

»Eine Drohung?«

Der Bulle zuckte mit den Schultern. »Wie du's auffassen willst.«

Don knirschte mit den Zähnen. Wie gerne würde er Everard sagen, dass er den Kürzeren ziehen würde. Immerhin war Everard derjenige mit der homophoben Mutter und Don der Typ, der ein Video in seinem Besitz hatte, auf dem Hayden Everard einem gut bestückten schwarzen Mittfünfziger den Schwanz lutschte. Wahrscheinlich aus denselben Gründen, aus welchen er es bei Frank gemacht hatte.

Aber davon durfte nichts über seine Lippen kommen, denn sonst hätte er ganz schnell eine Klage wegen Einbruchs am Hals und würde Frank mit in die Scheiße ziehen. Machte ja keinen Unterschied für den Richter, dass Everard zuerst was verbrochen hatte. Selbstjustiz war immer noch eine Straftat.

»Hör mal zu, ich mag ja harmlos aussehen, aber ich kann auch anders«, sagte Don und verbarg seine geballten Fäuste. Ihm war, als würden sich seine Fingernägel in Wolfskrallen verwandeln und ihm ins Fleisch schneiden.

»An deiner Stelle würde ich mich mit solchen Aussagen zurückhalten.« Everard führte die Tasse zum Mund und trank sie leer. Dann stand er auf und zog sein Portemonnaie hervor, um einen Dollar auf die Theke zu legen und es wieder wegzustecken. »Es würde dir nicht gut bekommen, wenn ich mich mit dir anlege.«

Sie tauschten noch einen langen, feindseligen Blick, bevor Everard ihn wie den letzten Trottel sitzen ließ und den Coffee Shop verließ. Die Tür aus Glas mit den schwarzen, aufgeklebten Buchstaben, glitt hinter ihm in den Rahmen zurück.

Don starrte in seinen Kaffee und atmete schwer. Das war nicht so gelaufen, wie er es sich vorgestellt hatte. Er hatte gedacht, er könnte Everard einschüchtern. Wie in einem Film, in dem der Held sein Mädchen vor irgendeinem Wichser beschützte, indem er ihm Angst machte oder sich mit ihm prügelte. Stattdessen kam er sich wie ein Versager vor. Everard hatte ihn eiskalt abblitzen lassen.

In seinem Bauch brannte etwas, was sicher kein Kaffee war. Er zwang sich, die Fäuste zu öffnen. Als er einen Blick auf seine Handflächen warf, holte er tief Luft. Sie waren blutig. Er flüchtete auf die Toilette und wusch die roten Tröpfchen von seiner Haut. Hier gab es noch keinen solchen Automaten, der Luft ausblies, damit man keine Handtücher benutzen musste. So wischte er sich die Finger mit den Einwegtüchern ab und betrachtete sich im Spiegel. Ein blasses Gesicht blickte ihm entgegen und widerte ihn fast an, weil es so schwach und jugendlich wirkte, dass Everard auf die Idee gekommen war, er könne auf herablassende Weise mit ihm reden!

Sein Handy vibrierte. Er zog es flüchtig hervor. Es war Frank, der ihn wieder versuchte, anzurufen. Don schluckte trocken und schob das Smartphone zurück in die Hosentasche. Seine Finger bildeten erneut Fäuste und er war versucht, den verfickten Spiegel einzuschlagen. Er ließ es bleiben und ging zurück, um seinen Kaffee zu bezahlen und von hier zu verschwinden.

*

»Eigentlich dachten wir, er will sich mit dir treffen«, wiederholte Brennan und wischte mit einem öligen, blau-weiß karierten Tuch an seinen Händen herum, obwohl sie dadurch keinen Deut sauberer wurden.

Frank kam zum gefühlt hundertsten Mal in die Mailbox, sprach aber nichts drauf, weil er gerade nicht allein war und somit nicht frei reden konnte. Mutlos legte er auf und starrte noch eine Weile auf das Display.

»Was, zur Hölle, läuft da gerade?«, fragte Nick mit zusammengebissenen Zähnen. »Und wo ist er jetzt?«

»Wenn ich das wüsste, wäre ich nicht hier«, gab Frank gereizt zurück. Er hatte die ganze Nacht nicht schlafen können und war erst in den frühen Morgenstunden eingenickt. Kaum war er aufgewacht, hatte er es wieder bei Don versucht. Als sein Anruf weggedrückt worden war, hatte er schnell geduscht und sich in den Wagen gesetzt. Da er sich nicht traute, in den Weiler zu fahren, hatte er es in der Werkstatt versucht. In der Hoffnung, Don hier anzutreffen, weil es ihm oben im Wald zu fade war. Nun, er war nicht da und dass Nick und Brennan nicht wussten, wo er sich aufhielt, brachte seinen rasenden Herzschlag nicht zur Ruhe.

»Habt ihr dann also doch miteinander gestritten?«, forschte Brennan nach und stopfte das Tuch endlich zurück in die Tasche seiner Arbeitshose.

»Ja«, gestand Frank, was Don offenbar geleugnet hatte. »Jetzt geht er mir nicht ans Telefon und antwortet nicht auf meine SMS.«

»Um was ging es denn?«

»Das geht uns nichts an, Baby«, ermahnte Nick und fasste Brennan ins Gesicht, um ihm einen Ölfleck von der Wange zu wischen.

»Lass das Frank entscheiden.«

»Er hat sich über mich geärgert. Mit Recht. Das habe ich ihm auch geschrieben, aber er will meine Entschuldigung nicht annehmen.«

»Was hast du getan, dass ihn so geärgert hat?«, hakte Brennan weiter nach und ignorierte Nicks tadelnden Blick, der von einem Kopfschütteln begleitet wurde.

»Es ging um Hayden. Don hat etwas von ihm gewusst, weil er sich auf seinem Computer umgesehen hat. Ich hab ihn des Rumschnüffelns bezichtigt.«

»Na ja, dazu hast du uns gewissermaßen aufgefordert«, warf Brennan ein.

»Ich weiß, darum tut es mir ja auch leid, was ich gesagt habe«, knurrte Frank. »Aber das war nicht alles, warum Don sauer ist. Hayden ... er dreht ein krummes Ding, wobei Donovan und ich ihn festnageln wollten.

Gestern war er bei mir und hat mich um Hilfe gebeten, bei der illegalen Sache. Um sich meine Kooperation zu erpressen, hat er das Video gemacht. Ich hab ihn nicht weggeschickt, sondern zugesagt. Ich dachte, das wäre klüger, um ihn nicht mit der Nase drauf zu stoßen, dass wir das Video längst von seinem Computer entfernt haben.«

»Scheint mir eine kluge Vorgehensweise.« Nick nickte zustimmend und Frank war überraschend erleichtert, dass wenigstens irgendjemand zu glauben schien, dass er das Richtige getan hatte.

Brennan hingegen zweifelte das sichtlich an, worauf seine gerunzelte Stirn hinwies. »Ja, aber war dann nicht alles umsonst, was wir für dich getan haben, wenn du dich da jetzt trotzdem reinziehen lässt?«

»Ich will ja nicht mitmachen, sondern ihn ruhig halten. Was hätte ich denn sonst zu ihm sagen sollen? Habt ihr noch nie von einem Kansas City Shuffle gehört?«

»Was?«, murmelte Nick mit schmalen Blick und einem Ausdruck der kompletten Ahnungslosigkeit auf dem Gesicht.

»Lucky Number Slevin«, grinste Brennan. »Ein guter Film. Wirklich tolle Schauspieler, ich liebe Ben Kingsley, und eine gut durchdachte Handlung. Hat mich ein paar Mal aufs Kreuz legen können. Ein Kansas City Shuffle ist es aber nicht ganz, was du da durchziehen willst. Dazu müsste Everard wissen, dass er getäuscht wird und zudem glauben, dass er es durchschaut hat und dich austricksen kann. Ein Shuffle wäre es nur dann, wenn er damit falsch liegt.«

»Wovon wird hier gesprochen?«

Brennans Grinsen wurde breiter und strahlender. »Lustig, dass der Belesene von uns beiden mal nicht weiß, wovon die Rede ist. Ein Kansas City Shuffle, Mann! Wenn die ganze Welt nach rechts schaut und du links vorbeirennst.«

»Das wäre ja dann doch wieder so vereinfacht gesagt, wie ich es ausgedrückt habe. Aber ist doch egal. Jedenfalls ist Don deswegen sauer auf mich.«

Nick lächelte kurz, bevor er wieder seine grimmige Miene aufsetzte. »Und ihr wollt da in irgendeinen Deal platzen, den Hayden durchzieht? Zu zweit?«

Frank machte sich zum ersten Mal darüber Gedanken, dass ihr Plan schief gehen könnte. »Wir wollen ihn bloß filmen und eine Tonaufnahme machen. Ich habe nicht vor, ihn festzunehmen oder irgendwas.«

Nick runzelte weiterhin die Stirn. »Vielleicht meldest du dich noch mal bei uns, wenn es soweit ist. Ein wenig Rückendeckung schadet ja nicht.«

»Würde ich auch sagen. Am Ende ändert Don in letzter Sekunde seine Pläne und macht irgendwas Unüberlegtes«, sagte Brennan.

»Was mich wenig wundern würde«, pflichtete Nick ihm bei. »Immerhin macht er das andauernd.«

»Ihr glaubt doch nicht, dass er ... weg ist?«, würgte Frank hervor.

Brennan schüttelte den Kopf. »Er hatte nur seine Tasche dabei. Denke nicht, dass er sein ganzes Zeug zurücklassen würde.«

»Vielleicht war er zu dir nach Hause unterwegs. Kann das sein?«, fragte Nick.

»Dann würde er doch ans Handy gehen, wenn ich nicht da bin.«

»Oder er wartet.«

Frank glaubte zwar nicht daran, war aber bereit, sich an diesen Strohhalm zu klammern. So, wie Don sich beim Baden an ihn geklammert hatte ... »Ich fahre nach Hause und melde mich, sobald es was Neues gibt.«

»Wir auch. Ich hab ja deine Nummer«, meinte Brennan. »Das wird sich schon wieder einrenken.«

Wieder hatte Frank seine Zweifel, brachte aber ein Nicken zustande. »Danke. Bis später.«

Die beiden verabschiedeten ihn und Frank trat den Rückzug an. Geschlagen und geknickt durchschritt er die Halle, in der Brennan an den verschiedensten Wagen arbeitete. Er ging an einem potthässlichen Honda Accord vorbei, der in einem scheußlichen Gelbton lackiert war, und umkreiste einen silbernen Jaguar, bis er das Tor erreichte. Die helle Sonne blendete ihn für einen Moment. Dann gewöhnten sich seine Augen an das Licht und er erblickte sein Auto. Sowie den Mann, der lässig an die Motorhaube gelehnt eine Zigarette rauchte – eine Hand in der Hosentasche.

Vor Erleichterung stieß er Luft aus seinen Lungen und stockte in seinen Schritten. Ihm wurde heiß, dann wieder kalt. Würden sie weiter streiten oder konnten sie sich endlich versöhnen? Er setzte sich in Bewegung, um es herauszufinden.

»Hey«, murmelte er, als sie nur noch einen Schritt voneinander entfernt standen.

Don sah genauso müde aus, wie Frank sich fühlte. In seinen Gesichtszügen war nicht auszumachen, wie es zwischen ihnen stand. »Hey. Was tust du hier?«

»Ich habe nach dir gesucht.«

Don sagte nichts, sondern starrte auf die Zigarette in seinen Fingern, ohne einen Zug zu nehmen.

»Wo warst du?«, fragte Frank.

»Unterwegs.«

»Es tut mir leid, dass ich dir Vorwürfe gemacht habe.«

»Und mir tut leid, dass du nicht checkst, worum es geht«, gab Don feindselig zurück. Er warf die Zigarette auf den Boden und trat sie mit der Schuhspitze aus. Der Kies knirschte empört.

»Du könntest es mir erklären, wenn ich was nicht verstehe.« Er bettelte fast.

»Ich bin aber nicht dein blöder Hauslehrer!« Wütend wollte Don davonstürmen, aber Frank ließ es nicht zu.

Im Nachhinein fragte er sich, woher er den Mut dazu nahm, doch in dem Moment war er einfach da. Er packte Don am Unterarm und hielt ihn zurück. Die Haut unter der seinen war leicht behaart und um so vieles weicher als alles, was er je zuvor angefasst hatte. Franks Stimme war heiser, als er sprach: »Du hast mich gestern genug gemocht, um mitten in der Nacht zu mir zu kommen. Wenn du's immer noch tust, dann will ich eine zweite Chance. Lass mich wiedergutmachen, was ich verbockt habe.«

Don sah auf Franks Hand hinab und sein Kinn schien ein klein wenig zu zittern, aber er sagte kein Wort.

»Es tut mir leid«, wiederholte Frank. »Du kannst mir erklären, worum genau es dir geht oder auch nicht. Es macht keinen Unterschied, denn mir tut *alles* leid, was ich tue, wenn die Konsequenz ist, dass du nicht mit mir redest. Allerdings würde es mir helfen, wenn ich wüsste, was ich in Zukunft zu vermeiden habe.«

Einen Lidschlag später wäre er fast auf den Hintern gefallen, weil Don ihn so ungestüm umarmte. Sein Herz hörte auf zu schlagen und er hielt die Luft an, als befände er sich in einer Vorstufe des Todes. Eines süßen, schönen Todes ...

»Können wir uns einfach nicht mehr streiten, bitte?«, flüsterte Don an seiner Schulter und klang gequält, als litte er körperliche Schmerzen. Er drückte sich an ihn und umklammerte mit den Armen seinen Hals, als wollte er ihn erwürgen.

»Geht in Ordnung«, erwiderte Frank, weil er in der Sekunde alles versprochen hätte, um Don halten zu dürfen. Liebevoll streichelte er dessen schmalen Rücken, der von einem schwarz-weiß gestreiften Hemd umspielt wurde. Don schnappte nach Luft, als wollte er zum Sprechen ansetzen, blieb aber stumm.

Frank vergrub die Finger in weichem Haar und liebkoste einen Hinterkopf. Er war unendlich erleichtert, weil sie sich wieder vertrugen, obwohl er gar nicht wusste, wie er die Aufmerksamkeit und Zuneigung eines solchen Mannes verdient hatte. Es kam ihm unwirklich vor. Dons Wärme und Weichheit, die sich an ihn presste, fühlte sich dagegen sehr echt an.

Und schließlich waren es Dons Lippen, die nach den seinen suchten, welche ihm begreiflich machten, dass er nicht träumte. Denn nur ein realer Kuss konnte einem so dermaßen den Boden unter den Füßen fortziehen, wie es gerade mit ihm passierte. Er umfasste Don fester und machte den Mund auf, um eine Zunge einzulassen, die nach Kaffee und Donovan Leary schmeckte. Ihm wurde schwindelig, als kühle Finger sich begehrlich in sein Hemd krallten. Seine Hand griff ohne sein bewusstes Zutun an eine schmale Taille und packte zu, um den Körper unter dem Stoff zu spüren. Er begann schon wieder zu schwitzen und sein Schwanz drückte sich hart und gierig an Don.

Außer Atem löste dieser sich von ihm und sah ihm in die Augen. Auf seinem Gesicht lag jener verzweifelte Ausdruck, den Frank bereits einmal zuvor an ihm gesehen hatte. »Ich will mit dir allein sein. Können wir zu dir fahren?«

Frank brachte ein Nicken zustande. Seine Männlichkeit zuckte vor Erwartung. Dann sah er Brennan mit verschränkten Armen im Tor der Werkstatt stehen und würgte doch ein paar Worte hervor: »Vielleicht solltest du Brennan und Nick sagen, dass du mit zu mir kommst und ich dich vor Feierabend wieder herbringe.«

»Okay.« Don fasste ihn am Hemdkragen und drückte ihm die Lippen auf den Mund. »Aber wehe, du läufst mir davon.«

*

Ihre hitzige Wollust hatte sich auf dem Weg zu Franks Haus ein wenig abgekühlt und Don befürchtete ernsthaft, dass sie miteinander sprechen würden müssen. Hätten sie gleich die Möglichkeit gehabt, Sex zu haben, wäre es vielleicht nicht so weit gekommen. Aber im Auto war ein merkwürdiges Schweigen zwischen ihnen entstanden und jetzt warfen sie einander dauernd diese unsicheren Blicke zu, die nur eines heißen konnten: sie mussten reden.

»Ich bin eifersüchtig«, sagte Don geradeheraus, weil er keine andere Möglichkeit sah. »Ich hab dich gestern mit Everard beobachtet und gesehen, wie er dich antatscht. Und wie du nichts dagegen tust.«

Frank drückte die Haustür ins Schloss und wirkte, als hätte ihn der Schlag getroffen. Wenn einer seiner Mundwinkel gleich nach unten hing, würde Don einen

Krankenwagen rufen müssen. »Hayden bedeutet mir nichts«, erwiderte er mit heiserer Stimme.

»Ich etwa schon?«

»Ja, das tust du.«

»Das lässt du mich aber nicht spüren.« War das nicht eine Lüge? Oder zumindest ein Fehlglaube? Immerhin hatte Frank die halbe Nacht versucht, ihn zu erreichen, und war schließlich losgefahren, um ihn zu suchen. Bei den vielen Fluchten zuvor, die Don unternommen hatte, hatte sich nie jemand auf die Suche nach ihm gemacht. Dennoch hatte er Angst. »Ich hab keinen Bock darauf, mir ständig 'nen Kopf machen zu müssen, ob ich nur deine zweite Wahl bin.«

»Du redest, als ob du mit mir zusammen sein möchtest.«

»Ich *will* mit dir zusammen sein, Frank.«

Sein Gegenüber schluckte sichtbar. »Ist es dir denn egal, wie ich aussehe?«

»Nein, es ist mir nicht egal, wie du aussiehst, du Idiot! Ich *mag*, wie du aussiehst. Sehr. Du bist total sexy und attraktiv. *Schön* bist du, verdammt noch mal!«

Franks Augen weiteten sich, während er zugleich die Stirn runzelte, was ihn wie einen Welpen aussehen ließ, dem man einen Tritt in den Hintern versetzt hatte. Dabei hatte Don nur die Wahrheit gesagt und Frank sollte sich über das ehrliche Kompliment freuen, anstatt entsetzt zu sein.

Don sprach weiter, weil der Anfang schon gemacht war und es mit jedem Wort leichter wurde. Schmerzhafter, aber leichter. »Mein ganzes Leben lang hat man mich nur weggegeben oder verjagt oder weitergereicht. Ich möchte endlich jemanden haben, der mich wirklich *will*. So richtig. Nicht nur, weil ich eben da bin. Ich bin kein verfluchter Lückenfüller!«

Nun schüttelte Frank vehement den Kopf und kam einen Schritt auf ihn zu. »Ich will dich, Don! So *richtig*. Ich wüsste nicht, inwiefern du ein Lückenfüller für mich sein könntest.«

Don musste sich die Antwort verkneifen, weil sie verraten würde, dass er sich entgegen seines Versprechens das Video angesehen hatte. »Das musst du mir erst mal zeigen, bevor ich dir glaube«, sagte er rau.

Als Frank nach einem Zögern mit drei Schritten bei ihm war und ihn so stürmisch an sich riss, dass ihm die Luft aus den Lungen gedrückt wurde, umspielte ein winziges, hoffnungsvolles Lächeln für einen Herzschlag lang seine Lippen. Dann wurden diese erobert, von einem Mund, der mit weichem Bart umgeben war, und in einer Art und Weise küssen konnte, dass alles um Don herum schwarz wurde.

Große, warme Hände fassten ihn an den Hüften und ein schwerer Körper drängte ihn rückwärts den Flur entlang. Ins Schlafzimmer. Kurz flackerte Dons Neugier auf, denn diesen Raum hatte er noch nicht zu Gesicht bekommen. Dann drang Franks Zunge in ihn ein und er schloss stöhnend die Augen. Das Zimmer war jetzt nicht so wichtig. Das konnte er sich auch danach ansehen.

Frank nahm ihn fester und schob ihn aufs Bett. Die Matratze gab unter ihnen nach. Das Bettzeug raschelte und verströmte einen erregenden Duft nach Waschmittel und Frank. Don genoss, wie dieser die Führung übernahm, weil er das noch nie getan hatte – und es offensichtlich machte, um seine Zuneigung zu beweisen. Vielleicht auch, weil Don ihm gesagt hatte, dass er ihn heiß fand. Zumindest kam es ihm vor, als hätte Frank gerade einiges an Selbstvertrauen gewonnen.

Das Hemd wurde ihm abgestreift, obwohl er gar nicht mitbekommen hatte, dass die Knöpfe geöffnet worden waren. Ihm wurde flüchtig kalt, aber Frank hielt ihn gleich wieder in den Armen, sodass er von dessen Hitze zehren konnte. Franks Brustbehaarung fühlte sich weich und feucht an, während er ihm die Zunge in den Rachen schob und Don ein wohliges Brummen entlockte. Gleich darauf fühlte er zarte Lippen an seinem Kinn, seinem Hals, seiner Brust. Er sank rücklings auf das Bett, weil ihm die Kraft ausging. Seine Beine zitterten, deshalb konnte er nicht mithelfen, als Frank ihm die Jeans abstreifte. Er spürte, dass seine Shorts nass geworden waren. Dort, wo seine pulsierende Eichel den Stoff berührte.

Frank fasste ihn durch eben diesen Stoff an und Don stöhnte seine Lust laut hinaus. Schauer durchliefen ihn und fanden ihren Ursprung in seinem Schwanz. Als Frank sich auf den Bettvorleger kniete und seine Absichten somit ziemlich deutlich wurden, klammerte Don sich an die Daunendecke. Es war vielleicht ganz gut, dass Frank außer Reichweite war. Am Ende würde Don ihm noch vor Geilheit den Rücken zerkratzen. Wer wusste schon, wann die Krallen sich entschieden, an die Oberfläche zu drücken? Er schob den Gedanken fort.

Ein geschickter Mund wanderte über seinen Bauch, küsste einen kleinen Kreis um seinen Nabel herum und setzte seinen Weg nach unten fort. Die Boxershorts wurden ihm ausgezogen und er hörte Franks lüsternes Knurren, als er nackt unter ihm lag. Zu wissen, dass Frank genauso erregt war wie er, machte ihn noch schärfer.

Raue Finger berührten seine Hoden. Heiße Lippen stülpten sich über seinen Schaft und saugten sich an ihm fest. Don verkrampfte sich, weil es so gut war. Bis in seine Zehen hinab fühlte er die Vibrationen seiner Leidenschaft. Frank leckte mit der Zunge an der kleinen Öffnung und brachte ihn zum Zittern. Es war ihm fast peinlich, wie laut er stöhnte, aber da war Frank ja selbst daran schuld. Mit dem nächsten Herzschlag, der ihm heißes Blut durch die Adern pumpte, glitt er tiefer in einen feuchten Mund. Franks Hände lagen um seine Taille und drückten so fest zu, dass es wehtun müsste. Tat es aber nicht ... Es war bloß schön.

Jedes Mal, wenn Frank sich um seine Eichel kümmerte, fühlte er die Kühle an seiner speichelbenetzten Haut, was die Sinnlichkeit ihres Zusammenseins verstärkte. Er wusste nicht warum. Manchmal waren es eben die kleinen Dinge, die den größten Eindruck hinterließen. Die Kühle an seiner nassen Männlichkeit, Franks zurückhaltendes Stöhnen und dessen Fingerspitzen, die sich in sein Fleisch gruben.

Als eine Hand ihn zu streicheln begann – überall, wo sie ihn erreichte – biss er sich auf die Unterlippe, um seinen Höhepunkt hinauszuzögern.

Frank hingegen wollte die Sache offenbar mit aller Macht beschleunigen, denn mit einem kaum hörbaren Gurgeln senkte er den Kopf.

Don blieb wortwörtlich die Luft weg, als sich ein enger Rachen um ihn schloss und Frank mit einer Schluckbewegung nachhalf.

Don hatte nicht einmal die Macht, beim Abschießen zu stöhnen. Er stieß bloß seinen wenigen restlichen Atem aus und spritzte Frank seine Ladung in den Hals. Sternchen blitzten vor seinen geschlossenen Augen und Wellen der Erleichterung ließen ihn unkontrolliert zucken. Er war sicher nie zuvor in seinem Leben so grenzenlos befriedigt gewesen. Fast benommen stützte er sich auf seine Ellenbogen, um Frank ansehen zu können.

Mit zerzaustem Haar kniete der zwischen seinen Beinen und sah noch schöner aus als sonst. Ein Schweißtropfen perlte von seiner Schläfe, kroch über seine Wange. Frank spürte ihn und wischte ihn mit dem Ärmel fort, wobei er rot wurde.

Don streckte die Hand nach ihm aus, nahm ihn vorne am Hemd und zog ihn zu sich aufs Bett. Immerhin waren sie hier noch nicht fertig. Mit langsamen Bewegungen zog er Frank aus und achtete darauf, dass er ihm dabei genug Streicheleinheiten angedeihen ließ. Frank schien jede davon zu genießen, denn jedes Mal schloss er halb die Lider – es wirkte mehr wie ein Reflex, denn etwas Bewusstes. Und es war unendlich süß anzusehen. All die Hitze, die sich zuvor in Dons Unterleib befunden hatte, strömte in seine Brust hinauf.

Frank hatte sich so sehr um ihn bemüht, dass Don im Nachhinein nun ein schlechtes Gewissen hatte, weil er derart abweisend gewesen war. Wenn er bloß an sein Handy gegangen wäre, hätten sie sich viel früher versöhnen können. Jetzt bemerkte er die dunklen Ringe unter Franks Augen und die Sorgenfältchen drumherum, die gestern noch nicht dort gewesen waren.

Inzwischen waren sie beide nackt und rieben sich unwillkürlich aneinander. Don dachte an das Video, wobei ihm kurz schlecht wurde. Everard hatte Frank weggeschoben, als der ihn hatte berühren wollen. Im Gegensatz dazu wollte Don ihm nun seine ultimative Hingabe anbieten. Um Frank zu zeigen, dass er es wert war. Und um zu beweisen, dass er sich in ihn verliebt hatte. Denn das hatte er.

»Ich hab ein Kondom in meiner Hosentasche«, flüsterte er in Franks Bart. »Falls du ... in mir drinnen kommen willst.« An seinem Bauch spürte er das Zucken von Franks Schwanz, während der Mann in seinen Armen sich verspannte.

»Ich hab«, begann Frank und unterbrach sich, um hörbar zu schlucken, »noch nie.« Das kam trotz seiner Schüchtern- und Befangenheit überraschend.

Falls Don noch einen Ansporn gebraucht hätte, dann wären es diese wenigen Worte gewesen. Die Vorstellung, Franks Erster zu sein, machte ihn an.

»Ich hab's auch noch nie anal gemacht, also gibt's wieder mal nichts, wofür du dich schämen müsstest. Wir können es ja gemeinsam versuchen. Wie mit dem Helikopterrundflug«, murmelte er zärtlich und sah Frank in die Augen, in deren Indigoblau wieder jene Flammen flackerten. Wie das Feuer von Fackeln in einer sternklaren Nacht.

Als Frank zaghaft nickte, löste Don sich aus seiner Umklammerung und griff nach erwähntem Kondom. Schwarze Verpackung, schlichtes Ding, aber extra feucht. Zusätzlich holte er eines der Sachets mit Gleitgel hervor. Sein Herzschlag, den er in der Kehle fühlte, machte ihm klar, dass er verdammt nervös war.

Frank sah ihn verunsichert an. »Und du möchtest das wirklich?«

»Ja«, gab er schlicht zurück und streckte sich neben Frank aus. Er küsste ihn auf den Mund und strich ihm sanft über den gewölbten Bauch. Bevor er seine Männlichkeit berühren konnte, packten raue Finger ihn am Handgelenk.

»Wenn du mich jetzt berührst, dann komme ich«, warnte Frank heiser und es hörte sich fast so an, als würden ihm die Zähne klappern.

Don musste ein Schmunzeln unterdrücken und reichte Frank das Kondom, damit er es sich selbst überstreifen konnte. Er legte sich auf den Bauch, nahm die Brille ab und winkelte das rechte Bein an. »Von hinten ist es beim ersten Mal leichter, denke ich«, sagte er und hörte einen leicht verschämten Unterton, den er von sich nicht kannte. »Du musst ein bisschen vordehnen. Mit den Fingern.«

Eben diese Finger, die an seiner Hüfte ruhten, zitterten gewaltig. Franks Atem ging immer heftiger, fast schon röchelnd. Als er näher kam und sich an Dons Rücken schmiegte, stöhnte er unterdrückt, was Don eine angenehm kribbelnde Gänsehaut einbrachte.

Schüchterne Finger streichelten seine Kehrseite und tasteten sich langsam zu der Spalte an seinem Po vor. Er wurde wieder steif und seufzte in das Kissen unter sich. Frank schob die Linke unter seinem Körper hindurch und griff nach seiner Erektion. Zudem hinterließ er eine Spur aus heißen Küssen auf seinen Schultern und seinem Nacken. Ein Schauer durchlief ihn. Da bot er sich Frank bereitwillig an und dann war doch wieder *er* es, der verwöhnt wurde. Das tat so gut – nicht nur zwischen den Lenden, sondern vor allem im Herzen.

Weiche Lippen knabberten an seinem Ohrläppchen und sandten Impulse in seinen Schwanz, die auf dem Weg dorthin seinen Bauch mit Kribbeln füllten. Ein mit Gleitgel befeuchteter Finger drang in ihn ein. Derart langsam, dass die Zeit stillzustehen schien. Und so bebend, dass es in Dons Innerem vibrierte.

Darüber hinaus wurde er von seiner eigenen Erregung durchgeschüttelt. Ein leiser Laut der Wonne entrang sich ihm und wurde von der Bettdecke verschluckt.

Frank bewegte sich zurückhaltend. Don fühlte, wie er geweitet wurde und sich trotz seiner Aufregung entspannte. Dieser Mann würde ihm nicht wehtun, sondern auf ihn aufpassen. Er konnte sich fallen lassen. Vielleicht zum ersten Mal in seinem Leben. Was für eine merkwürdige Situation dafür, sich erstmals geborgen zu fühlen.

Er spürte sich in Franks Hand pulsieren und drehte sich um, damit er dessen Lippen streifen konnte.

Danach verharrte er flüchtig in dieser Position, weil er bemerkte, wie Frank ihn ansah. In seinen Augen leuchteten Begehren und Bewunderung. Und eine liebevolle Zärtlichkeit, die Don unbedingt für sich haben wollte und die ihn zugleich überwältigte.

»Du musst nicht länger warten«, murmelte er, um die bedeutungsschwere Stille zu füllen, die sich ausgebreitet hatte. Und dann, nur um es noch einmal klarzustellen, fügte er hinzu: »Ich will dich, Frank.« Er griff mit der Hand nach hinten und bekam Franks Haaransatz im Nacken zu fassen.

Erneut senkte Frank den Kopf und küsste ihn, wobei sich seine eifrige Zunge einen Weg in Dons Mund bahnte. Er machte es ihr auch nicht schwer. Don kam es vor, als könnte er Franks Herz in seinem Rücken schlagen spüren.

Sie lösten sich voneinander, als ihnen die Luft wegblieb, und Don nahm die vorherige Stellung ein, um es ihnen zu vereinfachen. Zögernd teilte Frank mit der Hand seine Hinterbacken und verlagerte sein Gewicht. Das Bett unter ihnen knarrte leise.

»Du bist dir sicher?«, fragte Frank heiser und schien die Worte zwischen seinen Zähnen durchzudrücken.

Don grinste und schnaubte leise. »Darauf geb ich keine Antwort. Auf die kommst du nämlich selbst, wenn du kurz darüber nachdenkst.«

Er spürte Franks Eichel an seinem Eingang, schloss die Augen und atmete ruhig aus. Erst tat es ein bisschen weh, aber Franks langgezogenes, tief aus seiner breiten Brust kommendes Stöhnen entschädigte ihn für den Schmerz. Er klammerte sich an den kräftigen Arm, der ihn umfing. Je weiter Frank in ihn eindrang, umso leichter schien es zu werden und langsam fing es an, sich verdammt geil anzufühlen. Frank schob sich bis zum Anschlag in ihn, ihre Haut klebte durch seinen Schweiß aneinander. Er vergrub das Gesicht an Dons Hals, atmete dort dampfend und schnell. Dann zog er sich ein winziges Stück zurück, um gleich darauf wieder in ihm zu versinken. Sein heiseres, aber lautes Stöhnen und das Pulsieren seiner Männlichkeit verrieten, dass er gekommen war. Für einige Sekunden musste er sich scheinbar sammeln, dann schloss er die Finger fester um Dons Schwanz und rieb ihn mit rhythmischen Bewegungen.

Don riss die Augen auf und brauchte nur wenige Stöße in Franks Hand, um abzuschießen. Dass sein Hintern unglaublich ausgefüllt war, trug sicher seinen Teil zu seiner Erregung und dem sagenhaften Höhepunkt bei, der ihn lauter werden ließ, als er beabsichtigt hatte. Er zog Frank zu sich hinab und küsste ihn, als ob er ihn fressen wollte. Wollte er eigentlich auch am liebsten. Aber dann hätte er ja nur dieses eine Mal was von ihm. Und er war sich ganz sicher, dass er Frank nicht bloß heute brauchte, sondern für immer ...

Frank rückte von ihm ab, weil er nach Luft schnappen musste, und sie sahen sich in die Augen. Ausgedehnt und eindringlich. Sie wollten sich wirklich, das begriff er in diesem Moment.

Jetzt konnte er Frank glauben, wenn er sagte, dass ihm nichts an Everard lag. Mit kühlen Fingerspitzen griff er nach einer bärtigen Wange und streichelte sie vorsichtig. Frank blickte verwundert drein, bevor seine Lider sich senkten und er die Zärtlichkeit genoss. Die Männlichkeit in ihm verlor an Standfestigkeit. Es war ein schönes Gefühl, ihn noch in sich zu haben, während er schlaff wurde, weil sie ihre Lust bereits gestillt hatten.

Ihre Lippen berührten sich hauchzart und neckten einander für eine Weile, bis Frank sich zurückzog und das Kondom entsorgte, indem er es in ein Taschentuch wickelte und in den Papierkorb neben dem Nachtkästchen warf.

Dann kam er zu ihm zurück und begab sich ohne Widerrede in Dons ausgebreitete Arme, damit sie sich dicht aneinanderkuscheln konnten. Ihre Beine verknoteten sich miteinander. Don mochte, wie Franks Waden sich anfühlten.

Was redete man eigentlich, nachdem man so fantastischen Sex gehabt hatte? Sagte man überhaupt etwas? Merkte man an, wie großartig man es gefunden hatte? Oder hielt man den Mund und hoffte, dass der andere dasselbe dachte?

Frank nahm ihm die Entscheidung ab, indem er ihm die Lippen an den Scheitel drückte und flüsterte: »Das war schön.«

Wenn der erste Schritt von jemand anderem gemacht wurde, kam einem die Offenbarung der eigenen Gefühle gleich viel leichter über die Zunge. »Find ich auch«, gestand Don ohne ein Zögern.

»Das ... hab ich gesehen, aber es wundert mich«, murmelte Frank gedämpft.

»Warum wundert dich das?« Er konnte es sich denken, wollte es aber hören, um Frank dagegenreden zu können.

»Weil ... na ja ... ich bin eben nicht besonders erfahren, was solche Dinge angeht.«

»Und trotzdem hast du alles richtig gemacht. Du bist ziemlich feinfühlig. Zumindest hast du dich wie ein Gentleman um mich gekümmert.« Das hatte ihm gefallen. Wem würde es nicht gefallen, im Bett derart verwöhnt zu werden?

Frank gab bloß ein kleines, ungläubiges Schnauben zurück. Offenbar wusste er nicht, wie er ihm widersprechen könnte. Aber überzeugt war er dennoch nicht.

»Du hast das nicht nötig, Frank. Wirklich nicht«, sagte Don und hob den Blick.

»Was?«

»Dich selbst runterzumachen. Ich glaube, das habe ich dir schon mal gesagt. Vielleicht nicht so direkt, drum versuch ich's einfach noch mal. So oft bis du kapierst, dass du ein toller Mann bist. Es gibt nichts, was an dir verkehrt oder falsch oder zu wenig oder zu viel ist.«

Statt einer Antwort schluckte Frank und wollte wegsehen, was durch die Nähe zwischen ihnen kaum möglich war. Sein Atem streifte Dons Gesicht.

Don leckte sich die Lippen, weil sie mit einem Mal trocken geworden waren. »Ich will ja eigentlich nicht über ihn reden, aber ich denke, es ist unausweichlich, dass ich noch mal auf ihn zu sprechen komme. Ich hab nämlich noch was über Everard rausgefunden.«

»Don, ich habe die Wahrheit gesagt, als ich-«

»Hör mir zu. Ich will das Thema hinter mich bringen und es dann nie wieder anschneiden müssen. Everards Mutter ist homophob. War recht deutlich auf einem Familienvideo vom letzten Weihnachten zu sehen, als sie über die *widerlichen Schwuchteln* von nebenan geschimpft hat. Und wie heiß die in der Hölle schmoren werden, weil sie sich in den Arsch ficken und Gottes Gebote missachten. Der übliche Schwachsinn, bei dem mir das Kotzen kommt. Na jedenfalls denke ich, dass sich Everard wegen seiner Mutter zu so einem Arschloch entwickelt hat, wie er es ist. Ich glaube nicht, dass es an dir lag, dass es ... zwischen euch so gelaufen ist. Ganz bestimmt lag es nicht an dir.« Er war immer leiser geworden, denn er hatte während des Redens stockend begriffen, dass er zugab, das Video gesehen zu haben.

Auch in Franks Verstand schien diese Erkenntnis nun zu sickern. Man sah es ihm an, weil seine Miene sich verhärtete und seine Nasenspitze blass wurde.

Don realisierte, dass er einen Fehler gemacht hatte, und wollte es in Ordnung bringen. »Es tut mir leid, dass ich mein Versprechen gebrochen habe. Ich war neugierig und konnte nicht widerstehen, als ich die Datei vor mir hatte.«

In Franks Augen lagen tiefe Scham und – was noch viel viel schlimmer war – Enttäuschung. Er gab ein

Keuchen von sich und saß mit einem Ruck aufrecht im Bett. Er kramte nach seinen Klamotten, die Don um sie herum verstreut hatte.

Don setzte sich ebenfalls auf und schob sich die Brille auf die Nase. Panik toste durch seine Adern wie Strom. Die Härchen an seinen Armen stellten sich auf. Er wollte Franks Rücken berühren, traute sich aber nicht, seine kalten Fingerkuppen auf dessen warme Haut zu legen. »Frank, es muss dir nicht peinlich sein. Ich hab auf dem Tape nichts gesehen, wofür du dich schämen müsstest. Aber ich ... Deswegen war ich so eifersüchtig. Ich dachte ... nachdem du mit Everard ... ich dachte, du hättest ihn lieber als mich.«

»Mir ist gerade völlig egal, was du dachtest«, gab Frank ungewohnt hart zurück und schlüpfte in seine Jeans, ohne sich die schwarzen Shorts angezogen zu haben, die er vorher darunter angehabt hatte. »Du hast gesagt, du willst jemanden, der dich ohne Bedingungen und ohne Grenzen will. Tja, und *ich* will jemanden, dem ich bedingungslos vertrauen kann.«

»Das kannst du. Du kannst mir vertrauen«, warf Don hastig ein und schaute hilflos zu, wie Frank sich das dunkelblaue Hemd überzog. Ein merkwürdiger Schmerz in seinem Unterbauch zwang ihn, sich zusammenzukrümmen. In seinen Fäusten perlten warme Tropfen und der Wolf in ihm jaulte gequält. So laut, dass es in seinen Ohren dröhnte und ihm schwindelig werden ließ.

»Anscheinend kann ich das nicht, weil dein Wort einen Scheißdreck wert ist. Das hast du mir nämlich gegeben. Dein *Wort* darauf, dass du dir dieses Scheißvideo nicht ansiehst.« Der Zorn brachte eine seltsame Schwingung in seine Stimme, die nicht zu ihm zu passen schien.

»Ich schwöre dir hier und jetzt, dass ich nie wieder ein Versprechen breche, das ich dir gebe. Frank, siehst du mich bitte an?« Fast war er überrascht, als Frank seinem Flehen nachgab und sich umdrehte. Unter seinem ablehnenden Blick fühlte Don sich, als würde er in tausend kleine Scherben zerbröseln. Er wurde sich seiner Nacktheit bewusst und empfand sie als höchst unangenehm. Um die Regung abzumildern, legte er sich die Hände in den Schoß und versteckte seine Männlichkeit. »Es tut mir leid«, wiederholte er mit bebenden Lippen, unter denen seine Zähne länger und schärfer wurden. »Ich hätt's nicht tun sollen.«

»Nein, das hättest du nicht«, stimmte Frank ihm zu und erhob sich.

»Wo gehst du hin?«

»Frische Luft schnappen.«

»Und ... und wenn du zurückkommst, reden wir darüber?«

Frank hielt im Türrahmen inne, ohne sich umzudrehen. Seine Schultern hoben und senkten sich in einem mühsam wirkenden Atemzug. »Wenn ich zurückkomme, dann bist du bitte weg.«

Don zuckte zurück, als hätte man ihm einen Schlag ins Gesicht verpasst, und starrte ins Leere, bis die Haustür ins Schloss fiel. Die Stille, die darauf folgte, hatte etwas so Endgültiges an sich, dass er fürchtete, sein Gehör verloren zu haben.

Wie sich herausstellte, hatte er das nicht, denn den trockenen Schluchzer, der seiner Kehle entwich, hörte er sehr wohl.

Was danach kam, dauerte nur wenige Sekunden, war jedoch auf so vielfältige Art schmerzvoll, dass er es niemals vergessen würde. Er verwandelte sich. Nicht in der Trägheit, die er kannte. Es war keine langsame Veränderung, sondern ein regelrechter Ausbruch des Wolfes, als würde er seine menschliche Hülle in Stücke reißen. Eine Explosion, die ihn vor Pein aufschreien ließ. Jener Schrei brach und wurde zu einem Heulen. In dem Moment war er sich sicher, dass er niemals wieder etwas anderes sein würde als ein Wolf ...

10

Nachdem er fast in einen entgegenkommenden Lastwagen gekracht wäre, fuhr Frank den Lexus an den Straßenrand und stellte den Motor samt Radio aus. Er donnerte seine Faust gegen das Lenkrad, bevor sie den Weg an seine schweißfeuchte Stirn fand. Erst als er stand, begriff er, wie weit er bereits gefahren war. Es kam ihm vor, als wäre er halb weggetreten gewesen. Keine guten Voraussetzungen, um sich in den Straßenverkehr zu begeben. Als Bulle sollte ihm das klar sein. Er hatte genug Unfallstellen abgesichert, um zu wissen, wie böse es ausgehen konnte, wenn man sich nicht konzentrierte.

Mit leichtem Druck auf den kleinen Knopf in der Tür ließ er das Fenster herunter, um etwas von der frischen Luft zu bekommen, von der er gesprochen hatte. Die half aber rein gar nicht. Nur Gott konnte ihm helfen, indem er die Zeit zurückdrehte und verhinderte, dass Don diese verschissene Aufnahme in die Finger bekam.

Er dachte daran, dass er schon bei ihrer allerersten Begegnung lieber darauf verzichtet hätte, Hayden das Video abzunehmen, wenn er dadurch dem Risiko entging, dass ausgerechnet der schöne, junge Mann namens Don Leary es sehen könnte. Da hatte er noch nicht einmal etwas für ihn empfunden, wenn man das heftige, unangebrachte Herzklopfen außer Acht ließ. Aber jetzt, wo er seine Verliebtheit nicht leugnen konnte, war es noch viel schlimmer zu wissen, dass Don ihn im Bett eines anderen versagen gesehen hatte. Dass er gesehen hatte, wie ein anderer Mann ihn ablehnte und zurückwies.

Knurrend presste er sich die Faust an den Mund und biss in seine Fingerknöchel, was ihm genauso wenig brachte wie die bescheuerte Frischluft, die viel zu drückend und schwül war, um damit den Kopf freizubekommen.

Dons Beteuerungen, dass er sich für nichts schämen musste, waren ebenso bedeutungslos, wie sein Versprechen es gewesen war. Natürlich musste er sich für das, was in Haydens Schlafzimmer passiert war, schämen.

Mit leiser Verwirrung bemerkte er, dass er sich heute vor Don nicht geschämt hatte, als er bereits kurz nach dem Eindringen gekommen war. Aber es ging ja schließlich weniger um sein Scheitern, sondern um Haydens Verhalten ihm gegenüber, welches zeigte, dass er nicht begehrenswert war.

Aber auch dieses Gefühl hatte Don ihm nie gegeben. Nicht für eine Sekunde, in der sie zusammengewesen waren. Nicht für einen Herzschlag.

Und wenn jemand, der so viel liebenswerter und attraktiver war, als Hayden, ihn nicht für hässlich hielt ... Hatte es dann vielleicht doch nicht an ihm gelegen?

Frank rieb sich die schmerzende Schläfe. Jetzt tat es ihm leid, dass er Don einfach sitzen gelassen hatte. Immerhin hatte er wie ein Häufchen Elend ausgesehen, als Frank ihm den letzten Blick geschenkt hatte.

Deswegen war ich so eifersüchtig. Ich dachte, du hättest ihn lieber als mich.

Sein Magen zog sich zusammen. Wie hatte er darauf antworten können, es sei ihm egal, was Don gedacht hatte? Es war ihm nämlich alles andere als egal, was dieser Mann dachte und fühlte.

»Scheiße, verdammt«, brummte er und hämmerte auf seine Stirn ein.

War es nicht gleichgültig, ob Don das Video angesehen hatte oder nicht? Sie hatten einander noch nicht gekannt und er hatte sich hinreißen lassen. Vermutlich hätte Frank nicht anders gehandelt.

Ja, Don hatte ihm ein Versprechen gegeben, aber wie gesagt waren sie sich fremd gewesen. Die Dinge lagen doch jetzt eindeutig anders, oder etwa nicht? Einen Ausrutscher ganz am Anfang einer Beziehung konnte man bestimmt verzeihen. Zumindest konnte Frank das. Er wollte nämlich nicht schon alles hinschmeißen, bevor sie es richtig miteinander versucht hatten. Er wollte Don.

Seine Finger drehten den Schlüssel im Zündschloss und er wendete sein Auto, um den Weg zurückzufahren, den er fast blind gekommen war.

Er bemühte sich, das Tempolimit nicht allzu weit zu übertreten, was ihm nicht gelang. Wie viel Zeit war vergangen? Fast eine Stunde. Wenn Don beabsichtigte, seiner Bitte nach einem Verschwinden nachzukommen, dann war er inzwischen längst gegangen. Aber Frank gab die Hoffnung nicht auf, sondern trat aufs Gas und machte seinem Ruf als aggressivster Fahrer seines Reviers alle Ehre.

Wenn man ihn aufhielt, würde er sagen, er hätte eine verdächtige Person verfolgt. Das würde zwar einigen Ärger nach sich ziehen, wo er doch nicht im Dienst war, aber darauf konnte er jetzt keine Rücksicht nehmen. Nicht wenn sein Herz so hart gegen seine Rippen schlug, dass er einen Infarkt fürchtete. Nicht wenn es eine Chance gab, dass Don auf ihn gewartet hatte und sie ihren Streit aus der Welt schaffen konnten.

Schlingernd kam er einige Zeit später in seiner Einfahrt an. Er sprang aus dem Wagen, um die wenigen Stufen hinaufzutrampeln und in sein eigenes Haus einzufallen wie ein Cop, der einen Verbrecher überraschen wollte.

»Don?«, rief er im Flur. »Donovan?«

Das Schlafzimmer war leer. Mit der Wohnküche verhielt es sich nicht anders. Auch das Bad war verlassen und da Frank nicht annahm, Don hätte sich im Keller versteckt, musste er die Tatsache akzeptieren, dass er weg war. Mit bebenden Händen griff er nach seinem Handy und drückte auf den Button der Direktwahl, die er schon längst eingerichtet hatte. Er hielt die Luft an, bis es klingelte, und sie blieb ihm weg, als er ein Smartphone in seinem Schlafzimmer vibrieren hörte.

Erst jetzt bemerkte er, dass Dons Kleidung noch hier war. Mit seinem eigenen Telefon in der Linken kramte er dessen Handy aus der Jeans. Was er auf dem Display sah, ließ ihn innehalten und auf den Bildschirm starren, der ihm ein Bild von sich in Uniform samt Schirmmütze zeigte. Don musste es aus dem Internet haben.

Zögerlich legte er auf und das Foto verwandelte sich in eine schlichte Meldung eines verpassten Anrufs.

Weil ihm die Beine plötzlich zitterten, ließ er sich auf das Bett fallen, auf dem sie kurz zuvor Sex gehabt hatten. Dieser Gedanke fesselte einen Moment seine Aufmerksamkeit. Wie Don dabei ausgesehen hatte – sich in die Unterlippe beißend und das Gesicht verziehend. Wie seine weiche, glatte Haut gerochen hatte. Wie er sich geräkelt und gestöhnt hatte ...

Frank holte tief Luft. Sie weitete seine eng gewordene Brust.

Warum waren Dons Klamotten noch da, er aber nicht? Er würde doch wohl kaum nackt nach Hause gelaufen sein.

In seinem Schädel überschlugen sich alle möglichen Gedanken und Mutmaßungen. Da sie sich zu nichts Sinnvollem zusammensetzen ließen, stand er auf und sammelte Dons Sachen ein. Vielleicht würde sich dann der Knoten in seinem Hirn lösen oder ihm die Antwort in den Schoß fallen.

Die Jeans hielt er bereits in den Händen. Mit einem Handgriff kontrollierte er, ob sich die Brieftasche noch darin befand. Tat sie.

Dann waren da noch enge Shorts, ein ausgefallenes Hemd, von denen Don eine unendliche Anzahl zu besitzen schien, Socken, flache Schuhe ...

Als er schließlich die große Fliegerbrille mit dem goldenen Rand in den Fingern hielt, schlug seine Verwirrung in Sorge um. Schon die Annahme, Don könnte nackt fortgegangen sein, war absurd, noch abwegiger war allerdings jene, er könnte ohne Brille abgehauen sein.

Sie hatte auf dem Teppich gelegen. Nicht auf dem Bett, wo er sie für ihr Zusammensein abgelegt hatte. Warum war sie auf dem Boden? Und weshalb lagen seine Ringe daneben? Aus welchem Grund hätte er sie abnehmen sollen?

Er sah sich noch einmal im Zimmer um. Diesmal genauer und mit dem Blick eines Polizisten. Wenn er vielleicht auch kein besonders guter war, so hatte er in seiner Laufbahn doch einiges gelernt.

Es sah nicht nach einem Kampf aus. All seine Besitztümer standen an Ort und Stelle. Nichts war verrückt oder umgeworfen worden. Nichts fehlte.

Auch in den anderen Räumen schien alles wie immer.

Er kehrte ein weiteres Mal ins Schlafzimmer zurück, in dem es nach Dons Parfum und Sex roch. Und dort entdeckte er sie. So unauffällig und dezent, als wollten sie sich vor ihm verstecken. Fast hätten sie es geschafft.

Behutsam zog er die Bettdecke glatt und starrte auf die blutigen, kleinen Pfotenabdrücke hinunter. Der Anblick bohrte sich mitten in sein Herz und ließ ihn vor Qual das Gesicht verziehen. James' Worte schossen ihm durch den Kopf. *Ja, mit ungewöhnlichen Schwierigkeiten.* Was hatte er mit der dummen Zankerei bloß angerichtet? Fluchend schob er sich Dons Brille in die Brusttasche und lief zurück zum Auto.

*

Die Sonne ließ ihre Strahlen zwischen den Bäumen ringsum hindurchfallen und beleuchtete besonders den Weiler auf der Lichtung. Alles war ruhig und schien fast verlassen.

Frank eilte zu Foremans Hütte und klopfte fest gegen die Tür. Fast ein wenig zu fest, aber auf der Fahrt hierher hatte sich seine Besorgnis gesteigert und war zu einer rasenden Angst geworden.

Er lauschte und versuchte dabei, das Rauschen seines Blutes auszublenden. Im Inneren des Häuschens tat sich nichts. Er klopfte erneut und hielt sich noch weniger zurück als beim ersten Mal. Scheiße, warum hörte er nicht die schlurfenden Schritte des alten Mannes? All seine Hoffnung hatte in der Annahme gelegen, Don hätte bei seinem Gastgeber Unterschlupf gefunden. Er hatte gehofft, Don wäre in guten Händen. Aber dem schien nicht so zu sein.

Drinnen blieb alles still und hinter den dünnen Storen der Wohnzimmerfenster rührte sich nichts.

Frank machte auf dem Absatz kehrt und lief auf das größte der wenigen Häuser zu. Es gehörte Archie, dem Oberhaupt des Weilers, und er bewohnte es mit seinem Lebensgefährten. Nachdem Kitty in Santiagos Hütte gezogen war, hatten die beiden ihr Reich ganz für sich. James sagte immer, dass er nicht wisse, wer sich mehr darüber freue. Kellan, der es beteuerte, oder Archie, der es leugnete und den Griesgram spielte.

Auch hier hämmerte er mit der Faust gegen die Eingangstür, sodass sie im Rahmen vibrierte. Er wollte etwas rufen, um sich bemerkbar zu machen, aber ihm fiel nicht ein, was er sagen könnte.

Es war auch nicht nötig, dass er durch die Gegend brüllte, denn ein paar Herzschläge später stand Archie vor ihm.

Der wirkte nicht gerade erfreut. »Officer Davis?«

Frank nickte, als müsste er bestätigen, dass er das war.

»Kann man behilflich sein? Hat Gabe sich was zu Schulden kommen lassen?«, fragte Archie misstrauisch und nickte mit dem Kinn in die Richtung, in der sich Foremans Haus befand.

Frank schüttelte den Kopf. Bildete er sich das ein oder ging von dem gelassenen Mathematiker tatsächlich ein Hauch von Nervosität aus? »Ich suche Don.«

Mit unverhohlener Ablehnung schob Archie die Lippen zu einem Schmollmund vor. »Es ist besser, du gehst jetzt«, erwiderte er und wollte ihm die Tür vor der Nase zudrücken.

Doch Frank ließ es nicht zu, sondern stellte dreist seinen Fuß in den Weg.

Archie hob die buschigen, grauen Augenbrauen und machte einen erstaunten Eindruck. Als pensionierter Professor war er sicherlich mehr Respekt gewohnt.

»Ich muss mit ihm sprechen«, sagte Frank.

»Ich sage es noch ein Mal. Es ist besser, du gehst«, wiederholte Archie mit gesenkter Stimme, die unüberhörbar eine Drohung übermittelte.

Aber Frank ließ sich nicht einschüchtern. »Und ich sage noch einmal, dass ich mit ihm sprechen muss. Ihr könnt mich nicht von ihm fernhalten.« In seiner Panik brach aus ihm hervor, was er James versprochen hatte, geheim zu halten. »Ich weiß, dass er sich verwandelt hat! Irgendetwas stimmt nicht mit ihm! Lasst mich zu ihm!«

Ein Klicken ließ ihn erstarren. Es war das Spannen eines Hahns. Das Vorbereiten einer Waffe – einer Winchester, um genau zu sein.

Frank richtete den Blick an einem schweigenden Archie vorbei und sah in die Mündung des Jagdgewehrs.

»Wie viel weißt du und wer hat es dir erzählt?«, fragte Kellan dunkel, während er aus dem Schatten des Flurs auf die Veranda trat.

Frank war gezwungen, eine Stufe nach unten zu nehmen, wenn er keinen Gewehrlauf ins Auge bekommen wollte. Überraschenderweise schlug sein Herz langsamer als zuvor. Das hier war eine Situation, mit der er besser umzugehen wusste, als mit dem Streit zwischen Don und ihm. Man hatte ihm schon des Öfteren mit einer Waffe vor dem Gesicht herumgefuchtelt. Im Gegensatz dazu hatte er noch nie mit jemandem gestritten, in den er sich verliebt hatte. Er hatte auch noch nie mit jemandem gestritten, der sich danach in einen Wolf verwandelt hatte.

»Nimm das Gewehr runter, Kellan«, sagte er leise und hob beschwichtigend die Hände, um seinem Gegenüber in Erinnerung zu rufen, dass er unbewaffnet war.

»Erst antwortest du auf meine beschissene Frage.«

»Sonst was? Willst du mich erschießen?«

»Ich würde es nicht herausfordern.«

»Das ist doch lächerlich. Ich will nur mit Don sprechen. Euer Geheimnis ist bei mir in Sicherheit.«

»Was ist hier los, zum Teufel?«

Frank wandte sich zögerlich zu der aufgebrachten Frauenstimme um, die er im Rücken hörte und die ihm bekannt war. Tatsächlich eilte Lorraine auf sie zu und schnitt eine böse Grimasse. Das konnte sie wirklich gut.

»Der da weiß irgendwas.« Kellan deutete mit dem Gewehr auf Frank.

»Natürlich weiß er es!«, konterte Lorraine zornig. »Er war James' Partner und hat ihm das Leben gerettet, als er angeschossen wurde. James hat sich vor Franks Augen verwandelt.«

»Es?«, hakte Archie nach. Er war blass.

»Ja, es. Nicht nur irgendwas, sondern alles. *Alles* weiß er«, klärte Lorraine die beiden auf und fuchtelte wild mit den Armen. »Jetzt nimm das Scheißding runter. Frank weiß schon seit über einem Jahr Bescheid und nichts ist nach außen gesickert, oder etwa doch?«

Mit sichtlichem Widerwillen ließ Kellan die Waffe sinken, aber erst, nachdem Archie ihn hinten am Hemd gezupft hatte.

»Darf ich jetzt bitte mit Don reden?«, flehte Frank und war nah dran, die Hände in Bettlermanier zu falten und auf die Knie zu gehen.

»Er ist nicht hier«, sagte Lorraine nach einem Zögern.

»Foreman ist mit ihm unterwegs«, fuhr Archie schließlich fort. Offenbar war er zu dem Schluss gekommen, dass man ihm vorerst trauen konnte. »Der Bursche hat den Wolf nicht unter Kontrolle und kann sich nicht zurückverwandeln, wenn er einmal in dessen Fell steckt.«

Frank stieß Luft aus und musste sich am Geländer festhalten, weil seine Beine unter ihm nachzugeben drohten. Da machte er sich vor Sorgen verrückt ... und dann stellte sich heraus, dass alles noch viel schlimmer war, als er es sich vorgestellt hatte.

*

Ihre Bemühungen waren nicht von Erfolg gekrönt. Kurz bevor sie das Dörfchen erreichten, nahm Foreman seine menschliche Gestalt an und griff nach den Kleidern, die er vorhin auf eben diesem Fleck abgelegt hatte.

Don beobachtete es mit Neid. Der andere konnte wieder auf zwei Beinen stehen, sie in eine Hose hüllen, konnte mit seinen Lippen Worte formen, konnte lächeln und seine Hände benutzen.

Er unterbrach sein Hecheln, um leise zu fiepen und sich die Lefzen zu lecken. Das Laufen hatte ihn müde gemacht und ihn sabbern lassen. Doch zurückverwandelt hatte es ihn nicht. Es hatte ihm auch keine Freude bereitet, obwohl das vermutlich eher an dem Umstand lag, warum und wie der Wolf an die Oberfläche gekommen war. Frank hatte ihn weggeschickt und wollte nichts mehr mit ihm zu tun haben. Sein Maul öffnete sich und er heulte seinen Schmerz hinaus.

»Wird schon werden, Junge«, murmelte Foreman und kam, um ihm über den Kopf zu streichen. Ein Lächeln umspielte seinen Mund, aber auch er war erschöpft und vielleicht sogar ratlos. Wenn ein weiser Mann nicht mehr weiterwusste, was dann? Wer konnte ihm dann noch helfen?

Nach einem weiteren Tätscheln wandte Foreman sich ab und ging Richtung Weiler. »Na komm. Jetzt essen wir was und dann sehen wir weiter.«

Don hatte keinen Hunger. Auf diesen dummen Pfoten trottete er hinter Foreman her und zog die blöde Rute zwischen seine Hinterläufe. Es machte ihn verrückt, dass sie dort hinten herumbaumelte. Alles an seinem Zustand machte ihn verrückt.

Er wollte wieder ein Mensch sein, normal sein ... er wollte Frank noch einmal um Verzeihung bitten. Diesmal beharrlicher und so lange, bis der seine Entschuldigung annahm. Aber er war ein Gefangener in einem fremdartigen Körper und konnte nichts unternehmen, um die Dinge in Ordnung zu bringen.

Foreman hielt ihm die Hintertür zu Kellans und Archies Heim auf und Don betrat es. Er sah sich in der Spiegelung des Geschirrspülers, wandte sich jedoch schnell von dem mickrigen Wolf ab, den er darstellte.

Für gewöhnlich stand um diese Zeit bereits das Essen auf dem Tisch. Man konnte die Uhr nach Kellans Hunger stellen. Aber ein köstlich duftendes Chili köchelte auf dem Herd vor sich hin und der Crock-Pot war ebenfalls gefüllt. Kellan hatte vermutlich ein Chili ohne Fleisch für ihn gemacht.

»Kell? Archie?«, rief Foreman und brach sich ein Stückchen von dem Weißbrot ab, das ungeschnitten auf dem Holzbrett lag.

»Im Wohnzimmer«, kam leise von Kellan zurück. »Wir haben Besuch.«

»Donovan hat Besuch«, korrigierte Archie in seiner oberlehrerhaften Art. »Bring ihn bitte herein, Gabe.«

Don stutzte. Hatten sie etwa jemanden engagiert, der ihm bei seinem heiklen Problem helfen konnte?

Aber wer sollte das sein und warum hätte man ihn mit keinem Wort gewarnt? War es vielleicht der örtliche Hundefänger, der ihn einkassieren und ins Tierheim bringen würde, damit er im Weiler keine Unruhe mehr stiftete? Bedachte man Archies Gesichtsausdruck, als Foreman ihm von Dons heimlichen Besuchen bei Frank erzählt hatte, hielt er das sogar für wahrscheinlich. Und vor allem die Miene, die er aufgesetzt hatte, um danach zu fragen, ob jemand Don in seiner wölfischen Gestalt durch die Stadt hatte laufen sehen.

Mit Garantie konnte er nicht behaupten, dass es nicht so war. Obwohl er sich natürlich die vielen Hecken und Schlupfwinkel der Gärten zu Nutzen gemacht hatte. Aber wissen konnte man nie, ob nicht jemand am Fenster gestanden und zufällig aus diesem geschaut hatte. Dumme Zufälle passierten eben. So wie er seiner Mutter passiert war, neun Monate bevor sie ihn weggegeben hatte.

Foreman trat durch den offenen Türbogen, der ins Wohnzimmer mit den vielen ausgestopften Tieren führte, hob die Augenbrauen und lächelte. »Na komm«, forderte er Don mit einem sachten Nicken auf.

Scheu tapste er durch die Küche und als er den ersten Teppich unter den Pfoten spürte, sah er, wer in dem Stuhl der dunkelbraunen Ledergarnitur gesessen hatte, bis er für ihn aufstand, wie der Gentleman, der er war.

Don schüttelte sich und fiepte leise. Er verstand nichts mehr. Warum sah Frank überhaupt nicht verwundert aus, sondern lächelte ihn sogar zaghaft an?

»Gibst du mir ein paar Minuten, damit ich mich bei dir entschuldigen kann?«, fragte er und hielt die Hände vor dem Bauch zusammen, wobei er schüchtern mit seinen Fingerkuppen spielte. Don bekam Bauchkribbeln, bis er sich daran erinnerte, was er gerade war. Ein Wolf.

Nicht mal ein beeindruckender, sondern ein schwächlicher, zu klein geratener. Einer, der nicht die Stärke besaß, seine Form zu wandeln, wenn er das wollte. Er wich einen Schritt zurück.

Franks Lächeln verschwand und er setzte einen verletzten Blick auf, der Don im Herzen wehtat. »Donovan, bitte.« Es war fast ein Flüstern.

Kellan erhob sich und ergriff Archie am Oberarm, damit auch dieser aufstand. »So, wir machen jetzt einen Verdauungsspaziergang.«

»Wir haben noch nicht mal gegessen«, protestierte Foreman.

»Man kann auch vor dem Essen schon mit dem Verdauen anfangen. Los jetzt.«

Die drei alten Männer, die unterschiedlicher nicht sein könnten, was sowohl ihren Charakter als auch ihr Aussehen miteinbezog, verließen den Raum und dann das Haus. Die Tür wurde ins Schloss gezogen und Stille kehrte ein.

Don fiepte erneut, obwohl er es gar nicht wollte. Aber er wollte ja auch kein verfluchter Wolf sein!

»Es tut mir leid, dass ich überreagiert habe«, sagte Frank und knetete seine Finger. Seine Knöchel wurden abwechselnd weiß und rot. »Du hast mir ein Versprechen gegeben, aber wir kannten uns noch nicht. Du wolltest mir mit dem Schwur einen Gefallen tun und hast ihn gebrochen, weil du vermutlich dachtest, wir beide würden uns ohnehin nie wiedersehen.«

Don schüttelte sein felliges Haupt, weil diese Vermutungen nicht der Wahrheit entsprachen. Er war von Anfang an eifersüchtig gewesen und wollte wissen, was Frank mit Everard getrieben hatte. Und er hatte schon beim ersten Blick auf Frank gewusst, dass er ihn wiedersehen wollte.

»Nicht?«

Don schnaubte und schüttelte ein weiteres Mal den Kopf.

Frank leckte sich die Lippen und schien nicht zu wissen, wie er sich mit einem Wolf unterhalten sollte. Don wusste es genauso wenig. »Dann ... hattest du andere Gründe, dir das Video anzusehen?«

Don nickte.

»Waren es denn gehässige Gründe? Wolltest du mir schaden oder mich verspotten?«

Ein Jaulen entwich Don. Er scharrte mit den Vorderpfoten und rüttelte seinen Körper durch, als wäre das dichte Fell nass geworden.

Frank schmunzelte ihn liebevoll an. »Du siehst langsam aus, als wärst du an einen schlechten Friseur geraten«, merkte er neckisch an und senkte kurz den Blick. »Aber trotzdem unglaublich süß. Du bist sonst so groß.«

Damit sollte er eigentlich einen wunden Punkt treffen, doch seine Worte, gepaart mit dem verschmitzten Lächeln, bewirkten das Gegenteil. Die dämliche Rute an Dons Hintern staubwedelte vor sich hin. Heilige Scheiße, er wedelte für diesen Mann wie ein Schoßhündchen!

Und er könnte sich keinen besseren vorstellen, für den er das tun wollte ...

»Don, wenn du keine bösen Hintergedanken hattest, dann will ich dir verzeihen und ebenfalls um Verzeihung bitten. Ich wollte dich nicht rauswerfen. Nicht wirklich. Ich bin nur einfach nicht gut im ... Reden. Schon gar nicht, wenn es um so unangenehme Dinge geht.« Über seinem Bart erblühten rosafarbene Flecken. »Natürlich war ich auch enttäuscht, aber ich denke, es war nicht angebracht. Nicht in diesem Ausmaß. Ich weiß, dass du eine zweite Chance verdienst.«

Don wollte ihm noch einmal hoch und heilig schwören, dass er sie diesmal nicht vermasseln würde. Leider ging das im Moment nicht und er speicherte in seinem Hirn ab, dass er das nachholen musste. Er machte einen unsicheren Schritt auf Frank zu. Wie würden sie jetzt miteinander umgehen? Würde Frank ihn streicheln? Wollte er das überhaupt oder bevorzugte er ein wenig Abstand zwischen ihnen, solange Don in diesem Zustand war?

»Nimmst du meine Entschuldigung an?«, fragte Frank und klang, als würde er die Antwort tatsächlich nicht kennen. Dabei war sie eindeutig.

Don neigte das Haupt in einem langsamen Nicken, damit Frank es auch ganz sicher verstand. Der stieß leise Luft aus. »Danke.« Dann tat er etwas, womit er Don zutiefst überraschte. Er ging auf die Knie und streckte die Hände kaum merklich in seine Richtung.

Nach einem harten Schlucken, welches sich durch den wölfischen Körperbau am ersten Tag immer seltsam anfühlte, tapste Don in seiner unbeholfenen Art direkt in Franks Arme. Es war ihm peinlich, dass er als Wolf derart tollpatschig war. Er mochte seine lässige Art und seine Coolness, die so viel von seinen Unsicherheiten überspielen konnte. Die verlor er jedoch stets während der Verwandlung.

Frank schien nichts davon zu kümmern. Auch Dons Gestalt störte ihn offensichtlich nicht. Er umfasste ihn und vergrub die Finger in seinem Fell, um ihn zu liebkosen. »Ich bin so froh, dass dir nichts passiert ist. Da war Blut auf meinem Bett. Du kannst dir nicht vorstellen, was für Sorgen ich mir gemacht habe«, flüsterte er und drückte seine Wange an Dons schmalen, länglichen Kopf.

Don presste sich an Frank, als könnte nur dieser ihn vor dem Fall bewahren. Er fiepte kaum hörbar und drängte sich dichter zwischen Franks Schenkel.

Frank begriff trotz ihrer Kommunikationsprobleme, was er sagen wollte. »Nein, ich mache mir jetzt keine Sorgen mehr. Archie und Kellan haben mir erzählt, dass du deine Verwandlung noch nicht unter Kontrolle hast. Und dass du Angst hast. Aber die brauchst du nicht zu haben. Ich kenne dich inzwischen gut genug, um zu wissen, dass du auch diese Sache meistern wirst.« Er griff ihm ans Ohr, massierte es sachte, woraufhin Dons

Rute wieder den Staubwedel machte. »Ich bin für dich da.«

Don drückte vor Wonne die Augen zu und schnaubte mit einer Zufriedenheit, die ihn selbst verwirrte. Es tat alles so gut. Die Worte, die ihm zugeflüstert wurden; die Berührungen, mit denen Frank ihm seine Zuneigung zeigte, obwohl er gerade nicht mehr als ein Hündchen war; und vor allem die Erkenntnis. Er hatte immer geglaubt, nicht stark genug zu sein, um all das durchzustehen – um klarzukommen. Jetzt begriff er, dass er das auch nicht sein musste, denn er hatte jetzt jemanden, der stark genug für sie beide war. Plötzlich war da der Drang in seiner Brust, Frank zu küssen, und ließ sich fast nicht bezähmen, obwohl ein Kuss völlig unmöglich war. Der Druck in ihm wurde für einen Moment unerträglich und dann spürte er, wie sich der Wolf zurückzog. Völlig freiwillig und mit einer zur Schau gestellten Gnädigkeit. *Na, wenn ihr euch so dringend küssen müsst ...*

Es ging langsam und er fühlte keinen Schmerz. Beinahe war er überrascht, dass er nach der grauenvollen Verwandlung zuvor noch heil war, als er schließlich nackt auf dem Boden zwischen Franks Beinen kniete.

»Fuck, das war nicht geplant. Nichts, was dieser Wolf macht, ist je geplant«, murmelte er peinlich berührt, aber Frank hatte bereits nach einem Plaid gegriffen und es dicht um seinen Rücken geschlungen.

»Na, da hat 'der Wolf' ja einiges mit dir gemein, meinst du nicht?«, sagte Frank schmunzelnd und sah ihm in die Augen. Sein Atem streifte Dons Gesicht, was sich wie eine Liebkosung anfühlte. »Deine Brille ist in meiner Brusttasche.«

»Danke, aber die brauch ich jetzt nicht. Solange ich deinen Mund ohne sie finde«, flüsterte Don heiser und beugte sich vor, um Franks warme Lippen mit den seinen zu berühren. Und sie küssten zurück.

11

Zwei volle Tage und Nächte waren sie einander nicht von der Seite gewichen. Foreman hatte Frank bereitwillig in seinem Haus aufgenommen und Kellan sowie Archie hatten sich schneller an Frank gewöhnt, als Don erwartet hatte. Auch alle anderen im Weiler schienen ihn inzwischen ziemlich gern zu haben. Aber Frank war halt einfach der liebenswerteste Mensch, den diese verdammte Welt zu bieten hatte. Wie könnten sie ihn nicht mögen? Mit all dem schüchternen Charme, dem Lächeln, das sogar durch den dichten Bart hindurch strahlte, und seiner zuvorkommenden Art, die einem nie das Gefühl gab, dass er einem bloß gefallen wollte – stattdessen spürte man, dass er seine Freundlichkeit ernst meinte.

Don wollte das Abendessen genießen und die ausgelassene Stimmung in sich aufsaugen, die am Tisch herrschte, aber James' Abwesenheit ließ ihn nicht vergessen, was heute Nacht passieren würde. Everards Deal mit dem Russen stand an. Es waren alle Vorbereitungen getroffen und sie hätten nicht besser auf Nummer sicher gehen können. Das änderte jedoch nichts daran, dass Frank sich in Gefahr begeben würde. Er könnte angeschossen werden oder schlimmer ...

Kitty lachte über einen Witz, den Santiago gemacht hatte, während er sich über ihren Teller beugte, um sich ein Brötchen aus dem Korb zu nehmen.

Archie verdrehte die Augen, was seine Tochter weiter anzustacheln schien.

»Wie sagte Paul Erdős so schön? Ein Mathematiker ist eine Maschine, die Kaffee in Theoreme umwandelt«, grinste sie und spielte mit der Gabel.

»Der arme Mann ist länger tot, als du auf der Welt bist«, gab Archie in einem erzwungen missbilligenden Tonfall zurück, obwohl man sehen konnte, dass er sich amüsierte. Anscheinend hing er zu sehr an der Rolle des Griesgrams, als dass er diese Maske vor anderen Leuten mal ablegen würde. Don mochte ihn trotzdem.

Er mochte sie alle. Ihm war klar geworden, was er an diesen Leuten hatte. Sie waren fast schon eine Ersatzfamilie für ihn. Und Frank führte sie alle an, war sein Fels in der wildesten Flut, sein Liebhaber und sein bester Freund. Trotz der kurzen Zeit, die sie sich erst kannten, konnte er das ohne Zweifel behaupten.

»Ja, im neunten Inning wurde es spannend«, antwortete Frank auf eine Frage von Brennan, die Don überhört hatte.

»Oh ja, da wurde ich auch ziemlich unruhig«, warf Lorraine ein und zuckerte ihre frisch geschnittenen Erdbeerspalten, die als Dessert dienten.

»Wirklich spannend«, nickte Brennan, obwohl er eigentlich mehr auf Football als auf Baseball stand.

Nick grinste mit vollem Mund. »Ich kann es bestätigen, obwohl ich nichts davon verstehe, aber Brennan wurde so laut, dass ich mich nicht mehr auf mein Buch konzentrieren konnte.«

Frank lachte und schob sich ein paar scharf gewürzte Nudeln zwischen die Lippen, während er scheinbar unbewusst mit dem Daumen über Dons Handrücken strich. Sie hielten schon die ganze Zeit über Händchen und Don graute vor dem Moment, in dem er diese Finger loslassen musste.

Der kam allerdings schneller, als ihm lieb war. Foreman räusperte sich und legte die Serviette weg, mit der er sich gerade abgetupft hatte. Es wurde ruhig und Don kam es so vor, als wäre die Ausgelassenheit nur vorgetäuscht gewesen. Wenn ein einfaches Räuspern alle zum Verstummen brachte, hatten sie offenbar nicht vergessen, dass es kein gewöhnlicher Abend war.

»Wir sollten aufbrechen«, sagte Nick, der nun wieder ernst und grimmig wirkte, während er sich als Erster erhob.

Brennan folgte seinem Beispiel und auch Frank und Don kamen in die Höhe. Foreman hievte sich als Letzter von seinem Stuhl und rieb sich das knackende Kreuz.

Kellan, der wie Don die ganze Zeit über kein Wort gesagt hatte, ergriff es jetzt: »Dass mir morgen früh bloß keiner von euch zu spät zum Frühstück kommt. Ich habe Unmengen an leckerem Zeug für jeden Einzelnen eingekauft.«

Niemand sagte etwas, aber alle wussten, was Kellans Ermahnung zu bedeuten hatte: er machte sich Sorgen um sie. Dons Beine zitterten.

»Alles Gute, Leute«, meinte Santiago, der gerne mitgekommen wäre, es aber nicht auf einen Krach mit seiner Angebeteten ankommen lassen wollte, die ihm verboten hatte, sie zu begleiten.

Nikolaj nickte ihm zu. »Lasst uns gehen«, forderte er dann leise auf.

Ein paar gemurmelte Abschiedsgrüße waberten durch die warme, nach Essen riechende Luft und verschwanden in den dämmrigen Abend hinaus, als sie Nick auf die Veranda folgten.

Don ließ sich mit Frank an der Hand zurückfallen, um etwas Privatsphäre zu haben. »Und du fährst jetzt zu dir nach Hause?«, fragte er, während sie auf die Autos zugingen.

Frank warf ihm einen Seitenblick zu. »Ja.«

»Everard holt dich dann dort ab?«

»So ist es ausgemacht«, sagte Frank mit gesenkter Stimme und drückte seine Finger. »Du passt auf dich auf, ja?«

»Klar.«

Nick drehte sich zu ihnen um und winkte kurz, bevor er in den Mercedes stieg. Brennan zögerte bei geöffneter Beifahrertür. »Vorsichtig sein, Frank. Wird schon gut gehen.«

Frank nickte nur, schien sich aber über Brennans Aufmunterung zu freuen.

Foreman warf ihnen einen langen Blick zu und setzte sich in seine Rostlaube, in der auch Don gleich hocken würde. Aber erst musste er sich von Frank verabschieden. Dazu zog er ihn nah zu sich heran und umarmte ihn.

»Sag, dass du heil zurückkommst.«

»Ich komme heil zurück«, flüsterte Frank und streichelte ihm den Rücken. Seine Wärme tat so gut, dass Don ihm die Hände unter den Pullover schieben wollte. Er ließ es nur bleiben, weil seine Finger zu sehr bebten und er es Frank nicht spüren lassen wollte. Zumindest wollte er ihn nicht extra darauf aufmerksam machen.

»Sag, dass du mich liebst«, forderte Don heiser. Sie hatten sich die drei Worte noch nicht gesagt.

Vielleicht war es zu früh dafür, aber er wollte sie hören, falls Frank dazu bereit war.

Der beugte sich vor, liebkoste mit der Wange seine Schläfe und flüsterte ihm ins Ohr: »Ich liebe dich.«

Don vergrub die Nägel in Franks Schultern, an denen er sich festhalten musste, denn der Boden unter seinen Füßen schien sich von einer Sekunde auf die andere verabschiedet zu haben. Sein Herz raste wie irre und in seinem Bauch kribbelte es dermaßen, dass die Übelkeit schlimmer wurde. Frank hatte es wirklich und wahrhaftig gesagt! In sein Ohr, in seine Seele, in sein Alles.

Als warme Fingerspitzen seinen Kiefer berührten, hob er den Kopf und küsste Frank so stürmisch, dass sie keine Luft mehr bekamen. Frank packte ihn fester und ballte die Fäuste um das schlichte, schwarze Hemd, welches Don trug. Es tat so gut ... Immer wieder.

Sie sahen sich ein weiteres Mal lange und tief in die Augen, und Don wollte in den indigoblauen Flammen ertrinken oder verbrennen, was auch immer es sein würde. Dann folgte ein letzter, harter Kuss und ihre Wege trennten sich.

Don beobachtete durch die staubige Frontscheibe von Foremans Wagen, wie Frank in seinen Lexus stieg und die Tür hinter sich zuzog. Man hörte sie dumpf in den Rahmen fallen. Erst, als die Rücklichter im Wald verschwanden, bemerkte er mit beißendem Entsetzen und einer unbändigen Wut auf sich selbst etwas, das ihn die Faust gegen das Seitenfenster schlagen und derb fluchen ließ. Er hatte die Liebeserklärung vor Aufregung nicht erwidert ...

*

Trotz all der Scheiße, die Hayden mit ihm abgezogen hatte, kam Frank sich jetzt wie ein verfluchter Verräter vor. Er hockte seelenruhig mit dem Typen im Auto, den er gleich richtig vor die Wand fahren lassen würde. Na ja, das mit dem seelenruhig war eigentlich gelogen – er war verflucht nervös. Es gab enorm viele Dinge, die schiefgehen könnten. So viele Zahnrädchen und es brauchte nur ein einziges Sandkorn, um das ganze Getriebe zum Stocken zu bringen. Was im konkreten Fall bedeutete, dass mit ziemlicher Sicherheit jemand zu Schaden kommen würde.

Diesmal näherten sie sich der Kiesgrube von der anderen Seite und nahmen den direkten Weg, anstatt das Auto irgendwo zu parken und zu Fuß zu gehen. Die Straße schlängelte sich zwischen den Bäumen durch, die lichter wurden, weil sie dem Baggersee Platz machten.

Hayden lachte plötzlich. »Was hast du dir da eigentlich für ein Schnuckelchen angelacht, Mr Frank Davis? Ich bin ja fast neidisch!«

Franks Herz raste. Hatte Hayden irgendwie von dem Plan erfahren? Er zwang sich zu einem Schlucken, um die Übelkeit zurückzudrängen, und fragte ruhig: »Wovon redest du?«

»Der Lange, Schlanke mit der komischen Brille, der aussieht, als wäre er aus einem Modemagazin gehüpft. Der, der hier überhaupt nicht herpasst. Wo hast du den an Land gezogen? Und wie?«

Er konnte nur von Don sprechen, aber woher wusste er von ihm? Panik kroch ihm durch die Gedärme und sein Magen knurrte, als verlangte er ein Stück Beruhigungsschokolade. Frank verspürte den Drang, seine Faust gegen die Tür zu schlagen. Scheiße! »Ich weiß nicht, wen du meinst.«

»Lüg doch nicht. Hast du Angst, dass ich ihn dir wegnehme?« Hayden lachte sein unbekümmertes Lachen, welches ahnen ließ, dass ihm gar nicht bewusst war, wie sehr er sich gerade wie ein Arschloch verhielt. »Keine Sorge. Hab ich nicht vor. Der wäre mir zu jung, von der Art her. Aber er ist zweifellos süß.«

»Kommst du dann endlich zum Punkt?!«, brach es aus Frank hervor und er bemerkte mit einem Hauch von Genugtuung, wie Hayden bei seinem zornigen Tonfall zusammenzuckte.

»Es gibt keinen Punkt, Mann. Ich fand's nur nett, wie er dich in Schutz nehmen wollte«, sagte Hayden genervt, aber doch auch irgendwie nachsichtig, beinahe freundlich. »Auch wenn seine Vorstellung fast wie aus nem Teeniefilm war. Angepeilt hat er wohl eher eine Szene aus dem Paten oder so.« Das Grinsen kam zurück und er kaute auf dem Kaugummi, den er seit Beginn der Fahrt im Mund hatte.

Frank biss die Zähne zusammen. »Ich hab keine Ahnung, wovon du quatschst. Sei so gut und klär mich auf.«

»Hat er's dir nicht erzählt? War ihm sicher zu peinlich, nachdem das Ganze nicht so geklappt hat, wie er sich das vorgestellt hatte.«

»Hayden.«

»Ja, ja. Er hat mir 'ne E-Mail geschrieben und mich ins Patterson's zitiert.«

»Bitte was?«

»Oh ja. Und als er kam, hat er versucht, mir zu befehlen, dich in Ruhe zu lassen. Er hat uns beobachtet, als ich zu dir gekommen bin, um wegen dieser Sache hier zu reden.«

Franks Finger schlangen sich um den Türgriff, weil sie etwas zum Festhalten brauchten. Das wollte alles nicht ganz in seinen Schädel. Don hatte … eine derart filmreife Nummer abgezogen, um Hayden von ihm fernzuhalten?

»Ich hab ihm dann aber schnell klargemacht, dass so 'ne Scheiße bei mir nicht zieht.«

Franks schlechtes Gewissen wegen seiner krummen Tour und dem Verrat an seinem Partner verflüchtigte sich ebenso eilig wie die Abgase, die Haydens BMW aus dem Auspuff blies. »Was hast du getan?«, fragte er mit einer Schärfe in der Stimme, die er nicht von sich kannte und die auch Hayden neu war. Für einen Moment sah er nicht die Straße, sondern ihn an. Verwundert und zugleich ein wenig spöttisch.

»Reg dich ab. Ich hab ihn nicht angerührt, aber ich hätt's getan, wenn er nicht das Füßchen vom Gas genommen hätte. Hab ihm gesagt, dass er sich nicht mit mir anlegen soll, und bin gegangen. Das war's. Ende der Geschichte.«

»Du wirst ihn auch zukünftig in Ruhe lassen, hast du das kapiert?«

Wieder dieses dämliche Lachen, das man ihm am liebsten eigenhändig aus der Kehle reißen würde. »Nach dem Stand der Dinge sieht es eigentlich so aus, als hättest du keine Forderungen zu stellen.«

Hätte Frank sich nicht schnell und schmerzhaft auf die Zunge gebissen, hätte er Hayden in die Fresse geschrien, dass er den Stand der Dinge *verkannte*.

Aber er biss sich ja auf die Zunge. Und so konnte er den Mund halten.

Don war ernsthaft zu Hayden gegangen und hatte … Ja, was eigentlich? Um Franks alleinige Aufmerksamkeit gekämpft? Ihn beschützen wollen? Ihn verteidigt? Vielleicht alles zusammen?

Er spürte die Enge in seiner Brust, empfand sie aber nicht als unangenehm, wie es ein Mann von über 30 und seiner Körperfülle tun sollte. Stattdessen genoss er die Wärme, die sich dort ausbreitete, und den Krampf, der gut ein Herzinfarkt sein könnte. Don. Dieses kostbare Juwel, dieses süße Herzblatt … hatte Hayden eine filmreife Szene gemacht. Für ihn. Er wandte sich dem Fenster zu, weil er grinsen musste. Ein Blick in den Seitenspiegel zeigte ihm, dass er übers ganze, zartrosa angelaufene Gesicht strahlte. Na, das passte ja wunderbar zu Dons Teeniefilmallüren.

*

Unruhig ging Don auf dem Hügel auf und ab, den sie für ihre Observation gewählt hatten. Nick hatte das Gelände abgecheckt und den Ort für geeignet befunden. So standen sie nun hier in der Dunkelheit und gafften auf die Kiesgrube hinunter.

Er hielt neben seinen Begleitern inne. Ihn fröstelte. Aber nicht, weil es kalt war, sondern weil er in der Ferne die Scheinwerfer eines Wagens näherkommen sah. Sie blitzten gelegentlich auf, bevor das Dunkel der Bäume sie wieder für Sekunden verschluckte. Das musste Frank sein. Mit Everard.

»Don, du knirschst so laut mit den Zähnen, dass ich Kopfweh bekomme, wenn ich bloß neben dir stehe«, murrte Brennan und stupste ihm den Ellbogen in die Seite. »Wird schon alles gut laufen.«

Don konnte nicht einmal antworten, weil sein Kiefer ein Eigenleben entwickelt zu haben schien und es sich zur Aufgabe gemacht hatte, sich selbst zu zermalmen. Er bemühte sich um ein Nicken, damit Brennan wenigstens wusste, dass Don seine Bemühungen zu schätzen wusste. Aber solange Frank da unten war, statt hier bei ihm, würde er sich nicht beruhigen und ganz sicher auch nicht aufmuntern lassen.

»James hängt sich ganz schön an Chief Harris ran. Der riecht wohl eine Beförderung«, murmelte Foreman belustigt und streckte ihnen das Fernglas entgegen.

Don lehnte wortlos ab. Er konnte die Bullen mit bloßem Auge sehen. Zwar nicht allzu scharf, aber das brauchte er gar nicht. Würden sie im Ernstfall die Kontrolle behalten? Was, wenn die Russen eine Schießerei anzettelten? Was dann? Er wollte diese beiden Worte über die Kiesgrube hallen lassen, sie zu den Polizisten rüberbrüllen, die sich ein anderes Versteck ausgesucht hatten, um Everards illegale Geschäfte und seine russischen Partner hochgehen zu lassen.

Die Frage war nur, ob alles nach Plan laufen würde.

Er rieb sich die Magensenke, in der es wehtat, als hätte er zehn Stück Carolina Reaper verschlungen. Zehn Mal die schärfste Peperoni der Welt. Zehn Mal knapp über 2 Millionen Scoville. Aber das war Blödsinn. Denn nicht mal die würden so heftig brennen, wie seine Angst um Franklin Theodore Davis es tat.

Als Everards schicker BMW vor dem Tor stehen blieb, hielt er den Atem an. Er sah eine verschwommene Gestalt aussteigen und den Maschendraht öffnen. Dann stieg sie wieder ein und der Wagen rollte über den Kies. Don konnte ihn in Gedanken unter den Reifen knirschen hören.

Das dunkelblaue Auto hielt neben einem der Häuschen, in denen die Vorarbeiter während ihrer Besprechungen hockten. Beide Türen öffneten sich fast zeitgleich. Don schluckte und nahm Brennan wortlos das Fernglas aus den Händen, um es sich vor die Augen zu halten. Sofort bekam er Frank vor die Linse. In schwarzen Jeans und dunklem Hemd sah er beinahe aus, als würde er seine Uniform tragen. Dennoch dachte Don an einen Moment im Laufe des gestrigen Abends, in dem Frank so gut wie nackt gewesen war.

Mit einem Handtuch um die breiten Hüften und einem weiteren auf dem Kopf, mit dem er sich das nasse Haar zerwuschelte, kam Frank aus dem Bad zu ihm in Foremans Schlafzimmer.

Don saß auf dem Bett, die Füße in dem weichen Vorleger vergraben, um die Bodenhaftung nicht zu verlieren. Seine Beine zitterten irgendwie. »Dein Chief hat angerufen«, murmelte er.

»Er ist nervös. Ich ruf ihn gleich zurück«, erwiderte Frank, seine Stimme durch Frotteestoff gedämpft.

»Du nicht?«

Frank hielt inne, sich das Haar zu trocknen, und blinzelte ihn durch eine Lücke im Handtuch an. Seine Augen wirkten noch blauer als sonst und sein Bart glitzerte, als hätten sich kleine Diamanten darin verfangen. »Was?«, fragte er atemlos.

»Ob du nicht nervös bist?«

»Die Tatsache, dass wir nicht wissen, was genau Hayden da in der Kiesgrube mit seinen Russen vorhat, geht mir schon an die Nerven.«

»Du hast gesagt, du glaubst, es ginge um Waffen. Glaubst du das immer noch?«

»Ja, auch wenn ich mir Hayden schwer in dem Geschäft vorstellen kann.«

»Warst du schon mal an einer Schießerei beteiligt?«, fragte Don, obwohl er sich nicht sicher war, ob er das wirklich wissen wollte. Immerhin könnte es ihm hässliche Fantasien in den Schädel zaubern. Noch schlimmere als die, die sich dort schon eingenistet hatten, seit dieser aberwitzige Plan geschmiedet worden war.

»An mehr als einer.«

Don legte die Stirn in tiefe Falten und spürte, wie er auch den Mund verzog. »Setz dich«, befahl er heiser.

Nach einem verwirrten Blick kam Frank der Aufforderung nach und nahm an der Bettkante Platz.

Don stahl ihm das Handtuch und wischte ihm die Wassertropfen fort, die auf seinem Rücken perlten. »Wirst du morgen eine Waffe tragen?«

»Falls Harris nichts anderes sagt, werde ich das.«

»Bist du ein guter Schütze?«

»Ich gehöre zu den Besten auf dem Revier.«

Don nickte schwach. »Gut«, flüsterte er und beugte sich mit geschlossenen Augen vor, um den Kopf an Franks Schulter zu legen und ihn mit den Armen zu *umfangen. Seine Haut war feucht und schön warm. »Bitte pass auf dich auf.«*

»Versprochen«, gab Frank in einem Wispern zurück und legte die Hände auf Dons Unterarme, um ihn zu streicheln.

Leise seufzend kuschelte er sich noch näher an Frank und fühlte sich geborgen, obwohl er derjenige war, der den anderen umarmte. Aber bei Frank machte das keinen Unterschied. Es war immer perfekt.

Jetzt hing sein entsetzter Blick an Franks Hüfte. Das Gürtelholster war leer. »Er ist unbewaffnet.«

»Hayden auch«, gab Nick zurück und ließ Don wissen, dass er die Worte laut ausgesprochen hatte, ohne es zu bemerken.

»Harris hat die Waffe nicht verboten. Es muss Everards Idee gewesen sein.«

»Die Russen werden darauf bestanden haben, nehme ich an. Ich würde das«, mischte sich Foreman ein.

Brennan schnaubte. »Die Frage ist dann nur, ob die auch unbewaffnet kommen.«

»Garantiert nicht«, knurrte Don und reichte das Fernglas weiter, obwohl er Frank eigentlich nicht aus den Augen lassen wollte. Er hatte nur das Gefühl, dass er bei andauernder Beobachtung langsam, aber sicher den Verstand verlieren würde. »Was ist, wenn er ihn in eine Falle gelockt hat?«

»Du hast gesagt, er braucht das Geld für seine kranke Mutter«, sagte Nick.

»Ja, aber vielleicht wollen die Russen gar keine Waffen oder was auch immer, sondern Frank! Wenn die ihn entführen oder so 'ne Scheiße!«

»Die werden ihn nicht entführen«, sagte Foreman ruhig und tätschelte ihm die Schulter. »Was hätten sie denn davon?«

»Sie hätten Frank!«, konterte Don wütend.

»Ich glaube nicht, dass er den Russen so wichtig ist wie dir«, meinte Brennan mit dem Hauch eines spöttischen Untertons in der Stimme.

»Gleich wird sich rausstellen, was sie wollen«, murmelte Nick.

Don wandte sich erneut der Kiesgrube zu und sein Atem wurde schneller, als drei schwarze Autos den BMW umzingelten. Und damit auch Frank.

✶

Einige Türen gingen auf und ließen die Innenbeleuchtung von zwei der Wagen angehen. Im dritten blieb es dunkel, doch Frank erkannte zwei Männer hinter der Frontscheibe, die Gesichter starr nach vorne gerichtet.

In dem unpassenden Moment, in welchem die Russen auf sie zukamen und die Scheinwerfer von Haydens BMW lange Schatten hinter sie warf, dachte er daran, wie Don und er sich letzte Nacht geliebt hatten.

Zärtlich und irgendwie auch wild. Auf jeden Fall leidenschaftlich. Für Frank gab es nichts Ermutigenderes als Dons Blick, wenn sie Sex hatten. In der Spiegelung dieser schönen Augen sah er nämlich keinen fetten, verschwitzten Typen, der sich peinlich keuchend auf einem anderen abmühte. Stattdessen sah er einen Kerl, der geliebt wurde …

Er fühlte sich derart in seinem Selbstvertrauen gestärkt, dass ihm jetzt nicht mal mulmig war. Er freute sich einfach darauf, die Scheiße hier hinter sich zu lassen.

»Everard.« Einer der Russen kam ihnen näher als die anderen drei und streckte Hayden die Finger entgegen.

»Burris.«

Frank wurde gemustert, sonst aber nicht weiter beachtet. Er legte ohnehin keinen Wert darauf, dem Arschloch die Hand zu schütteln.

»Die Ware ist am Zielort angelangt?«, fragte Burris mit rauer Stimme und einem leichten Akzent, den man nur hören konnte, wenn man sich darauf konzentrierte.

»Alle Kisten sind an einem Ort, von welchem aus man sie gut abholen kann«, gab Hayden zurück und zog ein Stück Papier aus seiner Gesäßtasche. »Erst das Geld, dann gibt es die Koordinaten.«

Der Russe schwieg mit undurchdringlicher Miene und besah sich Hayden. Nach einer halben Ewigkeit wandte er sich zu seinen Begleitern um und sagte etwas in seiner Muttersprache. Es klang hart und kalt, wie Eiswürfel, die aus einem Kühlschrank krachten, nachdem man das Knöpfchen gedrückt hatte. Zu Hayden sagte er: »Aber gefahren wird erst, wenn sich meine Leute vergewissert haben, dass die Daten stimmen.«

»Ist okay. Wir haben Geduld und keine Bedenken«, gab Hayden zurück und lehnte sich demonstrativ gegen die Motorhaube seines Wagens. Frank spürte sogar im Stehen die Wärme, die davon ausging. Vielleicht funktionierte der Kühler nicht richtig – oder er war doch nervöser, als er geglaubt hatte.

Ein anderer Russe, ein gedrungener Kerl mit Halbglatze und ungleichmäßig gewachsenem Bart, trat vor und reichte Hayden einen Koffer. Im Gegenzug nahm er ihm den Zettel ab und warf einen Blick darauf. Er nickte Burris zu und machte sich auf den Weg zu dem dritten Auto. Der Kies protestierte unter seinem Gewicht, wie er es auch bei Frank immer tat.

Das Seitenfenster wurde mit einem leisen Geräusch heruntergelassen, das Papier wurde reingereicht und dann ließ der Fahrer auch schon den Motor an. Der Wagen setzte zurück und quälte sich durch den Schotter. Die Rücklichter starrten sie böse an, dann war der Chevrolet verschwunden. Aber er würde in der Dunkelheit nicht lange alleine bleiben, wenn alles nach Plan verlief.

*

»Das darf nicht wahr sein«, knurrte Nick wölfisch, während er durch das Vergrößerungsglas nach unten schaute.

»Was ist? Was siehst du?«, fragte Don aufgeregt. »Ist was passiert?«

Nick riss die Arme runter und gab das Fernrohr an Foreman. »Ich muss los.«

»Du musst was?« Brennan schüttelte verwirrt den Kopf und packte Nick am Handgelenk, als der bereits Richtung Van eilen wollte. Auch auf dem gegenüberliegenden Hang machten sich Leute auf den Weg. Nicht schwer zu erraten, dass sie die Verfolgung der Russen aufnehmen würden.

»Lass mich los! Ich muss ihnen hinterherfahren«, sagte Nick.

»Was?«, murmelte Foreman, rührte sich aber nicht vom Fleck.

»Wovon redest du?«, fragte Brennan und gab Nick nicht frei, obwohl dieser sich loszumachen versuchte.

»Der Typ, der da am Steuer sitzt … ich kenne ihn.«

»Na und?«

»Ich hab mit ihm zusammengearbeitet. Damals, als ich Yakovs Chauffeur war.«

»Nick, was zur Hölle ist los?!«, fauchte Brennan in einem Tonfall, den Don nicht von ihm kannte. Sonst war er die Ruhe in Person und schien neben seiner

Schüchternheit auch ein ziemlich sanftmütiger Typ zu sein.

»Die Bullen hängen sich an seine Fersen und wenn sie ihn kriegen, werden sie ihn verhaften«, zischte Nick mit gerunzelter Stirn und schmalen Lippen.

»Der Mann ist ein Verbrecher, was wäre so schlimm daran?!«

»Er hat mir mal den Arsch gerettet«, widersprach Nick. »Außerdem hat er Familie. Er ist kein schlechter Kerl, nur weil er ein Verbrecher ist.«

Brennan schnaubte derart heftig, dass sich seine Nasenflügel blähten. Seine Augen waren dunkel geworden. »Dann fahren wir«, knirschte er rau.

»Es ist besser, wenn ich all-«

»Steig in das Scheißauto. Du machst den Wahnsinn mit mir oder gar nicht«, konterte Brennan nicht laut, aber bestimmt. Wie er Nick dabei einmal von oben bis unten musterte, war irgendwie heiß.

Don fragte sich, ob Frank ihn auch manchmal so ansah. Wahrscheinlich ... Immerhin hatte er »*Ich liebe dich*« zu ihm gesagt. Er lächelte.

Über Nicks Gesicht huschten einige widerstreitende Gefühle, dann wurden seine Züge weich und er nickte.

*

»Das wird dauern«, kommentierte Burris die Abfahrt seiner Genossen mit einem grimmigen Lächeln um die

Lippen, die von einer alten Narbe verunstaltet wurden. Er machte auf dem Absatz kehrt und die Russen sammelten sich bei ihren verbliebenen Autos.

Hayden klopfte sanft auf das Blech seiner Motorhaube. »Komm, Frank, setz dich. Dann wirken wir gelassener.«

»Sind wir denn nicht gelassen?«, fragte Frank höhnisch, lehnte sich aber gegen den BMW. Zu seiner Überraschung verbrannte der ihm nicht den Hintern, auch wenn er sich doch heißer anfühlte als er sollte.

»Na ja ... Ich versuche nicht, sie zu bescheißen, aber es sind Russen. Weiß man ja nie, was die vorhaben.«

»Worum geht es eigentlich? Kannst du es mir jetzt sagen, wo ich doch schon hier bin und dir den Gefallen tue?«

Ein freudloses Lachen kam aus Haydens Mund, der plötzlich verkniffen wirkte. »Gefallen? Ich hab ein Video von dir, falls ich dich daran erinnern muss.«

»Du hast *kein* Video mehr von mir, du verfluchter Trottel«, stieß Frank zwischen zusammengepressten Zähnen hervor, weil ihm schlichtweg die Geduld fehlte, um weiterhin dieses dämliche Spiel zu spielen.

»Was? Was willst du damit sagen?« Hayden wandte sich ihm zu, doch Franks Blick ruhte auf den Russen. Man wusste ja nie, da waren sie einer Meinung.

Halt lieber den Mund, murmelte er sich in Gedanken zu. *Halt einfach den Mund.*

»Ich will damit sagen, dass ich jemanden bei dir habe einbrechen und den Scheiß löschen lassen«, antwortete er dennoch. Nicht, ohne Genugtuung zu empfinden, denn der Schock, der Hayden traf, war bis hierher zu spüren.

»Du hast was? Etwa diesen komischen Leary? Der war in meiner Wohnung?« Haydens lauter werdendes Gekeuche, das er scheinbar nur mühsam im Zaum halten konnte, machte die Russen auf sie aufmerksam.

»Du machst sie nervös«, merkte Frank ruhig an und bereute es, die Sache hier und jetzt angesprochen zu haben. Er war ein Idiot!

»Dieser kleine, freakige Nerd hat auf meinem Computer herumgeschnüffelt?«

Oh ja, das hatte er … »Er hat nur das Video gelöscht. Sonst nichts. Er hätte es nicht zu tun brauchen, wenn du den Mist von Anfang an gelassen hättest!«

Hayden wischte sich aufgebracht im Gesicht herum und kämpfte sichtlich mit aufkommenden Emotionen. Der gedrungene Russe ließ sie nun nicht mehr aus den Augen. Ganz hervorragend.

Frank packte seinen Partner flüchtig am Arm. »Hayden, reiß dich zusammen. Die Typen glauben, wir wollen sie verarschen!«

Haydens Blick war flüssiges Feuer. Das, zusammen mit den zerzausten Haaren, ließ ihn ziemlich irre aussehen. »Du hast jemanden in meine Bude einsteigen lassen und ihm gesagt, er soll in meinen privaten Sachen wühlen! Und da soll ich mich zusammenreißen?«

»Deine privaten Sachen interessieren mich einen Scheißdreck. Es ging um das Video, das du von mir gemacht hast, wie das letzte Arschloch auf der Welt!«

»Ach ja, die interessieren dich einen Scheißdreck. So so. Und ihr habt sicher nichts gefunden, das ihr amüsant findet? Ein paar Videos? Hm? Findet ihr es nicht witzig, wie die alte Schachtel mich auf jeder Familienfeier als Schwuchtel beschimpft? Wie sie meinen Onkel dazu animiert, das alles zu filmen und ...«

»Jetzt weiß ich wenigstens, von wem du das hast«, konterte Frank trocken.

Hayden stieß Luft aus und rieb sich die Augen. Sein linker Fuß wippte in einem gereizten, schnellen Takt. »Das war ... was anderes. Ich brauch das Geld, um meine Mutter am Leben zu halten.«

»Und dafür hättest du meins zerstört?«

»Ich hätte das Video niemals online gestellt! Ich wusste, du würdest vorher einknicken!«

»Das macht es besser, ja«, verhöhnte Frank Hayden und sich selbst. Wäre er nicht so schwach, naiv und durchschaubar gewesen, dann wäre das alles nicht passiert. Eine Tatsache, die er fast verdrängt hatte.

»Ja, das tut es«, gab Hayden wütend zurück und senkte dann die Stimme: »Ich wollte nur ein wenig Druck machen, damit du mir hilfst. Die Typen hätten mich kalt gemacht, wenn ich allein aufgetaucht wäre. Die denken, wir sind ein riesiges Netz.«

»Und wer oder was sind *wir* wirklich?«

»Nur ich. Ich hab ein paar Leute bestochen oder eben *erpresst*, wie du es spießbürgerlich nennen würdest. Und auf die Weise ein paar Stunden erkauft.«

»Stunden für was?«

Hayden zögerte, aber Franks Blick ließ ihn nachgeben. »Stunden, in denen Kisten unbeaufsichtigt herumstehen.«

»Was ist in den Kisten?«

»Waffen, die ausgemustert werden sollen. Militärwaffen.«

»Oh Gott ...«, murmelte Frank und nahm nun selbst die Rechte vors Gesicht, weil er sich einen Schweißfilm von der Stirn wischen musste.

»I-ich hab deren Wort, dass die Waffen ins Ausland gebracht werden.«

Frank schnitt eine angewiderte Miene. »Wow, toll. Soll ich dir jetzt auf die Schulter klopfen, weil du glaubst, dafür gesorgt zu haben, dass wenigstens keine Amerikaner damit erschossen werden? Das ist lächerlich und abartig!«

Hayden fuhr sich durchs Haar und schnaubte. »Du verstehst das nicht.«

»Du hast Scheiße gebaut, mehr muss ich nicht verstehen.«

»Warum bist du dann überhaupt hier, wenn du nicht mehr befürchten musst, dass ich das Video hochlade?«

Frank schob die Lippen vor und verschränkte die Arme vor der Brust. Er sagte nichts und das war auch nicht nötig, denn Hayden war nicht dumm.

»Du willst mich hochgehen lassen«, hauchte er mit einer Mischung von Luft und Entsetzen. Alle Farbe wich aus seinem Gesicht und ließ es kalkweiß zurück. Man konnte förmlich sehen, wie sein Gehirn arbeitete. Und dann begann er sich nervös umzusehen. Klar. Er wusste, wie das lief. Er wusste, dass sie bereits hier waren und ihn im Visier hatten.

Frank wollte gerade dazu ansetzen, Hayden erneut zu ermahnen, da durchschnitt ein Schuss die Luft.

*

Don gefror das Blut in den Adern, als einer der Russen auf Everards Auto feuerte. Frank und Everard gingen in die Hocke. Es wirkte instinktiv und einstudiert, wie es nur bei echten Bullen aussehen konnte.

»Er hat den Reifen zerschossen«, murmelte Foreman mit schnarrender Stimme. Ein weiterer Schuss. »Und den nächsten.«

Der BMW sank vorne ein.

Don konnte nichts sagen und nichts tun. Er konnte nicht einmal atmen. Würde der Albtraum wahr werden, der ihn durch die Nacht begleitet hatte?

*

»Was schaut ihr euch um? Was ist da? Wer ist da? Bespitzelt uns jemand?«, brüllte der gedrungene Russe und kam mit drohend erhobener Waffe auf sie zu.

Frank zwang sich, weder zu dem einen noch zu dem anderen Hang aufzusehen. »Da ist niemand. Mein Partner ist bloß von Natur aus nervös. Die Vögel zwitschern ihm zu laut.«

»So, die Vogel?«, wiederholte der Russe fehlerhaft und warf einen Blick auf das Panorama, das sie umgab. »Keine Vogel zu horen.«

»Toly, beruhig dich«, mischte sich Burris ein und trat näher. »Wenn da jemand wäre, hätten sie uns längst hochgenommen. Worauf sollten sie warten?«

»Der da passt mir nicht«, antwortete der halbglatzige Toly und fuchtelte Frank mit seiner abgegriffenen Ruger vor der Nase herum.

Franks Augen folgten der Mündung, die als kleines, schwarzes Loch vor ihm tanzte. Sein Herz klopfte schnell, aber nicht hart. Ihm kam in den Sinn, wie Don ihn vorhin umarmt und geküsst hatte.

»Er hat aber Recht«, sagte Hayden, dem der Schweiß auf der Stirn ausgebrochen war. »Ich bin nervös.« Er lachte gekünstelt. »Ich nehm für gewöhnlich was, um runterzukommen. Da ich für unser Treffen nüchtern sein wollte, hab ich's gelassen. War keine gute Idee, wie's aussieht.«

Bei Haydens grotesken Bemühungen, den Junkie zu mimen, müsste Frank lachen, wenn sie nicht in einer derart beschissenen Situation stecken würden. Er war wütend, aber es regte sich auch ein kleines bisschen Mitleid in ihm. Hayden war schlichtweg ein kaputter Typ. Da brauchte es gar keine Drogen.

»Ich glaube kein Wort«, knurrte Toly. »Aufstehen.«

Frank tat mit halb erhobenen Händen, wie ihm geheißen. Er hatte den Wagen und den See im Rücken. Könnte er es ins Wasser schaffen, bevor der nächste Schuss fiel? Kaum vorstellbar. Viel besser konnte er sich da schon vorstellen, wie er mit einem glatten Herzschuss auf dem Kies zu Fall gebracht wurde. Er konnte nur hoffen, dass Harris und die anderen schnell genug eingriffen, bevor es dazu kam.

Burris verdrehte genervt die Augen und packte seinen Kumpanen an der Schulter. »Toly, nicht wieder die Nummer. Ich hab keinen Bock, heute eine Leiche verschwinden zu lassen. Und dann auch noch ausgerechnet den Fetten von den beiden.«

Toly konterte etwas auf Russisch. Etwas, das nicht sonderlich beruhigend klang. Er hatte einen Mundwinkel erhoben, wie ein knurrender Wolf die Lefze. Mit der freien Hand deutete er Frank an, einen Schritt vom Auto wegzumachen.

Ganz langsam wollte Frank gehorchen, aber Hayden kam ihm zuvor. Er legte ihm die Hand vor die Brust und stellte sich zwischen die Waffe und ihn. Franks Puls beschleunigte sich. Ausgerechnet Hayden beschützte ihn.

»Lasst den Scheiß, Leute. Wir verarschen euch nicht. Wartet doch erst mal den Anruf eurer Freunde ab, dann werdet ihr schon sehen«, stieß Hayden hervor, klang aber zu aufgewühlt und zu verdächtig, als dass er die Situation beruhigen könnte.

»Geh aus dem Weg!«, brüllte Toly.

»Toly!«

Dann überschlugen sich die Ereignisse.

Polizeiwagen schlitterten über den Kies und aus den Lautsprechern drangen gebellte Befehle. »Runter!« »Auf die Knie!« »Polizei!«

Weitere Schüsse fielen, trafen Metall, Gummi und Glas. Der Untergrund kreischte unter schnellen Schritten vieler Füße.

Hayden hatte den kurz abgelenkten Toly mit einem gekonnten Griff entwaffnet sowie niedergeschlagen und warf Frank seine Dienstwaffe zu, die er im Hosenbund unter der Jacke stecken gehabt hatte. Sie sahen sich an. Haydens Blick war zugleich entschuldigend und anklagend. Frank zweifelte nicht daran, dass der seine genauso wirkte. Dann packte Hayden die Tasche mit dem Geld und rannte Richtung Waldstück.

Burris hob die Waffe. Frank war schneller und schoss ihm in den Unterarm. Der Mann schrie auf und ließ im Affekt die Pistole fallen, bevor er seinen Arm an den

Körper zog. Ein natürlicher Reflex, wenn man seine verletzten Extremitäten schützen wollte.

Frank sammelte sich und spulte sein übliches Programm ab. Er drehte Burris die Arme auf den Rücken, auch den verletzten, was einen weiteren Schrei nach sich zog, und hievte ihn auf die Beine. »Wie-auch-immer Burris. Du hast das Recht zu schweigen. Alles, was du sagst, kann und wird vor Gericht gegen dich verwendet werden. Du hast das Recht auf einen Anwalt. Solltest du dir keinen leisten können, stellt dir das Gericht einen zur Verfügung. Und wenn du mich nochmal fett nennst, dann sorge ich dafür, dass deine Mitinsassen glauben, du hättest einem kleinen Mädchen unter den Rock gegriffen.«

»Verdammtes Arschloch.«

*

»Dieser verfluchte Scheißkerl haut ab«, keuchte Don heiser.

»Das war schon vor einer halben Minute, Junge«, gab Foreman zurück.

Das war ihm klar, doch er war zu gebannt davon gewesen, wie routiniert Frank sich um den Russen gekümmert hatte, während die anderen schon auf ihren Knien vor den Polizisten knieten. Weitere Bullenkutschen mit blinkenden Lichtern fuhren in die Kiesgrube. Immerhin gab es ein paar Verbrecher einzusammeln.

»Na los, Don.« Foreman hatte das Fernglas sinken gelassen und sah ihn an.

»Was?«

»Du willst ihn doch nicht davonkommen lassen, oder? Er hat Frank ziemlich mies behandelt und ihn in diese Sache da unten reingezogen, die sehr böse hätte ausgehen können.«

Das hätte sie. Don würde Hayden dafür gerne zur Rechenschaft ziehen. »Bis ich da unten ankomme, ist er längst über irgendeine Grenze, Mann!«

»Auf zwei Beinen. Wenn du auf vieren unterwegs bist, kannst du ihn einholen.«

»Ich kann das nicht und das weißt du«, protestierte er unwirsch.

»Du kannst es. Das ist es, was ich weiß.«

»Wenn du meinst, dann zeig ich dir eben, dass du falsch liegst!«, schrie Don, weil er es satthatte, dass ihn alle außer Frank dazu drängen wollten, den dummen Wolf zu akzeptieren und sich gar freiwillig in dieses Biest zu verwandeln. Er riss sich die Klamotten vom Leib. »Hier, bitte. Wenn du unbedingt sehen willst, wie ich mich wie ein Trottel abmühe, dann sollst du es haben!« Der Wind peitschte ihm die Kälte auf die nackte Haut, als er ohne Klamotten vor Foreman stand, der sich dem Zucken seiner Mundwinkel nach köstlich zu amüsieren schien.

»Jetzt tu es schon.«

»Ich weiß nicht wie!«

»Aber er weiß es. Tu es einfach.«

Don wollte widersprechen, stattdessen holte er einmal tief Luft und schloss die Augen. Unzählige Bilder rasten durch seinen Schädel. Frank, wie er bedroht wurde. Hayden, wie er all das verursacht hatte. Foreman, der selbstsicher und wissend vor ihm stand. Frank, der ihn küsste. Frank, der ihm zärtlich ein Liebesgeständnis ins Ohr flüsterte. Frank, der ihn umarmte, während er ein Wolf war.

Ein kurzer Schwindel befiel ihn und er fühlte den Drang, sich zu schütteln. Als er es tat und dabei die Lider öffnete, erkannte er, dass er sich verwandelt hatte.

Foreman grinste zufrieden und nickte in die Richtung, in die Everard verschwunden war. Don rüttelte sich die Brille von der Schnauze und die Pfoten aus, die sich nicht so fremdartig anfühlten wie sonst. Dann rannte er.

*

Es war ein Wahnsinnsgefühl, diesen Körper zum ersten Mal zu beherrschen und den Waldboden unter seinen Pfoten vorbeirauschen zu sehen. Alles an seinem Wolf war geschmeidig, sodass er zu fliegen schien. Nichts erinnerte ihn mehr an die tapsigen Schritte, die er noch vor wenigen Tagen gemacht hatte. Er fühlte sich befreit und kraftvoll. Sogar die Geräusche, die aus seinem Maul kamen, spornten ihn an. Seine Sinne waren geschärfter als sonst, obwohl er immer schon sehr gut hatte riechen können. Aber jetzt war alles so extrem klar und deutlich, als würde er die Welt zum ersten Mal bewusst wahrnehmen. Er hatte Everard in der Nase und nach einigen Galoppsprüngen, die ihn eine Böschung hinabführten, erhaschte er den ersten Blick auf seine Beute. Ein Knurren entfuhr ihm zwischen zwei heftigen Atemzügen und er spürte, wie sich seine Lefzen hoben und scharfe Zähne entblößten. Der Wolf wollte Blut, aber Don war sich nicht sicher, ob er das auch wollte. Er war kein gewalttätiger Mensch. Aber jetzt gerade war er ja nicht mal ein Mensch.

Zwischen den Bäumen tauchte eine Straße auf. Der Asphalt schimmerte hellgrau im Mondlicht. Etwas in ihm entschied, dass dies der richtige Ort war, und er überholte Everard, dem langsam die Puste auszugehen schien.

Don schnitt ihm den Weg ab. Ein halber Schrei kam aus Everards Kehle, als er mühsam vor ihm zum Stehen kam. Er hatte den Abhang genutzt, um Geschwindigkeit aufzubauen, und musste nun abbremsen, um nicht gegen Don zu stoßen. Seine Fersen gruben sich in den Dreck, während er die Tasche mit dem Geld wie einen Schutzschild vor seine Brust hob.

Don beugte den Kopf und starrte seinen Feind von unten an. Wieder kam ein Knurren aus ihm heraus, obwohl er es nicht mit Absicht hören ließ.

Everard schien erst verwirrt, dann änderten sich seine Züge, wurden weicher und irgendwie resigniert. »Lass mich einfach gehen, okay?«

Vor Verwunderung verstummten Don und der Wolf in ihm. Er hob den Blick.

»Ich weiß, du bist sauer, weil ich Frank in Gefahr gebracht habe. Und wahrscheinlich auch, weil ich ihn gevögelt hab. Also, so halb. Aber es hat ihm nichts bedeutet. Und ... und heute Abend ist nichts passiert, also lass mich bitte dieses Scheißgeld zu meiner Scheißmutter bringen und abhauen. Du bist doch Leary, oder?«

Don wich zurück, denn es fühlte sich an, als hätte man ihm eine Ohrfeige verpasst. Woher konnte der Typ das wissen?

»Ich rieche dein Aftershave vermischt mit Franks Parfum. Das kannst nur du sein, Don Leary. Außerdem sind deine Augen unverkennbar, wenn man sich nicht vor der Möglichkeit verschließt, dass sie mich gerade von einem Wolfskopf heraus ansehen, anstatt das von hinter deinen Brillengläsern hervor zu tun.«

Wieder einmal entglitt Don die Situation, wenn er Hayden Everard gegenüberstand. Er hatte geglaubt, diesmal die Kontrolle behalten zu können, doch jetzt war es die Perplexität, die ihn lähmte.

»Du kannst mich laufen lassen oder mir was antun, aber bitte entscheide dich endlich. Es war ein langer Tag.«

Don erkannte die Verzweiflung in Everards Miene und die Ringe unter dessen Augen. Er dachte an die Schmach, die seine Mutter ihm angedeihen ließ, und an die Tatsache, dass er trotz allem für ihre Behandlungen aufkam. Er dachte an den Moment, in dem Everard sich vor Frank gestellt hatte, um ihm das Leben zu retten. Ja, Everard war ein mieses Arschloch und er hatte sie alle erst in diese Lage gebracht, aber manchmal musste man Prioritäten setzen. Die seine war Frank. Und Everard hatte diesen gerettet. Darüber hinaus wäre Frank mit Sicherheit enttäuscht von ihm, wenn er seinem Expartner etwas antat. Er selbst wäre das wohl auch, denn so einer war er nicht und wollte er nicht sein.

Zögerlich trat er zur Seite. Die Krallen seiner Pfoten kratzten leise auf dem Asphalt, den die Nacht abgekühlt hatte. Bei Tag war er gewiss heiß gewesen.

Everard wirkte erleichtert. »Danke, Mann. Werd ich dir nicht vergessen.«

Don wollte ihm in sein dummes Gesicht sagen, dass er auch nie vergessen würde, was er mit Frank abgezogen hatte. Aus seinem Maul kam jedoch nur ein unwilliges Bellen.

Mit zwei Schritten war Everard schon fast über die Straße, da blieb er noch einmal stehen. »Sag Frank, dass es mir leidtut, okay?« Er drehte sich um. »Auch wenn ich glaube, dass er durch dich alles ganz gut verkraftet hat.« Ein Lächeln entblößte seine Zähne und Dons Herz setzte einen Schlag aus, denn Everards Schneidezähne standen plötzlich vor und waren zu weiß blitzenden Fängen geworden.

Noch bevor er verarbeiten konnte, was er sah, hatte Everard ihm den Rücken zugekehrt und war zwischen den Bäumen verschwunden.

Was zur Hölle war das gerade gewesen? Fuck!

Hechelnd setzte er sich an den Straßenrand und dachte kurz nach. War es denn überhaupt wichtig? War Everard noch von Bedeutung?

Nein. Er war aus ihrem Leben verschwunden und so sollte es bleiben. Da konnte er doch einfach vergessen, was er gesehen hatte. Vielleicht war es ja bloß eine optische Täuschung gewesen. Kein Ding. Und vor allem kein Grund, noch weitere Gedanken daran zu verschwenden, wenn es Wichtigeres zu tun gab.

*

Schon von weitem sah er Frank neben Foreman und dessen Rostlaube auf dem Hügel stehen und wurde so schnell, wie er noch nie gerannt war. Die Kiesgrube lag wieder in friedlicher Dunkelheit, als ob nie etwas gewesen wäre.

Frank wurde auf ihn aufmerksam und wirkte dermaßen glücklich, ihn zu sehen, dass Dons Herz sich in heißes Lavagestein verwandelte, noch bevor er sich dem auf die Knie gegangenen Frank in die ausgebreiteten Arme warf.

»Donovan«, keuchte der Mann seiner Träume und drückte ihn an sich. Er fuhr ihm mit den Fingern ins Fell, kraulte ihn dort, wo es sich am besten anfühlte und küsste ihn zwischen die aufgestellten Ohren. Hier war es immer noch am schönsten und Don ließ sich behaglich gegen diesen breiten Körper sinken.

»Kannst du dich wieder nicht zurückverwandeln?«, fragte Frank heiser.

Don hörte auf zu hecheln und würde lächeln, wenn ein Wolfsmund dafür geschaffen wäre. So musste er sich damit begnügen, Frank zu beweisen, dass er es nun doch konnte. Die Anstrengung trieb ihm Hitze aus den Poren und sein Herz schlug für eine Weile in einem schmerzhaft abgehackten Takt, doch dann war es vollbracht. Die Kälte wurde spürbar, sobald das Fell verschwand und seine nackte Haut preisgab. »Ich kann«, murmelte er rau an Franks Schulter, in die er sein Gesicht grub.

»Foreman sagte, du bist Hayden nachgelaufen. Du hast doch nichts Unüberlegtes getan?«

»Ich hab ihn laufen lassen. Er hat dir da unten immerhin das Leben gerettet.«

»Keiner ist davon mehr überrascht als ich, glaub mir.«

»Ich soll dir sagen, dass es ihm leidtut.«

»Ist akzeptiert.«

»So schnell vergibst du ihm?«

»Wenn er nicht getan hätte, was er getan hat, hätte ich dich nie kennengelernt.«

»Wenn man es so betrachtet.«

Frank schob ihn ein Stück von sich. »Tu ich«, flüsterte er mit einem Lächeln auf den Lippen und sah ihn aus seinen indigoblau flammenden Augen an. Er griff ihm ans Kinn und streichelte mit dem Daumen das Grübchen in der Mitte. »Übrigens bin ich stolz auf dich. *Sehr* stolz.«

Don fühlte, wie ihm das Blut in die Wangen schoss, doch er spielte den Coolen. »Das will ich dir auch geraten haben. Ist schon eine Leistung, nach all den Jahren, in denen es nicht geklappt hat.«

Frank nickte und zog ihn erneut an sich, als er fröstelte. Foreman reichte ihnen wortlos, aber sicher mit einem breiten Grinsen Dons Hemd hinunter, in welches Frank ihn einhüllte. »Entschuldige, dass ich keine Jacke dabei habe.«

»Das macht nichts. Übrigens …«, begann Don mit einem leichten Zittern in der Stimme. »Ich liebe dich auch.«

Daraufhin hielt Frank spürbar den Atem an und jeder Muskel seines Körpers schien auf Zug. Ein hörbares Schlucken kroch seine Kehle hinab, die ziemlich eng klang. Dann kam er zur Besinnung. »Oh Don«, stieß er kaum hörbar hervor und eine Sekunde später küsste er ihn. Fordernde, weiche Lippen pressten sich auf seinen Mund und er öffnete ihn, um seine Zunge zu benutzen. Erst, als es zu spät war, begriff er, dass er keine Hosen anhatte und niemandem auf dem Hügel verborgen bleiben würde, wie heiß er Frank fand. Aber Foreman würde sich wohl hoffentlich diskret von ihnen abgewandt haben und Frank durfte ruhig wissen, dass er in jeder Hinsicht alles für Don war …

EPILOG

Angespannt saßen sie auf der schmalen Bank, die in der Wand dahinter verankert war. Dons Rechte ruhte in Franks Hand und zwischen dessen Beinen, während er in der Linken einen wuchtigen Kapselgehörschutz samt Headset hielt. Er wusste nicht recht, ob er den wirklich haben wollte, wenn er bedachte, was er bedeutete.

So viel Angst wie jetzt gerade hatte er noch nicht einmal vor dem bevorstehenden Besuch von Franks Eltern. Und vor dem hatte er echt eine Heidenangst. Franks Mum rief inzwischen alle paar Tage an und erkundigte sich nach Don, den sie unbedingt kennenlernen wollte. Frank versicherte ihm, dass sein Vater sogar noch aufgeregter war, ihn zu treffen, und es nur besser zu kaschieren wusste. Dazu konnte Don nichts sagen. Er wusste bloß eines mit Sicherheit: dass *er* am alleraufgeregtesten von allen war.

»Bevor ich losgefahren bin, um dich vom Revier abzuholen, hab ich unseren Nachbarn mit Aspen reden hören«, grinste Don, um sich abzulenken.

»Was hat er gesagt?«, fragte Frank mit einem Lächeln. Auch er war blass um die hübsche Nase. Don lehnte ihm den Kopf an die Schulter.

»Er hat ihn gefragt, wo er schon wieder die Nacht verbracht hat. Ich hätte ihn ja darüber aufgeklärt, dass er bei uns war, aber ich glaube, dem alten Mann gefällt die Vorstellung, dass sein Kater draußen in der großen Welt ein paar Katzendamen verführt. Drum hab ich's gelassen.«

Ein Lachen kam zurück. »Die Vorstellung, dass Aspen in unserer Obstschüssel liegt und sich mit uns eine Serie ansieht, würde ihn sicher enttäuschen.«

»Oh ja, das denke ich auch. Und der Kerl ist so nett, dass ich ihm die süße Illusion nicht nehmen will.« Immerhin war er zu Dons Einzug mit Kuchen und einer Kanne Kaffee herübergekommen und hatte den Nachmittag mit ihnen auf der Terrasse gesessen. Von einem Problem mit ihrem Schwulsein keine Spur, was ziemlich erleichternd war.

Seine Gedanken schweiften erst zu dem heißen Beruhigungssex, den sie zuvor in der Dusche gehabt hatten, und dann weiter zurück zu dem Strahlen, mit welchem Frank aus dem Revier gekommen war. Harris hatte endlich bewilligt, dass er wieder mit James Streife fahren durfte, nachdem er zwei Monate lang im Innendienst gehockt hatte. Die beiden würden erneut Partner sein und waren sehr glücklich darüber. Es war nicht ihre Idee gewesen, sich damals zu trennen, sondern die ihres

Chiefs. Da nun durch Haydens plötzliche Abwesenheit neue Lösungen hermussten, hatten Frank und James sich dafür eingesetzt, wieder ein Team zu werden. Und es hatte geklappt.

Frank küsste ihm den Scheitel. »Bist du auch nervös?«

»Oh ja«, gab Don mit einem Keuchen zurück und spürte, wie ihm der Magen noch tiefer absank. »Wir werden es überleben.«

»Sicher werden wir das. Wir haben ganz andere Sachen überstanden.«

»Dabei kennen wir uns noch gar nicht so lange«, grinste Don, musste aber zustimmend nicken.

»Nicht jeder hätte Archies Wutanfall standgehalten, als er erfahren hat, dass dieser Typ ... dieser Atiyah behauptet, die Riemannsche Vermutung bewiesen zu haben.«

Don lachte, weil ihm in den Sinn kam, wie Santiago und Kitty fluchtartig den Schauplatz verlassen hatten, als Kellan die Schlagzeile verlesen hatte. Archie war verdammt sauer gewesen und hatte Schimpfwörter benutzt, die Don noch nie aus seinem Mund gehört hatte. Zudem hatte er *Betrug* und *Lächerlichkeit* gebrüllt und war dann in seinem Kämmerchen verschwunden.

Sicher, um einen Gegenbeweis aufzustellen, der den anderen Mathematiker entlarven sollte.

»Oder den Streit zwischen James und Nick, weil Nick den Russen vor einer Verhaftung bewahrt hat«, fügte Don hinzu.

»Was nicht sehr klug war, wenn man bedenkt, dass er seinen Wagen dabei in den Graben gesetzt hat.«

»Nicht klug, nein, und auch nicht sonderlich beeindruckend«, pflichtete Don Frank bei und stellte sich mit geschlossenen Augen vor, wie die Überholmanöver ausgesehen hatten, mit denen Nick die Bullen ablenken und den Russen warnen wollte, und wegen welchen er letzten Endes fast gegen einen Baum geknallt wäre. »Dir wäre das nicht passiert.«

»Was?«

»Du hast den Wagen *immer* unter Kontrolle. Keiner fährt so gut wie du.«

»Jetzt übertreib mal nicht«, wehrte Frank verlegen ab und es war nicht schwer zu erraten, dass seine Wangen rot geworden waren.

»Das ist keine Übertreibung, sondern eine Tatsache«, konterte Don und zuckte zusammen, als die Tür aufging. »Jedenfalls haben wir jetzt festgestellt, dass wir schlimmere Dinge überlebt haben. Und sollten wir es nicht schaffen, könnte ich mir keinen besseren Mann vorstellen, mit dem ich sterben wollen würde.«

Frank streichelte mit dem Daumen über Dons Handrücken. »Ich will auch den Rest meines Lebens mit dir verbringen, aber ich würde es bevorzugen, wenn dieser Rest noch ein wenig mehr Zeit umfassen würde als die nächste Stunde.«

Bei diesen Worten schlug Dons Herz schneller und er spürte, wie seine Lippen sich einen Spalt öffneten. Der

Wolf in ihm warf sich grunzend auf den Rücken, um den Bauch gekrault zu bekommen – natürlich mit wedelnder Rute.

»Die Herren Davis und Leary, herzlich willkommen. Wir haben das Vergnügen miteinander«, wurden sie von einem Mann in seinen Vierzigern begrüßt. Er schüttelte ihnen grinsend die Hände und führte sie nach draußen. Anhand seiner sich bewegenden Lippen erkannte man, dass er fortwährend plapperte, aber Don verstand kein Wort, weil sein Schädel wie leergeblasen war. Er konnte sich bloß an Frank klammern, mit einer Kraft, die dessen Finger vermutlich weiß anlaufen ließ.

Wenig später saßen sie in dem schwarzen Ungetüm und bekamen erklärt, dass sie sich anzuschnallen hatten. Ja klar. Oder glaubte der Pilot, sie würden hier hinten Purzelbäume schlagen wollen?

Die Polsterung des Sitzes fühlte sich kühl an. Das Ding hatte nicht mal Türen, verdammt! Fuck, was hatte er sich dabei gedacht, als er die Karten gekauft hatte? Offensichtlich nur daran, wie er bei Frank punkten konnte.

»Dann wollen wir mal. Seid ihr bereit?«, fragte der Pilot und setzte sich sein Headset auf den schwarzen Haarschopf.

»Das kommt darauf an, wie man *bereit* definiert«, gab Frank lachend zurück und Don bewunderte ihn dafür, dass er noch Witze machen konnte.

»Die Angst legt sich, wenn wir erst mal in der Luft sind. Ihr werdet sehen. Das wird ein Wahnsinnsflug!«

Die Rotorblätter begannen sich zu drehen und es wurde unbeschreiblich laut, sodass Don das Gesicht verzog. Er fragte sich gerade, wie er das aushalten sollte, da verschaffte Frank Abhilfe, indem er ihm den Gehörschutz aufsetzte und ihn aufmunternd angrinste. Er schien sich ehrlich zu freuen. Allein dafür lohnte sich die Angst, die er gerade durchstand.

Don wagte es, einen Blick um sich zu werfen. Die Sonne strahlte hell und brachte das Wasser des Sees zum Glitzern wie einen Pool aus Edelsteinen. Die Bäume bildeten einen grünen Kontrast zu den steinernen Felswänden und dem Türkisgrün des Wassers. Es war der perfekte Tag. Und Don verbrachte ihn mit dem perfekten Mann, wie er glücklich feststellte, als ein indigoblauer Blick auf seinen traf. Gleich darauf begegneten sich ihre Lippen in einem Kuss, der weich war und süß schmeckte. Er schnappte mit dem Mund nach Frank, leckte ihm über die Unterlippe und strich ihm durch den weichen Bart. Dabei konnte er es kaum erwarten, diesen Kuss zu wiederholen: Das nächste Mal in ungefähr 11 000 Fuß Höhe, die gar nicht mehr so beängstigend wirkten, wenn Frank ihn auf seine zärtliche Weise anlächelte …

LESEPROBE
»GOOD ENOUGH – FUNKEN IN TÜRKIS«

»If something burns your soul with purpose and desire,
it's your duty to be reduced tu ashes by it. «

*– nicht von Charles Bukowski,
auch wenn das die halbe Welt glaubt.*

1

Benommen richtete Brennan sich auf und griff sich an den schmerzenden Kopf. Warmes Blut benetzte seine Fingerspitzen. Das Talkumpuder des Airbags wirbelte im Wagen herum. Hastig griff er nach der Tasche auf dem Beifahrersitz und hievte sich aus dem Auto. Der Schnee reichte ihm bis zur Mitte seiner Waden. Seine Knie knickten ein, sein schnell gehender Atem kondensierte in der Kälte. Von der Motorhaube, die sich um den Stamm einer Fichte zu schlingen versuchte, stieg Rauch auf. Schneeflocken brachten die Luft vor dem

Licht der Scheinwerfer zum Flirren. Er stellte es aus, aber es war zu spät. Hinter ihm schlug jemand eine Autotür zu. Mit einem Ruck wandte er sich um und entdeckte den dunkelblauen Chevrolet Malibu, der auf der Landstraße zum Stehen gekommen war. Brennan war von dieser abgekommen. Es war eine rabenschwarze Nacht, der Schnee behinderte die Sicht und dann war da plötzlich dieser verdammte Hirsch gewesen.

»Huntington!«, brüllte Newcomb und jagte ihm einen Schauer über den Rücken.

Brennan fluchte zwischen den Zähnen. Ihm blieb nichts anderes übrig, als in den Wald zu fliehen. In das dichte Labyrinth, das sich Meile um Meile vor ihm erstreckte. Die Bäume waren zu dicht, als dass der Schnee bereits den bemoosten Boden hätte erreichen können.

»Du bist sogar zu blöd, um mit dem Scheißwagen auf der Scheißstraße zu bleiben, was? Oder parkst du in dem Graben da unten, in dem ich die Karre hab verschwinden sehen?«, lachte Newcomb und ließ den Lichtkegel seiner Taschenlampe zwischen die Bäume schweifen.

Brennan ignorierte das Pochen in seinem Schädel und stolperte vorwärts. Einen mühsamen Schritt nach dem anderen. Die Kälte machte ihn behäbig und die Platzwunde an seiner Schläfe brannte. Schwindel übermannte ihn. Vermutlich hatte er sich bei dem Aufprall eine Gehirnerschütterung zugezogen.

Newcomb war ihm dicht auf den Fersen und hatte genug Atem, ihn zu verspotten: »Brennan, du kannst mir nicht entkommen. Das ist dir klar, oder? Lassen wir das Spielchen, bevor ich ärgerlich werde.«

Sein Herz klopfte laut, Blut rauschte in seinen Ohren, als er eine Anhöhe hinauflief. Das Licht der Maglite streifte ihn, gleich darauf hallte ein Schuss durch die Nacht. Aus dem Augenwinkel sah er, dass die Kugel einen Baum zu seiner Linken traf. Die Rinde wurde verletzt. Er warf sich hinter einen Stamm.

In wenigen Sekunden fasste er einen Plan. Er musste an Newcomb vorbei und dessen Auto klauen, um von hier wegzukommen. Der Lichtstrahl waberte irgendwo links neben ihm in der Dunkelheit. Brennan nutzte die Chance und schlich von einer Deckung in die nächste. Newcomb und er waren bald gleichauf. Brennan dachte daran, einen Stein oder einen Ast zu werfen, um Newcombs Aufmerksamkeit auf einen Punkt in weiter Ferne zu lenken. Es schien ihm jedoch zu riskant. So musste er sich darauf verlassen, dass das Glück auf seiner Seite war.

Was war er doch für ein Idiot ...

Ein Ast knackte unter seinen Schuhsohlen und er hielt den Atem an, während er sich an eine Tanne presste.

Einen Herzschlag später wurde er zu Boden gestoßen. Ein scharfer Schmerz in der rechten Wade ließ ihn aufschreien. Er war auf etwas Spitzes gefallen, das ihm die Hose zerriss und sich in sein Fleisch bohrte.

Newcomb schlug mit den Fäusten auf ihn ein. Brennan steckte die Schläge weg und teilte ordentlich aus. Totes Geäst knirschte unter ihnen, als er die Oberhand gewann und sich auf Newcomb wälzte, dem die Zigarette aus dem Mundwinkel fiel. Brennan drosch ihm auf die Nase, aus der sogleich Blut schoss.

Eine starke, raue Hand legte sich an seinen Hals und drückte zu. Brennan schüttelte sie ab. Newcomb kickte seine Beine frei und schlang sie um sein verletztes. Vor Brennans Augen explodierte etwas weiß und schmerzhaft.

Newcomb stieß ihn auf den Rücken und warf sich auf ihn. Ein erbitterter Kampf entbrannte und sie rollten den Abhang hinunter. Spitze Steine und Wurzeln traktierten seine Rippen und den Rest seines Körpers, prügelten wie von Sinnen auf ihn ein. Sie landeten auf einer Lichtung im Schnee, der hier ungehindert hatte fallen und sich sammeln können.

Newcomb kniete sich auf seine Brust, was Brennan die Luft aus den Lungen drückte. Benommen starrte er in ein verhärmtes Gesicht, gezeichnet von Drogenmissbrauch und Frustration, die sich über mehrere Jahrzehnte hinweg in einer verkümmerten Seele aufgestaut hatte.

»52 kleine Kerben hab ich schon in diesen Lauf geschnitzt«, sagte Newcomb, während er mit seiner Springfield herumfuchtelte. »Du wirst die Nummer 53 und ich würde lügen, wenn ich sage, das würde mich nicht befriedigen, du arroganter Wichser.«

»Steve«, würgte Brennan hervor. Er sah Newcomb doppelt, als wäre einmal nicht genug. Der Schwindel machte es schwer, mit den Fäusten zu treffen, was er treffen wollte. Panik befiel ihn. »Wir können reden. Du bringst mich zu ihm und ich werde mich entschuldigen. In aller Form. Und dann ka-«

Newcomb hielt ihm die Mündung seiner Waffe an die Schläfe. »Slick hat dir vertraut und du hast ihn hintergangen! Bist doch'n kluger Bursche, also war dir sicher klar, was für Konsequenzen dich erwarten. Er kann dich nicht am Leben lassen. Sag auf Wiedersehen, Safecracker.«

Brennan schloss die Augen. Er wollte nicht diese grauenvolle Miene ansehen müssen, während er starb.

Ein bedrohliches, unmenschliches Knurren drang durch den Nebel seiner Sinne zu ihm vor. Etwas Warmes fegte über ihn hinweg und wirbelte ihm Schnee ins Gesicht, der auf seiner Haut schmolz. Newcomb brüllte vor Zorn und Verwirrung.

Unter höllischen Schmerzen rappelte Brennan sich auf und erkannte, dass sich sein Feind mit einem Wolf auf dem Boden wälzte. Das Tier packte Newcomb am Arm und schüttelte ihm die Springfield aus den Fingern. Sie versank im Schnee, doch es war nicht die einzige Waffe, die Newcomb bei sich trug. Er riss ein Messer aus seinem Gürtelholster und erhob die Klinge gegen den Wolf, der jaulte, als Newcomb ihm einen Schnitt zufügte. In einem Knäuel rollten sie den ein Stück von ihm fort.

Brennan kämpfte sich zu der Stelle, an der Newcomb die Pistole fallen gelassen hatte, und buddelte mit schmerzenden Fingern in glitzerndem, hartem Weiß.

Plötzlich ein Schrei, so schrill und gellend, dass er in den Ohren schmerzte.

Brennan hob gerade noch rechtzeitig den Kopf, um mitanzusehen, wie der Wolf Newcomb die Kehle zerbiss. Das Gebrüll verwandelte sich in ein Gurgeln, als ein Knochen knackte, und verstummte schließlich gänzlich. Ein schier endloser Strom an Blut quoll hervor, tränkte das Maul des Tieres und färbte den Schnee.

Brennan bekam die Springfield zu fassen und umklammerte sie mit beiden Händen, um sie gegen den Wolf zu richten, der langsam und mit gesenktem Kopf auf ihn zukam. Seine Augen funkelten türkis im Schein des Mondlichts. Sein Hinken erinnerte daran, dass er verletzt war. Seine Zähne waren nicht gefletscht, seine Ohren nicht angelegt und dennoch hatte Brennan Angst. Sein Finger bebte am Abzug wie seine erkalteten Lippen.

ÜBER D. C. MALLOY

Ihr Name ist D. C. oder einfach Cress. Sie ist schreibwütig, lesesüchtig und so verpeilt, dass es morgens schon mal passieren kann, dass sie aus ihrem Buch trinkt und im Kaffee(satz) liest. Wenn es um Schriftsteller geht, hat sie jeweils eine Schwäche für Charles Bukowski, Garry Disher und Castle Freeman, wobei die für Bukowski am ausgeprägtesten ist, weil er den Finger so schön auf die Wunde drückt und herrlich dreckig schreibt.

DU WILLST KONTAKT AUFNEHMEN? KLAR DOCH!

Facebook: @dcmalloy.author
E-Mail: dakota.c.malloy@gmail.com

Printed in Poland
by Amazon Fulfillment
Poland Sp. z o.o., Wrocław